Marcel Huwyler

Der Herr Wälti

Der erste Fall

Kriminalroman

Atlantis

Acht Monate zuvor

Hatte der Häftling jetzt tatsächlich mit einer Kakerlake gesprochen?

Ihr wirklich eben … Hallo gesagt?

Und gefragt, ob sie hungrig sei und etwas von seiner Tagesration naschen möchte, vom Zuckerrohrstängel, der Reissuppe im Becher und dem Trockenmilchpulver aus der Tüte? Oh, er teile gern – schließlich seien sie ja Zellengenossen. Und wo sie denn eigentlich hause hier drin, in diesem zusammengeschusterten Gefängnis aus modrigen Palmholzbrettern, Tarnfleckplanen und Wellblechpolyester; in welcher Ritze sie sich verstecke? Und ob sie hier drin noch Verwandtschaft besitze? Kakerlakengeschwister, Kakerlakentanten oder Kakerlakenkusinen?

Und übrigens, eine Bitte. Da der Regenwald doch ihr Zuhause sei – ob sie ihm vielleicht ein paar Tricks verraten könne, wie man diese triefende Wildnis überlebte? Diese Brutkastenschwüle, all der ganze Schlamm, Matsch und Schmodder, das undurchdringbare Buschwerk und Untergehölz und diese immerwährende, grauenvolle Feuchtigkeit, die alles durchtränkte, die von Blutsaugern malträtierte und entzündete Haut aufquellen ließ und die Fußsohlen mit der berüchtigten Tropenfäule angriff.

»Sag schon, wie kommst du mit alldem klar? Wie überstehst du Tag für Tag diese grüne Hölle?«

Fragte der Häftling die Kakerlake.

Doch die antwortete nicht und floh stattdessen mit erstaunlicher Geschwindigkeit über die festgestampfte ziegelrote Erde, vorbei an der abgeschossenen Emaille-tasse mit der Reissuppe drin und einem gelben Plastik-teller, der kleinen weißen krummen Kerze und einer Spiegelscherbe, in der der Häftling sich manchmal betrachtete und nicht glauben konnte, was er darin sah.

Als die Mitbewohnerin unter der stinkenden Schlaf-matte verschwinden wollte, fing der Häftling sie mit der hohlen Hand ein und legte dann rasch die andere wie einen Deckel über das Gefängnis. Aus dem Schneidersitz rappelte er sich hoch auf die Knie und streckte die vereinten Fäuste über den Kopf. Als würde er Gebete zum Himmel schicken. Den Allmächtigen anflehen.

Lieber Gott, bitte mach, dass dieser Horror endlich aufhört. Mach, dass ich freikomme. Und meine Eltern auch. Bitte, lieber Gott, schick jemanden, der uns befreit. Einen Heiligen oder einen Engel – oder noch besser, die Polizei oder das Militär.

Der Häftling fror und schwitzte zugleich. Ihm war übel, der Kopf fühlte sich hölzern an, die Zunge flaumig, und im Bauch hatte sich ein Luftballon eingenistet, der jeden Tag ein wenig mehr aufgeblasen wurde. Schloss er die Augen, zuckten braune Blitze. Und vor ein paar Tagen hatte er feststellen müssen, dass einige seiner Schneidezähne wackelten.

Die Kakerlake in seinem Faustverlies drin tobte, schabte – und biss schließlich zu.

»Aua! Na, na, warum denn so wild? Ich tu dir doch nichts.« Zwischen zwei leicht gespreizten Fingern konnte der Häftling die Gefangene beobachten. »Jetzt bist du auch eingesperrt, auch eine Geisel. Nun sind wir beide genau gleich. Sag, stinkst du auch so wie ich?«

Die Riesenschabe hatte einen nussbraun gemusterten Körper, der abgeflacht war, eklig glänzte und sich steinhart anfühlte. Zwei Flügelpaare waren satt über den Hinterleib zurückgeklappt. Der schwarze Fleck auf dem Kopfschild glich einem Totenkopf.

Ob sie vielleicht den *Comandante* hier im Camp kenne, wurde die Kakerlake gefragt, den Chef der Kidnapper; sie selbst nannten sich *Guerilleros* und feierten sich dafür. Und ihre Geisel bezeichneten sie als »politischen Häftling«; das sollte wohl edler klingen, nach Kampf für eine wichtige und richtige Sache, weniger kriminell. Ernesto hieß der Anführer, ein untersetzter, leicht hinkender Typ mit dürrem Gitarrensaitenbart, Kaki-Operettenuniform, lächerlicher Che-Guevara-Mütze und einer Kalaschnikow, deren kaputtes Magazin er mit gelbem Klebeband gefixt hatte.

»Aber sag, wie heißt denn du eigentlich? Verrätst du mir deinen Namen?«

Und als von der Kakerlake keine Antwort kam: »Gut, wie du willst. Dann werde ich mir für dich jetzt einen Namen ausdenken. Einen richtig schönen, einen, der zu dir passt. Hm, lass mich mal überlegen ... Gib mir noch etwas Zeit. Aber ich habe schon mal ein Begrüßungsgeschenk für dich. Hör zu!«

Und dann sang der Häftling seiner Freundin, seiner neuen Freundin, seiner einzigen Freundin hier ... »La Cucaracha« vor.

Heute war Tag 31 der Geiselhaft – und der Häftling war wohl gerade wahnsinnig geworden.

I

Damit war Eliza Roth-Schild definitiv Geschichte. Sie nahm die Mittagsmaschine nach New York – und weg war sie.

Irgendwann würden sie sich bestimmt wiedersehen, hatte sie Herrn Wälti versichert. Was als Trost gedacht war, ließ ihn trostlos zurück.

Er hatte darauf bestanden, sie zum Flughafen zu bringen.

»Zum Dank für alles, was ich mit Ihnen in den vergangenen Jahren erleben durfte«, hatte er gesagt und sich während der ganzen Autofahrt zusammengerissen, seine Gefühle vor ihr zu verbergen. Trotzdem brüchelte ihm immer mal wieder die Stimme, und seine Unterlippe zitterte. Und er hatte Knopfaugen bekommen.

Frau Roth-Schild zu Ehren hatte Wälti seine taubengraue Uniform angezogen, die Schiebermütze aus schwarzem Samt aufgesetzt und das Taxischild seines Aromat-goldenen Mercedes abgeschraubt, um ihr ein allerletztes Mal ganz und gar und exklusiv als Privatchauffeur zu Diensten zu stehen.

»Wie man hört, sollen in New York die Taxifahrer ja ganz fürchterlich sein. Rotzfreche Rüpel ohne Respekt und Umgangsformen, und nicht mal den Stadtplan im Kopf.«

»Tja, ein Täxeler Ihres Formates ist und bleibt halt unerreicht«, hatte Eliza geantwortet und im Rückspiegel gesehen, wie Wälti vergeblich versuchte, sich das Augenwasser zu verkneifen.

Selbstverständlich hatte er sie in die Abflughalle und zum Priority-Check-in begleitet, wo er ihr mit dem Berg an Gepäckstücken behilflich war. Während Eliza der uniformierten und überparfümierten Angestellten am Schalter Reisepass, Buchungsbestätigung und Senator-Karte vorlegte, kümmerte sich Herr Wälti um das Dutzend Trolleys, Handkoffer und Weekender. Er legte die edlen Stücke so flott und dennoch behutsam auf die Waage des Zubringerförderbandes, als würde er klammheimlich frisch geborene Mehrlinge an einer Klosterpforte oder Kinderklappe aussetzen. Es war ihm halt wichtig, dass die gepolsterten Griffe, das Sumpfbüffelleder und die goldfarbenen Monogrammlettern *ERS* nicht verschrammt wurden.

Als es schließlich so weit war, hatte Wälti ein hohles Kreuz gemacht und ihr zum Adieu die Hand hingestreckt – sie jedoch hatte ihn gepackt und leidenschaftlich umarmt.

»Frau Roth-Schild, ich …«

»Ich bin Eliza. Schenken wir uns zum Abschied doch das Du. Ja? Einverstanden, lieber …« Sie schaute ihn mit hochgerissenen Augenbrauen an, wie eine Stummfilmdiva.

Woraufhin er ihr einen etwas längeren, mehrsilbigen, artikulationsakrobatischen Namen ins Ohr raunte.

Sie schaute ihn geplättet an. »Oh, aha. Echt jetzt?«

»Ich kann's nicht ändern.« Er senkte das Kinn auf die Brust. »Bei uns Wältis tragen die männlichen Erstgeboren seit Generationen diesen Vornamen.«

»Jänu«, sagte sie schnell. »Wir alle haben unser *Bürdeli* zu tragen.«

Dann ein letzter Drücker, ein finaler Seufzer, ein endgültiger Wehwink – und weg war sie. Wälti stand da, die gekreuzten Handflächen auf das Brustbein gepresst, als besänftige er das Herz dahinter, und schaute Eliza nach, wie sie zur Sicherheitsschleuse lief. Kurz bevor sie den Detektor passierte, blieb sie stehen, tippte sich an den Kopf, drehte sich um und kam nochmals zurück.

»Fast hätte ich es vergessen.« Sie zog einen mittelgroßen Briefumschlag aus ihrer Handtasche heraus und hielt ihm den entgegen.

»Aber, nein, Jesses, so etwas Schönes.« Wälti strahlte. »Jetzt werde ich noch ganz verlegen.« Mit pastoraler Mine nahm er beidhändig den Umschlag in Empfang. »Das wäre doch nun wirklich nicht nötig gewesen. Wie großzügig.«

Sie stutzte eine Sekunde und verzog dann das Gesicht, als schmerzten ihr die Füße in ihren kirschlackschwarzen Louboutins. »Oh, nein, nein, mein Lieber, das ist nicht … äh … kein … Sorry, Missverständnis.« Sie zeigte mit dem Zeigefinger auf den Brief.

Erst jetzt bemerkte Wälti die mit Tinte geschriebene Adresse auf dem Umschlag. Und die zwei Briefmarken. Ihm entgleisten sämtliche Gesichtsmuskeln, und seine Ohren glühten. Mit geknicktem Stolz und gesenktem Kopf suchte er am Boden nach einem Loch, in dem er versinken konnte.

»Der Brief soll auf die Post«, sagte Eliza. Sie hüstelte gekünstelt. »Hab vergessen, ihn einzuwerfen. Da sind Dokumente drin, die ich meinem letzten Auftraggeber zurücksenden muss. Wenn Sie, äh – meine Güte, das ist so neu und ungewohnt – also, wenn *du* die Güte hättest …«

»Jäso, verstehe.« Wälti schaute vom Boden wieder hoch und versuchte, die Peinlichkeit wegzublinzeln. »Erledige ich doch gern für Sie.« Und als er ihre gespitzten Lippen sah. »Für … dich, *Exgüsi*.«

Jetzt lächelten sich beide verlegen an. Sich gegenseitig zu duzen, fühlte sich für die beiden in etwa so trittsicher an wie ein frisch verliebtes Paar, das nach der ersten gemeinsamen Nacht mit den frühmorgendlichen Körperausdünstungen, Kaffeeritualen und Badezimmer-Geräuschen des andern zurechtzukommen versuchte.

Auf der Autobahn zurück in die Stadt geriet Herr Wälti in einen veritablen Verkehrsstau. Totaler Stillstand. Es ärgerte ihn, verschaffte ihm aber auch die Möglichkeit, seine Gedanken bedenkenlos über die Fahrbahn und die Leitplanken hinaus abschweifen zu lassen.

Er und Eliza. *Sternefoifi …*

Was hatten sie nicht alles erlebt und erlegt zusammen. Spioniert, recherchiert, kombiniert – ja, ja, richtige Detektive waren sie gewesen. Also er zumindest hatte sich wie einer gefühlt, dabei hatte alles ganz zufällig begonnen.

Eliza hatte regelmäßig beim zweitgrößten Taxiunternehmen der Stadt, Kaiser Reisen, einen Wagen bestellt und so deren Fahrer Herrn Wälti kennengelernt. Der Anfangsechziger war ihr damals sofort positiv aufgefallen. Er schien ihr dermaßen fahrtüchtig und lebenserfahren, dass sie ihn künftig immer mal wieder für ihre Einfraufirma Roth-Schild Business Research als Privatchauffeur buchte, wenn mehrtägige Aufträge mit weiten Strecken, langen Arbeitstagen und Hotelübernachtungen anstanden.

Wälti schmunzelte, wenn er an seine ersten Exklusivfahrten für Madame dachte. Er hatte damals sehr wohl bemerkt, wie sie ihn einschätzte – nämlich unterschätzte. Ein Taxifahrer halt, hatte sie wohl gedacht. Tat sein Lebtag lang nichts anderes als Fahrgäste von A nach B zu karriolen. Vermutlich zu beschränkt für Arbeiten, die noch ein C oder gar D erforderten. Darum bloß Andere-

Leute-Herumkutschierer als Job – in Wältis Fall seit dreiundvierzig Jahren (so viel Persönliches hatte er ihr später in einer schwachen Minute verraten). Nicht gerade das, was man ein Berufsleben auf der Überholspur nannte. Ja, noch nicht einmal Hauptstraße. Eher Sackgasse. Barriere statt Karriere.

Doch dann hatten es die Umstände während seiner Chauffeurseinsätze immer mal wieder mit sich gebracht, dass er etwas mehr Informationen mitbekam als nur gerade ihr Fahrziel. Und er hatte sich so seine Gedanken gemacht über die seltsamen und geheimnisvollen Dinge. Tja, und dann hatte ihn die Roth-Schild bei einem ihrer Fälle eines Tages um seine Einschätzung gebeten. So war er unbeabsichtigt in diese Rolle als Hilfsermittler hineingerutscht, völlig unvorbereitet und ganz überraschend, wie bei einem plötzlichen Wintereinbruch mit Sommerreifen am Taxi. Aber ein Herr Wälti geriet nicht so schnell ins Schlingern.

Jetzt wartete er schon über zehn Minuten in der stehenden Kolonne. Wälti stellte das Radio an, wählte einen Lokalsender und hoffte auf eine Erklärung des für den Stau zuständigen Moderators nach den Nachrichten und dem Wetter.

Roth-Schild Business Research hatte bald registriert, dass dieser Täxeler ungeahnte Talente besaß. Sein immenses Allgemeinwissen selbst auf exotischsten Fachgebieten, die schnelle Auffassungsgabe und das Improvisationstalent hatte er die darauffolgenden Jahre für die Einzelfirma gewinnbringend einsetzen dürfen. Und so war Wälti Elizas fester freier (und einziger) Mitarbeiter geworden.

Vom Fahrer zum Gefährten.

»An Ihnen ist ja ein richtiger FBI-Profiler verloren gegangen«, hatte sie ihn einmal gelobneckt. Das war für

Wälti das schönere Geschenk gewesen als ein vierzehntes Gehalt bei Kaiser Reisen.

Er drehte das Radio lauter, der Sprecher leierte gerade die Staumeldungen herunter. Wälti schloss die Augen und stöhnte leise. So etwas in der Art hatte er befürchtet: mehrere Auffahrunfälle im Moostann-Tunnel in Fahrtrichtung City, also exakt seine Route. Das hier konnte also dauern. Als der Sprecher verstummte, erklang seltsame Musik; Wälti stellte das Radio aus und die Klimaanlage einen Tick kühler – bei so viel schönen Erinnerungen wurde ihm gerade etwas wärmer ums Herz.

Gemeinsam hatten er und Eliza allerlei Aufträge erledigt, dabei mitunter auch Gauner zur Strecke gebracht, kleinere Lebensgefährlichkeiten überstanden, und einmal waren sie beide sogar für kurze Zeit im Gefängnis gelandet. Natürlich waren nicht alle Missionen einem hochmoralischen Drehbuch gefolgt; manche *Research-Jobs* in der Wirtschaftswelt, das hatte Eliza ihm beigebracht, mussten halt nun mal getan werden, und ein schönes Honorar half allemal über Gewissensbisse und die Durchschreitung von Grauzonen hinweg. Und trotzdem waren sie beide immer bemüht gewesen, das Rechte oder zumindest das Richtige zu tun. Bestenfalls sogar das Gerechte.

Ja, ja, *Sternefoifi*, richtige Abenteuer waren das manchmal gewesen. Mitunter knackige Action. Wie im Film oder in den Jerry-Cotton-Kioskheftchen, die er bei Wartezeiten am Taxistand beim Hauptbahnhof las. Oder wie während seiner Weekend-Nachtschichten in den Suff-Kiff-Siff-Vierteln der City.

Das Detektivspielen hatte ihm riesigen Spaß bereitet. Das Herumreisen und Logieren in den schönen Hotels auch. Ein echt toughes Schnüfflerteam hatten er und Eliza abgegeben.

Damit war es jetzt vorbei.

Am meisten würde er seine Undercover-Einsätze ver-
missen. Hach, was hatte er sich gern verkleidet, dazu Gesten einstudiert und Dialekte imitiert, um Zielpersonen
zu täuschen und so an die gewünschten Informationen
heranzukommen. Eliza Roth-Schild hatte ihn einmal
im Spaß – und nachdem sie etwas zu oft und heftig ins
Roséglas geguckt hatte – als »Rampensau« betitelt. Hatte
er als großes Kompliment hingenommen.

Sein Bühnentalent würde er jetzt nur noch als Mitglied
der Quartier-Laientheatergruppe »Shakes-Bier« ausle-
ben können, deren Ensemble er seit zwei Jahrzehnten
angehörte. Oder wenn er daheim seine Anni ein wenig
anflunkerte, er müsse Überstunden machen, nur weil er
nach Feierabend in Ruhe sein Bierchen auswärts trinken
wollte.

Die Autokolonne bewegte sich noch immer keinen
Millimeter vorwärts. Die Erinnerungen an Eliza, dazu die
Stille im Wagen, deprimierten Wälti. Er drehte das Radio
wieder an, wählte jetzt aber den CD-Modus und angelte
blind aus dem Handschuhfach eine Disc, die er nur hörte,
wenn er allein war. Vor Kundschaft wäre ihm diese Musik
peinlich gewesen.

Die schönsten Soundtracks aus Westernfilmen.

Diese Präriemusik ging ihm sehr nahe, verspürte er
doch beim Anhören eine gewisse Wesensverwandtschaft
mit den Indianern und Westmännern. Im Grunde war er
doch auch einer von ihnen – ein moderner Postkutscher.
Wildwältiwest.

Seine gegenwärtige Stimmung – abschiedstrübselig –
verlangte nach dem dritten Stück auf der CD, der Winne-
tou-Melodie.

Herrgott, was hatte er als Junge diese Karl-May-

Filme geliebt. Und deren Musik. Diese zuckerfädigen Streicher-Mundharmonika-Sehnsuchtshymnen aus den Sechzigern. Als die Amis auf dem Mond, die Taxis unklimatisiert und handgeschaltet und Wälti ein pummeliger, bleicher Junge gewesen war. Die Hose kurz, die Sommer lang, die Zukunft chancenreich.

Er machte ein gequältes Gesicht. Erst kürzlich hatte er gelesen, dass manche Fernsehsender die Winnetou-Filme nicht mehr zeigen wollten. Weil: Verharmlosung der Kolonialzeit, falsche Darstellung der Ureinwohner und so weiter. Kam bei ihm an, als würde man nachträglich seine Kindheit verbieten. Er fühlte sich wie im falschen Film.

Auf dem Beifahrersitz lag Elizas Brief, den er noch zur Post bringen sollte. Meine Güte, war das vorhin peinlich gewesen. Er hatte doch tatsächlich geglaubt, sie würde ihm zum Abschied einen Bonus … Hätte ja durchaus sein können. Obwohl, Geld hatte bei der Spionagetätigkeit nie im Vordergrund gestanden. Es war der Spaß an der Freude gewesen, Agent Wälti sein zu dürfen.

Er legte den Kopf leicht schief wie ein Spatz, um die Adresse auf dem Briefumschlag lesen zu können. *Herr Dr. Lorenz Weigel.* Der Herr logierte offensichtlich derzeit in einem Stadthotel nahe dem See: *Castello Cavallo / Suite 112.*

Wälti kannte das Fünf-Sterne-Haus gut, es gehörte zu den drei Top-Hotels der Stadt, lag am Seeufer und direkt auf seinem Rückweg zur Taxizentrale. Da müsste er doch nicht eigens nach einem Briefkasten suchen. Wäre doch am unkompliziertesten, den Umschlag gleich selbst an der Hotelrezeption abzugeben.

In dem Moment flammten beim Wagen vor ihm die Hecklichter auf, und er rollte an. Aha. Wälti startete den

Motor und schloss auf. Endlich ging es voran, der Stau schien sich aufzulösen, vorerst nur im Schritttempo, aber immerhin.

Jetzt befand sich Eliza bestimmt schon über Westfrankreich, bestenfalls bereits über dem Atlantik. Vielleicht las sie in einem Buch oder schaute einen Film. Ziemlich sicher mit einem Cüpli in der Hand. Ob sie sich wirklich auf Amerika freute? So ganz freiwillig hatte sie sich ja nicht dafür entschieden. Also eigentlich überhaupt nicht. Wälti seufzte abermals.

Die arme Frau … So ein unwürdiges Ende wünschte man niemandem. Plötzlich war alles brutal schnell gegangen. Und chaotisch. Samt Gewalt. Und Blut. Und einer Menge Tränen. Doch nie und nimmer hatte Eliza vorgehabt, ihren Lebensmittelpunkt ein für alle Mal nach New York zu verlegen, obschon ihr Liebster, Pierre Bovier, ein Wirtschaftsanwalt von hier, für mindestens ein Jahr dort drüben arbeitete. Sie hatte zwar geplant gehabt, ihn diesen Herbst für zwei Wochen zu besuchen – aber bloß um Urlaub zu machen. Doch nicht … für immer?

War aber auch so was von unschön gelaufen, die Sache mit diesem »Onkel Rico«, dem Besitzer des Jagdschlösschens. Eliza wohnte seit bald drei Jahren dort zur Untermiete und bildete eine WG mit Fabio Caprez, dem Patensohn des Schlösslibesitzers. Fabio amtete als Schlosswart, war ein wenig in die doppelt so alte Eliza verschossen und ließ sie darum kostenlos auf dem Anwesen wohnen. Ja, er verschaffte ihr sogar einen repräsentativen Firmensitz: Sie hatte nämlich im Gelben Salon mit dem dänischen Gussofen ihr Büro einrichten und Klienten empfangen dürfen. Dies alles natürlich, ohne Onkel Rico um Erlaubnis zu fragen oder wenigstens zu informieren. War auch nicht nötig, der Alte lebte auf seiner Finca in Paraguay und hatte sich seit Jahren nicht mehr in der alten Heimat blicken lassen. Glaubte und sagte Fabio jedenfalls.

Bis dann eben besagter Rico urplötzlich aufgetaucht war. Letzte Woche. Blöd halt nur, dass Eliza ihn für einen Einbrecher gehalten und mit dem Nudelholz niedergeschlagen hatte.

Der Rest ließ sich schnell und schmerzhaft zusammenfassen. Rico wurde im Spital mit elf Stichen und resorbierbarem Faden an seiner Kopfplatzwunde genäht, Fabio von seinem Patenonkel dermaßen zusammengeschissen – und Untermieterin Eliza hochkant rausgeschmissen.

Das alles war gerade mal vier Tage her.

Eine völlig entgeisterte Eliza hatte die Ereignisse als »Wink des Schicksals« bezeichnet, etwas von »Karma« gefaselt, und »können mich alle mal« – und zu packen begonnen. Sie hatte von einer Minute auf die andere entschieden, ihre Firma und das Leben hier aufzugeben.

Der Stau löste sich endlich ganz auf. Wälti beschleunigte erst sanft, dann flott und wählte auf der Western-CD ein Stück, das ihm zum Vorwärtspreschen in Richtung City als passend erschien: der Soundtrack zu *Die glorreichen Sieben*.

2

In der riesigen Lobby des Castello Cavallo herrschte Tag und Nacht ein wuseliges Gewimmel. Ein derart luxuriöses internationales Haus schlief nie und war – ganz dem Hotelnamen verpflichtet – unaufhörlich auf Trab. Und versprühte seine ganz eigene Aura: Repräsentativ wie der Buckingham Palast, wundertruckig wie Ikea, charmant wie ein Pariser Bistro, verheißungsvoll wie ein Kinderparadies und hektisch wie im Hauptbahnhof.

Herr Wälti war schon oft hier gewesen, und Kundschaft aus diesem Hotel bedeutete allemal ein mehr als nur anständiges Trinkgeld.

Normalerweise parkte er sein Taxi direkt neben der Eingangstreppe in der eigens dafür reservierten »Guest-Pick-up-Area«, doch diesmal versperrten ihm rot-weiße Markierkegel und Absperrgitter den Weg. Toni, der Doorman – er selbst bevorzugte den altehrwürdigen Titel »Pförtner« –, gab Wälti mit großen Augen und noch größeren Gesten zu verstehen, dass er ein paar Meter weiter unten in der Auffahrt zu parken habe.

Der Stöckli Toni und Wälti kannten sich gut. Sie waren Jahrgänger, Pfadfinderbrüder und hatten im gleichen Quartierschulhaus die Oberstufe besucht. Toni hatte böses Hüftgelenksrheuma, eine Tessiner Ehefrau und eine durchgeknallte Tochter, die Cordula hieß, mit einem katalanischen Insektenfotografen abgehauen war, aber kein Jahr später wieder vor der Tür des Elternhauses gestanden hatte. Reumütig. Einsichtig. Und mit Zwillingsmädchen.

Wälti ließ das Seitenfenster herunter und lehnte sich ein wenig heraus. »*Säg emol*, Toni … Was veranstaltet ihr denn hier für einen Zirkus?«

»*Sali*, Wälti. Tja, wir haben diese Woche mehrere Großveranstaltungen im Hause und dann auch noch alle gleichzeitig. Du glaubst nicht, was hier los ist.« Er rang die Hände so theatralisch in die Höhe, dass ihm beinahe sein weinroter Zylinder, den er zum Uniformfrack trug, vom Kopf rutschte.

»Viel zu tun also?«

»Kannst du laut sagen. Und als ob das nicht genug wäre, findet in den nächsten Tagen auch noch etwas angeblich furchtbar Wichtiges mit Politikern statt. So eine Konferenz.«

»Lokal oder national?«

»International.«

»Ohä.«

»Es wimmelt jetzt schon von fremdländischen Regierungsbeamten und Funktionären. Und dann diese Sicherheitsleute …« Er warf Wälti einen Brummblick zu. »Weißt schon, so Gorillas mit Körpern wie Kranzschwinger und ausrasierten Nacken. Stecken ihre Nase überall rein und stehen uns im Weg herum.«

»Klingt schwierig.«

»Obermühsam.«

Die beiden Männer nickten sich mit gespitzten Lippen und wissenden Mienen zu. Wie Weinkenner, die sich bei einem Tropfen völlig einig waren.

Wälti parkte dann wie befohlen ein paar Meter weiter unten in der Auffahrt, kam zu Fuß zurück zum Haupteingang und betrat eine andere Welt.

In der Hotellerie galt die Empfangshalle gemeinhin als Visitenkarte eines jeden First-Class-Hauses. Dementsprechend opulent und elegant war jene des Castello Cavallo ausgestattet. Marmorierte Säulen und Böden, viel Goldchrome, Teuertextil und Edelholz, an den Decken kaskadenartige Kronleuchter und ein Dutzend Sitzgruppen auf Orientteppichinseln. Über allem schwebte ein Frischschnittblumenduft.

Wälti in seiner taubengrauen Kluft fiel überhaupt nicht auf. Es schwirrten hier eine Menge, je nach Funktion verschieden uniformierte Bedienstete herum. Und wie Stöckli Toni angemerkt hatte, schien das Cavallo tatsächlich voll belegt zu sein: Das Haus vibrierte wie ein Bienenstock mit Wespenbefall.

Wälti genoss es, federnden Schrittes und klackenden Absatzes einmal quer durch die Lobby über den Marmor zu fredastairen.

Der Empfangsschalter bestand aus einem monumentalen Steinblock, war so lang wie eine halbe Kegelbahn und der Arbeitsplatz von zwei Dutzend Rezeptionisten. Wälti war jedes Mal aufs Neue fasziniert von dieser kosmopolitischen Atmosphäre – die ganze Welt vereint an einem Tresen aus poliertem Quarzit.

Nur schon in den ersten paar Sekunden, und allein beim Hinhören mit halbem Ohr, decodierte er sechs Fremdsprachen um sich herum sowie – sehr knifflig, aber er knackte den Code – einen Lötschentaler Dialekt aus dem Oberwallis. Es wurde ein- und ausgecheckt, gefragt, gebucht, gebeten, gedankt, Wünsche und Aufträge wurden geäußert und deren schnellstmögliche Erfüllung versprochen. Gediegene Geschäftigkeit, gravitätische Hektik …

»Grüezi im Castello Cavallo, *chani hälfä*?« Die junge Empfangsdame hatte eine Frisur wie ein Telefon aus den Siebzigerjahren und sprach ihn profifreundlich an. Auf

Schweizerdeutsch. Ja, *Sternefoifi*, sah man ihm den Einheimischen denn derart gut an?

Etwas verschnupft überreichte ihr Wälti Elizas Briefumschlag – »ich habe das hier abzugeben« – und machte einen angedeuteten Bückling.

»Ah, für Dr. Weigel. Wir werden es ihm umgehend zukommen lassen.«

Wälti dankte, die Rezeptionistin auch.

Die Rezeptionistin lächelte, Wälti zurück.

Er wünschte ihr »einen schönen Tag«.

Sie ihm *»es schöns Tägli«* – und vermieste ihm damit eben diesen. Wälti hasste, solche Sprachverzwergungen. Dieser helvetische Niedlichkeitsterror, dieser Zwang zu Diminutiven! Käfeli, Reisli, Schätzli. All diese Wörtli. Ja, war er denn ein Kleinkind oder was? Seine Stimmung war hinüber. Bubizeugs das!

Eigentlich hätte er das Hotel jetzt wieder verlassen können, stattdessen – vielleicht, um sein Ärgerli verpuffen zu lassen – lief er zu einer der vielen Sitzgruppen in der Halle, wo er sich zwischen einem roten Samtsessel und einer Riesenvase mit pinken Freesien postierte. Sich hinzusetzen erlaubte er sich dann allerdings doch nicht, aber einfach rumstehen ging in Ordnung. Es hieß schließlich aus gutem Grund »Personalbe*stand*«; wer diente, tat dies aufrecht und stehend und nicht im Sitzen.

Sein Ärgerli verflog schnell, das Lobbypanoramakino lenkte ihn ab. Kam ihm jedes Mal vor wie eine riesige Opera buffa, eine Menge Hauptdarsteller sowie die dazu passenden Kulissen, Kostüme und Komparsen.

Dann war da dieser Mann.

Er stand etwa zehn Meter von der Rezeption entfernt und bewegte den Kopf langsam hin und her, als scanne er den Betrieb. Er schien auf etwas oder jemanden zu warten.

Hinterher würde Wälti nicht erklären können, was es gewesen war, warum er ihm besonders aufgefallen war – zumal der Mann eben überhaupt nicht auffiel. Der Kerl war der Durchschnitt in Person, ein Schluck Hahnenwasser, ein Nichts. Nick Niemand aus Nadanix.

Er war weder besonders groß noch besonders klein, nicht dick, nicht dünn, er bewegte sich konturlos und besaß ein Allerweltsgesicht, das man nach einer Sekunde wieder vergessen hatte. Wälti schätzte ihn auf um die vierzig, er trug einen banalgrauen Anzug, simpelschwarze Businessschuhe, und der Gipfel seines Profanhaarschnitts war der stinklangweilige Scheitel. Die einzige minime Abweichung an seiner ereignislosen Erscheinung war der Weekender aus Wildleder, der neben ihm stand wie ein braves Hündchen bei Fuß.

Alles an dem Mann machte ihn praktisch zum Unsichtbaren – was er wohl auch beabsichtigte und eine Grundvoraussetzung war in seinem Beruf, wie Wälti schon bald merken solle.

Plötzlich kam Leben in den Kerl. Er ergriff seinen Weekender und schlenderte an das rechte Ende der Rezeption, wo der Check-out erledigt wurde. Ein älteres Ehepaar mit Chesterfield-Mänteln und einem respektablen Gepäckarsenal stand dort am Desk und schien eben bei den letzten Formalitäten. Während der Alte mit der Rezeptionistin sprach und eine ganz schwarze Kreditkarte zückte, stand seine Gattin etwas hinter ihm und behielt die zahlreichen Gepäckstücke beieinander wie eine Schafhirtin ihre Herde.

Nick Niemand aus Nadanix trat hinter das Ehepaar und blieb stehen, als warte er, bis er mit dem Check-out an der Reihe war.

In dem Moment drehte sich der Alte zu seiner Frau um

und sagte etwas zu ihr, woraufhin sie ebenfalls ans Desk trat.

Wälti stellten sich die Nackenhaare auf. Er spürte instinktiv, dass hier gleich etwas passieren würde.

Im Rücken des Ehepaares trat Nick Niemand aus Nadanix vor die Kofferherde, senkte seinen Weekender exakt über dem schwarzledernen Schmuckkoffer von Madame ab – und verschlang diesen.

Wälti vergaß zu atmen. Himmel, der Kerl war ein Dieb! Einfach nur ein gemeiner, dreister Gepäckdieb – wenngleich im High-End-Gästebereich tätig. Sein Weekender musste am Boden über einen Klappmechanismus verfügen, mit dem sich andere Gepäckstücke aufpicken ließen. Wie der Hokuspokus-Fidibus-Verschwindibus-Trick eines Zauberers.

Der Dieb drehte sich um und lief davon in Richtung Ausgang. Er tat dies ohne Nervosität oder sichtliche Anspannung in Mimik oder Benehmen. Beinahe schon lässig. Ein Routinier.

Ein wahrer Profi, dachte Wälti. Aber er war auch einer.

Und so legte der ehemalige feste freie Mitarbeiter von Roth-Schild Business Research solo los.

Energischen Schrittes steuerte er auf den Dieb zu. Er würde den Kerl ansprechen, zur Rede stellen, mit der Tat konfrontieren – wenn nötig festhalten – und nach der Hotelsecurity rufen. Mitten im Lauf stutzte er. Das alles, sein Eingreifen … würde ziemlichen Radau verursachen. Hektik, Stress, laute Worte, Gezeter, womöglich gar Schreie. Im schlimmsten Fall käme es zu einer Rangelei. Und mit Sicherheit gäbe es verängstigte Gäste, verstörtes Personal, ein irritiertes Management – und das in so einem Nobelhaus. Unschön. Und noch viel schlimmer: So etwas spräche sich herum. Über ein Grandhotel, das seine Gäste nicht vor Kofferdieben und wüsten Verhaftungsszenen verschonen konnte, würde getratscht. Und es bekäme unweigerlich ein Imageproblem. Oh, nein, daran wollte Wälti dann beileibe nicht schuld sein. Schon klar, der Dieb musste dingfest gemacht werden. Aber diskret. Ohne Lärm und Aufsehen. Auf Wältiweise.

»Entschuldigen Sie, der Herr.«

Wälti trat auf den Dieb zu, der seinen Schritt verlangsamte, ohne allerdings stehen zu bleiben. Für einen kurzen Moment sah Wälti das Flackern in seinem Blick.

»Ich hoffe, Ihr Aufenthalt in unserem Haus hat Ihren Erwartungen entsprochen.« Wälti legte sich die Hand auf die Brust und verneigte sich.

»Äh, ja, danke.«

»Auf dass Sie uns bald wieder beehren.«

»Sicher, sicher, ja, klar. Wunderschönes Hotel.«

»Danke, das freut uns sehr. Das Lob unserer Gäste ist unser höchstes Gut, und deren Wohl liegt uns am Herzen.«

»Ja, schön, äh, hören Sie, ich hab's eilig …« Der Dieb wollte weiter, doch Wälti stellte sich ihm jetzt in den Weg.

»Die Direktion erlaubt sich, Ihnen einen Limousinenservice zur Verfügung zu stellen. Kleine Aufmerksamkeit. Auf Kosten des Hauses selbstverständlich. Ich bin Ihr Fahrer.« Er lächelte ölig und legte den Kopf leicht schief.

Der Dieb starrte ihn mit einem derart versteinerten Qualblick an, wie jemand, der sich vor dem Badezimmerspiegel die Nasenhaare herauspinzettierte. Wälti konnte geradezu von seiner Stirn ablesen, wie es dahinter aussah: Verflucht, gerade noch hatte alles so schön geklappt, und jetzt vermieste ihm dieser kleine, kriecherische Chauffeur den Abgang. Wie reagieren? Den Uniform-Affen einfach abblitzen lassen? Davonlaufen? Aber dann hätte dieser

Arschkriecher bestimmt lautstark interveniert und damit die Aufmerksamkeit der halben Lobby auf sich gezogen. Und Aufmerksamkeit war nun wirklich das Allerletzte, was man in seiner Branche wollte. Zudem spielte die Zeit gegen ihn. Jeden Moment konnte das alte Ehepaar den Verlust des Schmuckkoffers bemerken, und dann wäre hier der Teufel los.

»Gern, sehr gern. Wie aufmerksam vom Hotel. Dann bringen Sie mich doch bitte zum Hauptbahnhof.«

»Wie der Herr wünschen. Wenn Sie mir bitte folgen wollen, der Wagen steht in der Auffahrt. Bitte, nach Ihnen. Darf ich Ihre Tasche …«

Selbstverständlich bestand der Dieb darauf, sein Gepäck selbst zu tragen. Er hüstelte nervös, schielte immer wieder zur Check-out-Ecke und folgte dann diesem hartnäckigen Chauffeur durch die Drehtür ins Freie.

Seinen Weekender wollte er dann auch partout nicht in den Kofferraum legen, sondern nahm ihn mit in den Fond der Limousine. Nachdem der Dieb eingestiegen und Platz genommen hatte, drückte Wälti zwei Mal auf die Zentralverriegelungstaste der Fernbedienung.

Einmal drücken schloss den Wagen ganz normal ab. Zweimal drücken binnen drei Sekunden aktivierte das Doppelverriegelungssystem. Selbst von innen ließen sich nun weder Türen noch Fenster öffnen.

Dann rief Wälti nach seinem alten Schulkumpel und Doorman Stöckli Toni und bat ihn, den Securitychef des Hotels zu informieren.

3

Der Mann für die Sicherheit hier hieß Zweifel, wie die Kartoffelchips-Marke, wirkte allerdings nicht annähernd so knackig. Tiefe Augenringe, zerknitterte Sakkoärmel und der mit Aktenstapeln und flachgequetschten PET-Flaschen zugemüllte Schreibtisch seines Büros wiesen darauf hin, dass er momentan ziemlich viel um die Ohren hatte.

Er bot Wälti den Besuchersessel gegenüber an, eine Tasse Kaffee oder Tee »oder lieber etwas Kaltes?« sowie eine Belohnung für seine Heldentat.

»Die Polizei sagt, Sie hätten da einen ziemlich dicken Fisch erwischt.« Zweifel reichte Wälti das gewünschte Glas Mineralwasser und setzte sich ihm gegenüber mit einer Backe auf die Kante seines Schreibtischs. »Die haben den Kerl in ihrem System drin, mehrfach vorbestraft, dürfte für eine stattliche Anzahl ähnlicher, bislang ungeklärter Delikte verantwortlich sein. Gratuliere. Und nochmals danke. Auch für Ihre diskrete und lautlose … Fangmethode. Guter Mann, *good job*.« Er zog die beiden letzten Wörter zu einem einzigen, quarkigen »guudtschooob« zusammen, wie Amerikaner es tun. Oder Leute von hier, die aber unbedingt möchten, dass man merkt, dass sie für längere Zeit eben dort drüben gelebt haben.

»Gern geschehen.« Wälti nippte am Glas und ließ den Schluck im Mund verweilen, als handle es sich um Jahrgangschampagner. »Freut mich, wenn ich helfen konnte.«

Zweifel betrachtete ihn mit den cremigen Augen eines übernächtigten Mannes an. Wälti schätze ihn auf allerhöchstens Mitte dreißig und fand, er sei ... wie nicht ganz im richtigen Film. Wohlverstanden, dieser Zweifel mochte in seinem Metier ziemlich gut sein und über die nötigen Ausbildungen und Qualifikationen verfügen, sonst wäre er nicht an diesem Platz. Aber irgendwie passte er für Wältis Dafürhalten nicht ins Gesamtkunstwerk des Castello Cavallo. Für so ein altehrwürdiges Hotel wirkte der Securitychef zu jung, zu unbewandert, zu jupidupig auch. Es hatte etwas mit fehlender steifer Würde zu tun, man vermisste die Grandezza an ihm, als zeigte sich die Mona Lisa in einem pinken Plastikrahmen, Londons Big Ben bimbamte einen DJ-Antoine-Remix oder Eliza Roth-Schild trüge ein bauchfreies Netz-Tanktop.

Kein Zweifel, dieser Zweifel verfügte über ein schnittiges und selbstsicheres Auftreten, und doch hatte er etwas Gehemmt-Geschraubtes an sich, so wie diese Mit-Hündli-an-der-Leine-Jogger.

Eliza hatte Wälti ja immer getriezt, weil er die Meinung vertrat, das Äußere eines Menschen ließe sich am präzisesten mit Tieren beschreiben. *So, so, meint der Herr Bärchenwälti mit Dackelblick.* Ihm war's egal gewesen, er schwor auf die Methode. Anwesender Securitychef beispielsweise: Doggenschultern, Raubvogelgesicht (mit ersten Anzeichen von Krähenfüßen), Wurmlippen und einen Frosch im Hals, weil die Stimme übermüdet und darum belegt war. Vervollständigt wurde Zweifels Erscheinungsbild von einem dunkelbraunen Balkanbarbershopschopf sowie einer scharfkantig getrimmten Gesichtsbehaarung, wie sie sonst den Verkäufern in Handyshops vorbehalten war. Klarer Fall. Wälti ging jede Wette ein, dass der Securitychef früher bei der Polizei gewesen war.

Blieb die Frage, wie er sich diese Position im Castello ergattert hatte: Glück und Zufall oder Können und Ehrgeiz – oder Vitamin B?

Zweifel verschränkte die Arme und neigte sich gönnerhaft zu Wälti hinunter. »Das Haus würde sich gern erkenntlich zeigen und offeriert Ihnen als Dankeschön ein Wochenende in einer unserer Seeblick-Suiten samt Vollpension und Gourmetdinner. Selbstverständlich für zwei Personen, oder sind Sie …« Seine Handbewegung sollte wohl etwas Halbes oder Einzelnes, erfragen.

»Meine Frau Anni wird begeistert sein«, bedankte sich Wälti.

Zweifel klatschte in die Hände. »Wunderbar, dann wäre das ja geklärt.« Dann übermannte ihn eine Gähnattacke, die er hinter dem Handrücken wegzudrücken versuchte. »*Sorry for that*, aber wir sind derzeit gerade alle ein wenig überarbeitet.«

»Ich habe es gehört: Soll ja ganz schön was los sein bei Ihnen diese Woche. Sogar eine internationale Konferenz mit Politikern steht an.«

»Sie wissen davon?«

Im Nachhinein konnte sich Wälti selbst nicht erklären, woher er so viel unverfrorenen Übermut nahm. »Informationsbeschaffung ist ein wichtiger Teil meines zweiten beruflichen Standbeins«, erklärte er ganz ruhig.

Zweifel runzelte die Stirn. »Sie sind doch Taxifahrer?«

»Schon, ja. Aber ich arbeite auch noch als Privatermittler. Hab meine eigene kleine Detektei.« Sagte er in einer Tonlage, mit der man auf einen Zeitungsartikel über Kommunalwahlen in Neukaledonien hinwies.

»Aha. Okay, interessant.«

Es war dann wohl Zweifels »interessant«, das Wälti vollends die Bodenhaftung verlieren ließ. »Sollte das

Castello Cavallo einmal externe Hilfe benötigen in einem Fall ... Auf meine Fachdienste können Sie jederzeit zählen.«

Kaum ausgesprochen, verfluchte er sich selbst. Kernschmelze in der Gehirnabteilung Aufrichtigkeit, Moral & Co. Ja, war er denn von allen guten Geistern verlassen? Was maßte er sich hier gerade an? *Eigene kleine Detektei.* Woher kam das denn plötzlich? Kein Wunder, musterte der Securitychef ihn jetzt mit kritischem Blick.

»Äh, ja, es wird Zeit für mich«, versuchte Wälti sich zu retten. »Ich sollte dann mal los.«

»Moooment. Habe ich das eben richtig verstanden?« Zweifel popperte mit dem Zeigefinger auf seine Wurmlippen und zog eine tiefe Denkfurche. Während Wälti schon mal fieberhaft überlegte, ob man ihn eigentlich wegen Vorspiegelung falscher Tatsachen sowie Missbrauch einer Berufsbezeichnung drankriegen könnte. War der Titel »Privatdetektiv« eigentlich geschützt?

»Sie könnten sich also vorstellen, unsere Belohnung auch in Form eines Auftrags anzunehmen? Selbstverständlich angemessen honoriert.«

»Jederzeit. Und sehr gern.« Wälti strahlte – während seine Seele gerade umwölkt wurde. Erführe Anni, dass er eine prächtige Wochenend-Suite im Cavallo für sie beide gegen einen Schnüffeljob eingetauscht hatte, würde sie ihn grillen. Oder eine ganze Fernsehabendwoche lang die Fernbedienung für sich beanspruchen.

Zweifel lupfte seinen halben Hintern von der Tischkante und baute sich breitbeinig vor Wälti auf. Wie ein Revolverheld. Oder Ronaldo beim Freistoß. Er hatte weiße Tennis-Sneakers an den Füßen. Schon klar. Wälti schmunzelte in sich hinein. Dazu hatte ihm Eliza vor gar nicht allzu langer Zeit mal einen Vortrag gehalten. Das sei der derzeitige Dresscode aller Manager, Politiker und TV-Moderatoren. Weiße Turnschuhe weiß zu halten, sei nämlich anstrengend, eine ernst zu nehmende Mission. Stehe für Reinheit, Klarheit, Ordnung. Und Individualität – darum trage sie ja jeder, hatte Eliza gehöhnt. Der Schuh der Weisen.

»Hören Sie, vielleicht hätte ich da tatsächlich etwas für Sie«, begann Zweifel. »Wie gesagt, diese Woche fliegt uns hier alles um die Ohren, da könnte ich eine zusätzliche helfende Hand gebrauchen. Muss mich allerdings zuerst mit der Direktion absprechen.«

»Klingt interessant.« In Wältis Innereien tanzte der Bär, doch er riss sich zusammen. Seine Freude offen zu zeigen, hätte ihn sofort als Laienschnüffler verraten. Also erkundigte er sich betont tonlos – ganz der erfahrene Privatermittler –, worum es bei dem Hotel-Job denn ginge.

»Kann ich Ihnen jetzt noch nicht verraten. Wie gesagt, muss mir erst das Okay von ganz oben holen. Wobei das kein Problem sein dürfte. Der Direktor, Herr Hug, ist mein Patenonkel.«

»Verstehe«, sagte Wälti und verstand jetzt tatsächlich alles: also doch Vitamin B.

»Wie kann ich Sie erreichen?«

Wälti nannte ihm seine Mobilfunknummer.

Zweifel tippte sie in sein Handy. Dann fragte er: »Haben Sie vielleicht noch eine Webseite? Oder eine Visitenkarte?«

Er sei ein viel gefragter und gut gebuchter Ermittler, darum sei Ersteres völlig unnötig, erklärte Wälti und konnte selbst kaum glauben, wie unverschämt leicht ihm die Flunkerei auf einmal fiel. Und seine Visitenkärtchen seien gerade neu designt worden und noch in der Druckerei.

Zweifel begleitete ihn durch die Lobby bis zur großen Drehtür, zerquetschte ihm zum Abschied die Hand und versprach, sich binnen vierundzwanzig Stunden wieder bei ihm zu melden.

Wie in Trance dackelte Wälti zurück zum Taxi.

Für Stöckli Toni hatte er nur ein knappes »Wiedersehen« samt Zombiewinkehand übrig. Er stieg in seinen Wagen, startete den Motor, legte den Automatikhebel auf D, starrte durch die Windschutzscheibe ins Nichts hinaus und hirnte – eine Minute lang, zwei Minuten lang, drei Minuten lang –, ehe er den Automatikhebel zurück auf P legte und den Motor wieder ausmachte. Wälti atmete tief ein und aus.

Wie hatte er sich nur in diese Situation hineinmanövrieren können?

Ich arbeite auch noch als Privatermittler. Meine Güte, was war nur in ihn gefahren?

Wälti fühlte sich hundeelend und ausgefuchst zugleich. Etwas zwischen Schuft und Schelm, Lügenbaron und Glücksritter. Ganz, ganz doofe Situation einerseits – die andererseits aber wirklich spannend zu werden versprach und Spaß bereiten konnte.

So ein Detektiv-Aufträgli vom Castello Cavallo wäre schließlich schon nicht ganz ohne. Und *sooo* stark gelogen hatte er nun auch wieder nicht. Bis vor wenigen Tagen war er ja tatsächlich fester freier Mitarbeiter bei Roth-Schild Business Research gewesen. *Ebä.* Immerhin. War schließlich nicht nichts.

Nur das mit der *Hab meine eigene kleine Detektei* war halt schon ein wenig geflunkert. Auch Halbwahrheiten waren ganze Lügen. Und Wälti wollte doch nun wirklich kein Schwindler und Betrüger sein. Dann erinnerte er sich, was Eliza ihm einmal gesagt hatte: *Lügen haben zwar kurze Beine, mein lieber Wälti, doch die rennen zum Glück schneller als die Wahrheit.*

Also musste er jetzt einfach schnell handeln.

Zum Beispiel als Erstes repräsentative Visitenkarten herstellen. Weil: Lügen müssen schöne Beine haben, damit man nicht so genau hinschaut.

Oder noch zuerster: einen Firmennamen für seine Detektei finden.

Etwas mit Wälti im Titel …

Er startete den Motor erneut, legte den Hebel auf D und schaute auf die Uhr. In einer halben Stunde setzte der Feierabendverkehr ein, da käme er jetzt gerade noch ohne größere Staus durch die Stadt. In der Zentrale von Kaiser Reisen stieg heute nämlich noch eine Feier, an der er unbedingt teilnehmen wollte. War Ehrensache, der lieben Kollegin zuliebe, würdiger Abschied und so, Pensionierung nach fünfundvierzig Jahren in der Firma.

Heute war Frau Businellis letzter Arbeitstag.

Auf halbem Weg legte Wälti bei Flower Power von Bauer einen Stopp ein, erstand bei Frau Bauer einen bäumigen Strauß Sonnenblumen sowie einen Hundert-Franken-Gutschein. Wusste er doch, dass Frau Businelli Stammkundin war in diesem Geschäft.

Als er in der Taxizentrale eintraf, war die Feier bereits im Gange. Die ganze Belegschaft war anwesend – mal abgesehen von jenen Fahrern, die Dienst schoben. Es gab kühle Getränke ganz ohne Alkohol (Fahrtüchtigkeit gehörte schließlich zur DNA der Firma), kalte Fleisch- und Käseplättli, heiße Spinat- und Chäschüechli und eine warmherzige Ansprache vom Chef samt Abschiedsgeschenk und einer von allen Angestellten unterzeichneten Karte, so groß wie ein Gartentürchen.

Frau Businelli dankte mit Tränen auf den rotfleckigen Wangen und sagte, das wäre doch alles wirklich nicht nötig gewesen.

Als Wälti bei Kaiser Reisen angefangen hatte, war sie bereits da gewesen. Zuerst noch im Sekretariat, zuständig für Gehälter, Personaldossiers, Behördenkorrespondenz und Fahrdienststatistik; später dann war sie in die Disposition gewechselt, wo sich drei Frauen in Acht-Stunden-Schichten abwechselten, um den Taxibetrieb rund um die Uhr aufrechtzuerhalten. Frau Businelli nahm die Fahraufträge am Telefon entgegen und leitete sie per Funk und ab den Neunzigerjahren per Handy an die Täxeler weiter. Ohne sie ging hier gar nichts. Fuhr sowieso nicht.

»Frau Businelli.« Wälti steuerte mit ausladendem Gratulationsgehabe auf die frisch Pensionierte zu.

»Herr Wälti, schön, dass Sie es einrichten konnten.«

»Meine besten Wünsche zu Ihrem Ruhestand. Die Sonnenblumen und der Gutschein sind für Sie.« Er drückte ihr den Strauß in beide Hände und neutralisierte damit eine für ihn heikle Situation, die ohne seine blumige Verteidigung unweigerlich in einer Umarmung geendet hätte.

Frau Businelli schnupperte an den Blütenkörben. »Wie lieb von Ihnen. Vielen Dank, Herr Wälti.«

»Was werden wir auch ohne Sie machen?«

»Genau so weiter wie bisher, Herr Wälti.«

»Aber ohne Sie wird es komisch sein.«

»Anders.«

»Sie werden uns fehlen.«

»Niemand ist unersetzlich.«

»Sie schon.«

»*Chabiszügs.* Frau Neeser und Frau Richner sind ja auch noch da. Und die neue Disponentin fängt bereits morgen an.«

»Kennen Sie sie?«

»Vorletzte Woche hat sie kurz vorbeigeschaut. Nett, scheint kompetent und ziemlich jung.«

»So, so.«

»Geben Sie ihr eine Chance, ja?«

»Ich? Aber immer doch. Bin stets offen für alles.«

Ihr süß-mitleidiges Lächeln irritierte Wälti. War das wegen des Pensionierungsschmerzes, oder betraf es seinen letzten Satz?

Frau Businelli trat jetzt noch näher an ihn heran und hob keck das Kinn. »Mein lieber Herr Wälti, wir kennen uns doch jetzt schon so viele Jahre.«

Ihr feierlich-konspirativer Ton machte ihm Angst. Und ihm schwante, worauf das hier gleich hinauslaufen könnte.

Sie griff weiter an: »Und jetzt, wo ich weggehe, dachte ich, dass wir zwei uns zum Abschied vielleicht endlich …«

Wälti riss die Augen auf und rang die Hände. »Du meine Güte, die armen Blumen lampen ja bereits. Geben Sie her, ich stelle sie ins Wasser.« Er entriss Frau Businelli den Strauß und floh in Richtung Kaffeeküche.

4

Sieben Monate zuvor

Der Häftling hätte es wissen müssen, dass dieser Tag grauenvoll werden würde.

Er hätte bloß die Zeichen erkennen und richtig deuten müssen.

Zum Beispiel heute Morgen früh, beim Aufwachen, da hätte er das Ungemach bereits vorausahnen können – nämlich als seine Freundin nicht erschienen war. Wo sie doch sonst immer vorbeischaute, Morgengrauen für Morgengrauen, pünktlich bei Tagesanbruch, wenn sie von ihren nächtlichen Beutezügen nach Hause kehrte und, bevor sie sich in einer Ritze der Gefängniszelle verkroch, noch ein Weilchen um die Schlafmatte herumschlich, im Wissen, dass der Häftling ihr etwas Essbares zustecken würde.

Seine Freundin war eine Allesfresserin, eine Allesmögerin, sie vertilgte, was ihr gerade vor die Fühler kam. Am liebsten tat sie sich an den Lebensmittelvorräten im Camp gütlich, aber zur Not begnügte sie sich auch mit dem, was der Dschungel hergab. Mit Vorliebe weiche, faule Dinge, Früchte etwa oder Beeren oder auch mal Aas, ja schlimmstenfalls taten es sogar Kot und Holz – oder auch mal eine Artgenossin.

Kakerlaken waren Kannibalen.

Aber heute Morgen war die sonst so treue Seele nicht erschienen, was der Häftling als böses Omen hätte ansehen sollen. Keine Ahnung, was mit der Freundin passiert war. Womöglich hatte sie einfach bloß Verspätung oder war gerade woanders gefräßig zu Besuch, vielleicht ja sogar drüben bei den Eltern des Häftlings, die in einem anderen Bretterverschlag als Geiseln gefangen gehalten wurden.

Oder war seine Freundin etwa tot? Nein, unmöglich, niemals. Kakerlaken galten als Überlebenskünstler, waren zählebig, hart im Nehmen, kaum zu knacken – im Grunde unumbringbar. Das hatte der Häftling schon von klein auf mitgekriegt, wenn Papa oder Mama Jagd auf die Biester im Haus machten oder sich mit den Nachbarn über möglichst effektive Giftköder und Tötungsmethoden austauschten.

Und dann im Gymnasium, im Biologieunterricht bei *Profesora* Álvarez, war die geradezu viehische Zähheit und sprichwörtliche Unausrottbarkeit dieses Ungeziefers ein Thema gewesen. Der widerstandsfähige Panzer hielt das neunhundertfache des eigenen Körpergewichts aus. Als könnte ein Mensch sieben Lkw tragen, an den Vergleich damals in der Schule erinnerte sich der Häftling genau. Darum machte es einer Kakerlake auch nichts aus, wenn man mit der Fliegenklatsche auf sie draufschlug, ein Buch nach ihr warf, ja noch nicht mal ein Wuttritt mit dem Schuhabsatz konnte ihr etwas anhaben. Gegen handelsübliche Insektizide war sie resistent, und sie vertrug eine zehnmal höhere radioaktive Strahlung als der Mensch. Und selbst wenn – *selbst wenn* man sie erwischen sollte und enthauptete, vegetierte das Tierchen einfach weiter und weiter und weiter. Der Körper einer Kakerlake kam nämlich auch kopflos ganz gut zurecht und würde ewig so weitermachen, wenn er nicht ohne Kopf irgendwann verhungerte. Hatte jedenfalls *Profesora* Álvarez behauptet.

Nein, seine Freundin war ganz bestimmt nicht tot, daran klammerte sich der Häftling. Die Kakerlake käme wieder.

Es regnete seit zwei Wochen ohne Unterlass.

Hitze und Luftfeuchtigkeit waren mörderischer denn je.

Und es gab seit einer Woche nur Notrationen zu essen: Nichts als Panela, dieser gelbe gepresste Block aus Zuckerrohr, eine Art Melasse zum Abnagen. Einmal war Diego gekommen – der Jüngste der Entführer, der einen Bob-Marley-Wuschel hatte und ein selbst gestochenes Tattoo am Hals, das Jesus Christus darstellen sollte, aber aussah wie ein Comic-Pinguin – und hatte auf seinen dreckigen Handtellern ein weißes Pulver angeboten, was der Häftling mit Wasser verrühren und essen solle, hatte er gesagt. Sei was mit Vitaminen und so, helfe, gesund zu bleiben. Also hatte der Häftling das Zeug geschluckt – und kurz darauf alles wieder erbrochen.

Wie viele Kilogramm an Körpergewicht hatte er seit der Entführung verloren?

Jede einzelne Rippe ließ sich mittlerweile ertasten, auch die anderen Knochen standen hervor. Die Haut war trocken und juckte und hatte jede Elastizität verloren. Und der Häftling verlor büschelweise Haare.

Er schlief jetzt meistens auch tagsüber immer wieder mehrere Stunden am Stück. Und wenn er aufwachte, war er trotzdem noch immer müde.

Auch die Wundheilung funktionierte nicht mehr richtig. Die durch aufgekratzte Insektenstiche entstandenen Krater an Armen und Beinen ragten mittlerweile bis tief ins Fleisch.

Und die Kopf- und Bauchschmerzen hörten schon gar nicht mehr auf.

Aber dieser Tag heute würde noch schlimmer werden. Der schlimmste bisher.

Der Häftling hatte es sofort gemerkt, dass etwas im Busch war, vorhin, als *Comandante* Ernesto persönlich ihm zum Frühstück einen Becher Wasser und die Ration Panela brachte. Das hatte er noch nie zuvor getan, war niedere Arbeit, chefunwürdig, etwas für die Fußtruppe. Ungewohnt bedrückt war der sonst so großspurige Anführer gewesen. Herumgestottert hatte er und es vermieden, dem Häftling direkt in die Augen zu schauen.

Und dann mitgeteilt, seine Mutter *»ha muerto«* – sie sei gestorben. Vergangene Nacht. Irgendeine Krankheit wahrscheinlich. Oder eine Blutvergiftung. Vielleicht auch das Herz oder ein anderes Organ. Oder die Lebensuhr sei ganz einfach abgelaufen gewesen. Alte Frau und so. Sorry. *Mis condolencias.*

Er könne sich seine Kondolenzwünsche sonst wohin stecken, hatte der Häftling ihn angeschrien.

Er wollte den *Comandante* erschlagen, aber er ließ es nicht zu.

Er wollte ihn erwürgen, aber er schleuderte ihn gegen die Bretterwand.

Er wollte ihm die Finger in die Augen stechen. Der Kidnapper war stärker.

Als er ging, brach der Häftling heulkrampfend zusammen.

Heute war Tag 54 der Geiselhaft – und der Häftling wünschte, er wäre ebenfalls tot.

5

Die Idee kam ihm kurz vor fünf in der Nacht.
Wälti war ein Rückenschläfer. Das brachte mehrere Vorteile mit sich. Er konnte in dieser Lage frei und unbeschwert atmen, was seinem Körper eine höchst erholsame Tiefschlafphase ermöglichte. Rücken und Nacken wurden optimal unterstützt und das Körpergewicht gleichmäßig verteilt. Zudem war es der Schönheit förderlich. Es bildete sich keine Mimikfalten, weil der Kopf gerade lag, und wenn Wälti am Morgen erwachte, sah sein rechter grauer Seitenscheitel noch immer aus wie mit dem Lineal gezogen.

Könige schliefen auch auf dem Rücken.

Wälti schreckte in dieser Nacht also kurz vor fünf aus dem Schlaf auf und sah im Geiste seine Visitenkarten vor sich. Einfach so, aus dem Nichts, in aller Deutlichkeit. Wort für Wort, in schlichter Typographie gehalten, aber dafür mit Hochglanzoberfläche.

Mithilfe seines linken Schwungbeins gigampfte er sich aus dem Bett hoch und tappte barfuß durch das dunkle Zimmer in Richtung Fenster zum kleinen Schreibtisch. Er knipste die Klemmleuchte an und setzte sich auf den alten, drehbaren Werkstattstuhl aus gebeiztem Buchenholz und Metall, mit runder Gitterrückenlehne und gefedertem roten Filzsitz; ein knarzender Klassiker, auf dem schon Wälti senior senil selig gesessen hatte. Sein Bürothron. Den hatte er zwischen seinen zwei Berufen und den Saisonhälften hin- und hergezügelt. Im Sommer vermietete er in einem brombeerfarbenen Holzbungalow am See Ruderboote und Pedalos (und brachte Wältiklein das Segeln bei), in den Wintermonaten arbeitete er als Werkstattchef im städtischen Tramdepot. Nach Vaters Tod hatte sein Sohn den Stuhl samt dazugehörendem Eckreihen-Einfamilienhäuschen am Stadtberg geerbt.

Die Wältis schätzten seit vielen Jahren getrennte Schlafzimmer. Er schnarchte, Anni schwitzte. Und beide hatten nachts zu viel Verdauungsgase in den Gedärmen. Sie waren zu nüchterne Leutchen, um ein gemeinsames Bett für das sakrosankte und allein selig machende Ehebekenntnis zu halten, und immerhin putzten sie sich vor dem Schlafengehen noch gemeinsam die Zähne.

Aus der Schreibtischschublade zog Wälti ein Blatt Papier und einen Bleistift und schrieb nieder, was ihm eben im Halbschlaf erschienen war: den Titel seiner Detektei (fand er ein geradezu geniales Wortspiel), dazu die Art der Dienstleistungen, die er anzubieten gedachte, sowie seine E-Mail-Adresse. Ob Letzterer geriet er ins Grübeln. Die besaß er seit zwei Jahrzehnten, war im TV-Internet-Festnetz-Mobile-Abo-Paket seines Telekommunikationsanbieters inklusive – und endete deshalb auch auf dessen Namen. Blaue Mail auf Englisch, was eher unschön war für eine Einzelfirma wie Wältis Detektei. Wirkte laienhaft weil massenhaft, billig da gratis, als könnte er sich nichts Eigenes leisten, nah am unseriös. Er würde eine neue E-Mail-Anschrift benötigen, die einzigartig war, nach etwas klang und die Lauterkeit seiner Firma unterstrich.

Er googelte nach *persönliche E-Mail-Adresse erstellen* – und stieß auf eine Million Angebote, die ihn völlig überforderten. Genau so hilflos stand er jeweils im Herrenbekleidungsgeschäft vor den Regalen und Stangen mit den Hosen. Er bevorzugte bei der Arbeit »Autofahrerhosen« – oh, ja, die Kategorie existierte tatsächlich –, querelastisch, mit bis zu zehn Zentimetern weitenverstellbarer Dehnreserve am Komfortbund, bauchbequem während des Taxidienstes und dennoch elegant. Anni begleitete ihn bei jedem Hosenkauf; sie allein entschied, was er anzuprobieren hatte, was ihm stand und was nicht.

Wälti kannte eine Menge Paare in seinem Alter, bei denen die Frau zu Hause die Hosen anhatte. Aber Anni kaufte sie auch noch für ihn ein.

Genauso würde er jetzt bei dieser E-Mail-Sache Hilfe benötigen, Tipps von jemandem, der sich mit solch digitalem Postkram auskannte. Vielleicht wüsste ja Frau Businelli … Wälti verzog das Gesicht, als hätte er eben unter dem Schreibtisch mit den nackten Zehen in ein Hundehäufchen gepatscht. Die gute, diensteifrige Seele war ja nun pensioniert.

Wie wohl die Nachfolgerin war?

Eigentlich hatte Wälti heute erst ab elf Uhr Fahrdienst, aber seine Neugier auf die junge Disponentin war größer. Immerhin müsste er mit ihr eng zusammenarbeiten; sie sagte, wo es langging beziehungsweise wo er hinzufahren hatte. Da nahm es ihn halt schon wunder, wen man ihm da vor den Karren spannte. Er beschloss, seinen Morgenkaffee in der Taxizentrale zu trinken, was er sonst nie tat und daher auffallen würde. Scharf hochgezogene Kollegenaugenbrauen würde er mit Ausflüchten à la »Papierkram und Monatsrapport ausfüllen« ins Leere laufen lassen.

Als er um halb sieben die Wohnung auf Zehenspitzen verließ, schlief Anni immer noch. Jedenfalls war ihre Zimmertür geschlossen. Vielleicht lag sie aber auch schon wach und las im Bett die Tageszeitung auf ihrem Tablet-PC.

Er war noch zu früh für die Taxizentrale, viel zu früh. Die Neue würde kaum vor neun Uhr beginnen. Also fuhr Wälti an den See, wo er um die Zeit problemlos einen Parkplatz fand. Er machte einen Spaziergang die Uferpromenade entlang und genoss es, der Welt beim Erwachen zuzusehen – oder wenigstens dieser Stadt, deren Bewohner sie allerdings für das Zentrum der Welt hielten.

Die Luft war lau, der Himmel bleich und weit und wirkte ein wenig müde. Der See roch frisch nach diesem typischen Miefmix aus kühlem Kiesel und Faulgasen vermodernden Seegrases. Ein Hauch von Morgenmelancholie – der Herbst lauerte. Das Licht besaß nicht mehr die Luzidität eines Sommermorgens, diese weißgoldklare Andachtsbeleuchtung zum Niederknien und Tiefenbesaufen, sondern war diesig wie wässrige Milch.

Wälti fand ganz einfach nur, das sei ein sehr schöner Morgen, schönes Wetter, ein schöner See mit schönen Schwänen. In der Trompetenbaum-Allee am Uferweg war ihm vögeliwohl, und er amüsierte sich köstlich über die Möwen und Taucherli, die sich um die harten Fonduebrotmöckli zankten, die er in einer Papiertüte von zu Hause mitgebracht hatte und ihnen beim Spazieren mit routinierter Bewegung aus dem Handgelenk zuwarf, wie der Sämann von van Gogh.

Bei Spaziergangshalbzeit setzte er sich auf eine wandersockenrote Parkbank und las eine halbe Stunde lang in einem Jerry Cotton, den er zusammengefaltet in der Gesäßtasche mitgeführt hatte, ehe er den ganzen Weg zurück zum Parkplatz marschierte. Dort erst ein wenig am Taxi herumpützelte und dann bloß noch dumm herumstand und wartete und alle paar Minuten auf die Uhr schaute, ja sich sogar aus purer Langeweile am Kiosk einen Kaffee *to go* holte (wo er Wegwerftrinkpausen doch sonst ein No-Go fand), bis es endlich Zeit fürs Büro war.

Alles an der Frau war frech – außer ihrem Namen.

Sie saß an Frau Businellis Schreibtisch, verhandelte über ein Headset offenbar gerade mit einem Taxikunden und klapperte gleichzeitig mit solch einer Geschwindigkeit auf der Computertastatur herum, als versuchte sie das Teil zum Glühen zu bringen. Obwohl die Klimaanlage auf Höchststufe lief, hatte sie das Fenster neben ihrem Arbeitsplatz sperrangelweit geöffnet. Als Wälti den Raum betrat, stoppte sie das Tippen abrupt, warf den Kopf herum und funkelte ihn an, als störe er ihren PC-Götzendienst.

Wälti schätzte die Frau auf Mitte zweite Hälfte zwanzig.

Sie hatte einen dachsfrechen Ausdruck im Gesicht, und ihr schulterlanges Haar sowie die auffallend buschigen Augenbrauen waren dermaßen abgrundtief schwarz und glänzend, als seien sie eben frisch geteert worden. In ihren dunklen Augen lag etwas Listiges, so als würde sie sich für diesen Kerl, der da ins Büro hereingeplatzt war, einen Streich ausdenken. Und ihr kleiner roter Mund zuckte unentwegt, mal spöttisch gekräuselt, dann wieder sarkastisch verzogen.

Sie trug Bluejeans, knallrote Espadrilles an den Füßen und ein schwarzes T-Shirt, auf dem ein Kerl abgebildet war mit Zottelfrisur und Junkieblick, über dessen Stirn das Wort *Nirvana* lief. Und sie hatte zwei Vögel. An ihren Ohren baumelten handtellergroße, schrillfarbene Plastikpapageien.

Die Nase aber … Die Nase machte Wälti vollends nervös. Rotzfrech, sommersprossig, stupsig – wie ein Riechorgan gewordener Vorwurf. Wälti fühlte sich augenblicklich angeblafft und war drauf und dran, sich zu rechtfertigen, obwohl er nicht den geringsten Blassen hatte, wofür.

»Aha, das muss der Wälti sein.« Genau den gleichen Ton hatte vor hundert Jahren Wältis Grundschullehrerin draufgehabt, Fräulein Näf, wenn er *Seich* gemacht hatte.

»Wälti mein Name, ganz recht. Guten Tag Frau …«

»Mosimann.«

Was Wälti jetzt noch ulkig fand. Alles an der Frau war frech, und dann solch ein bünzliger Name … »Freut mich, Frau Mosimann.«

Sie ächzte und verwedelte seine Worte mit der Hand. »Nicht. Bitte niemals Mosimann. Alle nennen mich bloß beim Vornamen. Ich heiße Evita.«

»Oh. Aha. Evita. So wie die Evita aus dem berühmten …« Er summte die ersten Takte des Refrains von »Don't Cry for Me Argentina«.

»Wow, das hat ja jetzt noch gar niemand bemerkt.« Sie schlug die Hände zusammen, blies ihre Backen auf und rollte mit den Augen, als habe sie eben etwas Ungeheuerliches erfahren. »Du bist der Allererste überhaupt, der mich auf das Musical anspricht.«

»Echt jetzt, das erstaunt mich aber. Ich hätte gedacht, dass gehöre zum Allgemeinwissen, weil …«

»Hey, ich verarsche dich doch nur. Das mit dem Musical höre ich hundert Mal am Tag.« Sie gab ein freudloses Lachen von sich. Dann zog sie das Headset vom Kopf, schoss vom Drehsessel hoch, baute sich einen ganzen Kopf kleiner vor Wälti auf und streckte ihm ihre Grußhand so blitzschnell entgegen, wie ein Pistolero seine Waffe zog. »Evita.«

»Ganz, was Ihnen lieber ist, Frau Evita.«

Zum ersten Mal geriet sie ein wenig aus der Fassung. Und schaute irritiert. Unsicher, ob der Kerl sich hier gerade für ihre Verarsche von vorhin revanchierte, oder ob er sein Old-Style-Gesieze mit ihrem Vornamen wirklich ernst meinte.

»Und du bist …?«, raunzte sie ihn an.

»Eben, wie gesagt, Wälti. Einfach nur Herr Wälti. So nennt man mich hier im Betrieb.«

»Sag bloß! Du Armer hast keinen Vornamen? Wurdest geboren, und deine Mami sagte: ›Duziduzi, Baby Wältilein du!‹«

Er wusste nicht, was sagen, also sagte er nichts. Schwieg sie kalt an. Doch als sie nicht aufhörte, ihn mit ihrem Teerbrauengerunzel zu provozieren, antwortete er ruhig: »Natürlich besitze ich einen Vornamen, aber den verwende ich nie.«

»Weil er so grässlich ist?«

Gegen seinen Willen zuckte Wälti zusammen. Fragte sie das? Oder wusste sie das? Hatte sie etwa … Woher … Er versteinerte seine Wirbelsäule und wiederholte sich: »Wie gesagt, für die Belegschaft hier bei Kaiser Reisen bin ich einfach nur der Herr Wälti. Und mir wäre sehr recht, wenn Sie, liebe Evita, das respektieren würden.«

»Huuu, so sensibel?«

Er schaute brüskiert zu Boden.

»Da ist aber einer ganz schön in Wältiwatte gepackt, was?«

Er schaute pikiert zur Decke – und bemerkte erst jetzt, dass sämtliche Lampen im Raum brannten. Zugegeben, die Morgensonne war noch immer ziemlich schwach und das Büro darum etwas schummrig, und trotzdem fand Wälti, hier werde gerade unnötig Strom vergeudet. Er war ja nun wirklich kein Grüner, aber volle Beleuchtung bei helllichtem Tag …

Evitas flockiges Keckern holte ihn von der Decke runter. »Okay, wie du Wälti willst.« Sie ließ das *Du* wie eine Drohung klingen und warf den Kopf so heftig herum, dass ihr die Papageien nur so um die Ohren flogen. »Selbst schuld, jetzt hast du meine Neugier erst so richtig geweckt.« Sie setzte sich zurück an den Schreibtisch und klapperte wieder wild drauflos. »Schauen wir doch mal, was wir finden …«

»Was tun Sie da?«

»Ich weiß immer alles, was ich wissen will. Ah, da ist sie ja schon, deine Personalakte.«

Wälti stand in Null Komma Nichts bei Fuß und starrte mit offenem Mund auf den Bildschirm. »Bitte was? Sie haben meine … Aber darauf hat doch nur die HR Zugriff?«

»Euer IT-System ist ein Witz. Sicherheitslevel null.«

»Aha, und das kann die Frau Evita natürlich bereits an ihrem allerersten Arbeitstag nach gerade mal einer Stunde einfach so beurteilen?« Er erschrak ja selbst ein wenig über seinen zynischen Ton.

»Yesss, kann die Frau Evita. Weil die Frau Evita nämlich Informatik studiert hat.«

So, wie sie ihn jetzt mit ihrem Blick durchbohrte, die Augen kritisch zusammengekniffen, die buschigen Teerbrauen zu einem V heruntergerunzelt … wie ein Adler, der im Sturzflug seine Kleinpelztierbeute anvisierte.

Das Wältiopfer schluckte leer, sein Kopf sackte zwischen den Schultern ab, und er meinte zu schrumpfen. Wie ein Schulbub stand er da und musste hilflos mitansehen, wie sie respektlos durch seine Akte scrollte – und plötzlich stutzte.

»Das glaube ich jetzt aber nicht. Da steht doch tatsächlich nirgendwo dein Vorname.«

Er machte Spitzmündchen und ballte im Geiste die Siegerfaust.

»Echt jetzt, Wälti*man*? Du hast es geschafft, der Firma deinen Vornamen seit ...« – sie streckte den Kopf näher zum Bildschirm und schien nachzurechnen – »... dreiundvierzig Jahren zu verheimlichen?«

Er strahlte, als habe sie ihm gerade ein lohnrelevantes Kompliment gemacht.

»Jetzt bin ich aber baff. Okay, reife Leistung, muss man erst mal hinbekommen. Scheinst mir ja ein ganz *Heimlifeißer* zu sein, du Wältiphantom du.«

Das nahm er jetzt aber als Auszeichnung. Phantom klang ja beinahe ein wenig nach Superkräften.

Und dann – aus dieser kleinen Euphorie heraus – kam ihm plötzlich diese Idee. Was hatte er schon zu verlieren? Und das Papageienohr-Gör hier war schließlich vom Fach.

»Evita, Sie als studierte Informatikerin ...«

»Jetzt kommt *das* wieder.« Sie schnaubte. »Nein, der Job hier ist keine Notlösung. Nein, ich will bewusst nicht zurück in die IT-Branche. Und nochmals nein, ich bin für die Stelle hier nicht überqualifiziert, ich mag das genau so. Zufrieden jetzt? Sonst noch was?« Sie war stinkig und warf ihren Kopf so energisch herum, dass die Ohrenpapageien zappelten wie frisch am Galgen aufgeknüpfte Desperados.

Wälti hundeblickte betupft. »Äh, das ... wollte ich eigentlich gar nicht fragen.«

»Sondern?«

»Ob Sie als Expertin mir bei einer privaten Internet-Sache behilflich sein könnten?«

»Nämlich?«

Er erzählte ihr von seinem Problem mit der E-Mail, und als sie sicher war, dass Wälti sie nicht verulkte, beriet sie ihn tatsächlich, erklärte ihm den Sachverhalt und zeigte ihm sogar, wo im Internet man sich seine eigene, persönliche E-Mail-Adresse organisieren konnte. Sie schlug ihm sogar ein paar Anbieter vor und – als Wälti ihr die Wahl überließ – ging mit ihm Schritt für Schritt das Anmelde-Prozedere durch, bis er in seinem Namen eine neue Adresse sein Eigen nennen durfte. Dauerte alles in allem keine Viertelstunde: *waelti@waeltiwaelti.com*

Nur einmal *waelti* war bereits besetzt (eine Fensterfabrik im Thurgauischen besaß diese Domain), darum halt den Doppelwälti.

Und die Endung bewusst auf *com* und nicht *ch*. Wälti fand, wenn schon, denn schon, dann gleich international.

Fand Evita klug, weil weitsichtig und langfristig denkend – und sagte ihm das auch genau so. Was ihn wiederum zu einer überbordenden Dankestirade samt doppelhändigem Händegeschüttel anstachelte. Ohne ihre Hilfe, versicherte er der Frau Evita, hätte er das alles niemals geschafft.

»Gern geschehen, musst deswegen hier nicht gleich einen auf Sugardaddy machen.«

Dann passierte etwas.

Tage, ja Wochen später noch würde sich Wälti gedanklich immer und immer wieder in genau diesen Moment zurückversetzen, um endlich begreifen zu können, was eigentlich genau geschehen war.

Es begann damit, dass sein Handy in der Innentasche des Sakkos brummte. Er zog es heraus und sah auf dem Display, dass Securitychef Zweifel aus dem Cavallo anrief.

»Entschuldigung, da muss ich ran. Gehe rasch raus«, sagte er zu Evita, lief zur Tür – und betätigte im Vorbeigehen den Lichtschalter. Wie gesagt, er war beileibe kein Grüner, aber alle Lampen an bei Tageslicht …

Manchmal wurde Wälti aus heiterem Himmel von einem sehr starken, sehr merkwürdigen Gefühl übermannt. Er konnte nicht recht erklären, was es war. Aber etwas in ihm drin meldete sich in gewissen Situationen mit aller Vehemenz, beinahe wie ein Alarm. Keine Ahnung, wie man dazu sagte: Instinkt, Intuition, Bauchgefühl, siebter Sinn, himmlische Eingebung? Wie ein Schutzengel mit Alarmsirene und Blaulicht.

Er selbst nannte es »den Wältiwächter in mir«.

Der Wältiwächter hatte ihm schon öfters den Hintern gerettet. Etwa, wenn sich während seiner Nachtschicht ein komischer Typ dem Taxistand näherte und alles in Wälti drin aufschrie: Nein, nimm den ja nicht mit! Oder wenn er, ohne plausiblen Grund, seine Fahrt massiv verlangsamte, weil irgendwo in ihm drin gerade sämtliche Warnlichter angingen – und dann, zwei Sekunden später, ganz unvermittelt ein Kind auf die Fahrbahn rannte. Oder wenn er nach Schichtende auf der Heimfahrt noch Blumen besorgte, weil das Zwicken im Genick ihn warnte, dass Anni daheim *möff* herumhockte und ein fröhlicher Frühlingsstrauß sie wieder milde stimmen und ihm damit den Feierabend retten würde.

Ja, auf den Wältiwächter war Verlass. Auf den Wältiwächter hörte er.

So wie jetzt, beim Hinausgehen, auf der Türschwelle, als der Wächter ihm sagte, er solle augenblicklich stehen bleiben und einen Blick zurück ins Büro werfen.

Weil dort Evita am Sterben war.

So jedenfalls sah es aus. Ihre Augen weit aufgerissen, aschfahl das Gesicht, Panik im Antlitz, beide Hände um die Lehnen gekrampft, der ganze Körper wie von einem unsichtbaren Riesen in den Sessel gedrückt. Und sie rang verzweifelt nach Luft.

Wälti eilte zu ihr hin und packte sie bei beiden Schultern. »Um Himmels willen, was ist mit Ihnen los?«

Sie starrte ihn nur an, atmete flach und stoßweise wie jemand, der einen allergischen Schock hat. Oder einen Herzinfarkt. Oder eine Vergiftung.

»Was? Was kann ich tun?« Es geriet ihm hysterischer, als beabsichtigt.

Evita brachte noch immer kein Wort heraus, deutete jetzt aber mit zitternder Hand in Richtung Tür.

»Was ist dort? So sagen Sie doch, was ich tun soll?«

Ihr Atem ging jetzt pfeifend, und sie verdrehte die Augen, als stehe sie kurz vor einer Ohnmacht. »Ruck… sack«, würgte sie hervor.

»Ihren Rucksack meinen Sie? Ich soll Ihnen den bringen, ja?«

Sie nickte mit schief versteinertem Kiefer.

Mit zwei Riesenschritten war Wälti beim Garderobenständer. Da hingen eine hellblaue ausgebleichte Jeansjacke mit allerlei Stickern und ein Tagesrucksack aus abgewetztem Stoff in der Grässlichfarbe Pink-Tarnfleck.

»Der? Der hier?«

Ihr Stöhnen bedeutet wohl ein Ja.

Wälti angelte die Scheußlichkeit vom Haken, hastete zurück, fiel auf sein rechtes Knie und hielt Evita den Rucksack mit ausgestreckten Händen entgegen. Es sah aus, als mache er ihr einen Heiratsantrag.

Sie zurrte den Reißverschluss auf, so zittrig und langsam, als sei es das Anstrengendste auf der Welt, streckte ein Hand hinein, tastete, kramte, suchte – und zog ein rosafarbenes fingerlanges Plastikrohr heraus, das an dem einen Ende rechtwinklig verzweigt war. Wie ein Miniatur-Abflussrohr.

Das abgewinkelte Ende steckte sie sich in den Mund und drückte dann mit dem Daumen auf das obere Ende des Rohrs. Ein »Pfffff« ertönte, gleichzeitig inhalierte sie tief, stöhnte dann erleichtert auf, und ihr ganzer Körper entspannte sich fast augenblicklich.

Und endlich begriff Wälti. Ein Inhalator.

Noch immer auf einem Heiratsantragsknie am Boden kauernd, packte er ihr Handgelenk – eiskalt und feucht fühlte sich die Haut an – und suchte den Puls.

»Soll ich Ihnen einen Arzt rufen?«

Sie schüttelte den Kopf.

»Wie kann ich …?«

»Ist … gleich alles … vorbei.« Sie keuchte zwar noch immer, aber jetzt bedeutend niedertouriger und weniger endzeitig.

Er ließ sie zur Ruhe kommen, blieb einfach an ihrer Seite, wartete wortlos. Und nach vielleicht fünf Minuten, als ihr Atem wieder normal schien und sie zurück in der Spur, sagte sie: »Asthma. Ich leide seit meiner Kindheit daran. Mittlerweile habe ich das ganz gut im Griff, aber ab und zu erleide ich einen schweren Anfall. Tut mir leid, dass du das miterleben musstest.«

»Ich bitte Sie, nicht doch, Sie können ja nichts für. Bin allerdings, muss ich zugeben, ziemlich erschrocken.«

»Sehr?«

Er nickte.

»So sehr, wie wenn ich deinen Vornamen erführe?«

Er murrte belustigt und verdrehte übertrieben die Augen, war aber insgeheim froh, dass sie ihn bereits wieder veralbern mochte.

»Wälti, holst du mir bitte ein Glas Wasser? Schön kalt, wenn's geht, ja?«

Er federte auf und lief hinaus auf den Flur und weiter

zur Kaffeeküche. Als er kurz darauf mit einem Trinkglas in Hand zurückkam und das Büro betreten wollte, blieb er in der Tür stehen. Was zum Henker tat die da?

Evita saß noch immer auf dem Sessel und floppte gerade ihre Espadrilles von den Füßen, während sie aus ihrem Rucksack eine kleine, ovale Blechdose herauskramte.

Wahrscheinlich Pillen, dachte Wälti.

Sie klappte die Dose auf und leerte ein paar hellbraune Kügelchen auf ihre Handfläche.

Definitiv Pillen, dachte Wälti. Dann war Evita Mosimann wohl eine wirklich schwere Asthmatikerin, da genügte der Inhalator allein nicht, sie benötigte nach einem Anfall noch zusätzlich Medikamente – eben die braunen Pillen.

Doch statt zum Mund, führte Evita die Hand zu ihren Espadrilles – und ließ in jeden Schuh einige der Pillen hineinkullern. Zwei gingen daneben, rollten weg über den Nadelfilzteppich und blieben neben dem Schreibtisch liegen. Sie steckte ihre nackten Füße zurück in die Espadrilles, zuckte kurz zusammen, schloss dann die Augen und atmete mit angespannter Mimik tief ein und aus.

Wälti verstand gar nichts mehr. War das so was Homöopathisches? Und die Einnahme erfolgte über die Füße? Via Fußsohlen? Anni hatte auch mal so eine Kügeli-Phase gehabt, wegen ihres Heuschnupfens. Die Pillen hatte sie sich damals unter die Zunge gelegt. Aber in die Schuhe … Hatte Wälti noch gar nie davon gehört. Aufnahme via Schleimhaut, ja, aber via Hornhaut …

»Hier ist Ihr Wasser«, sagte Wälti, betrat das Büro und stellte das Glas auf den Schreibtisch. Dann bückte er sich und las die beiden verloren gegangenen Pillen vom Teppich auf.

»Und die zwei sind Ihnen runtergefallen« Er legte die kleinen braunen Kügelchen neben das Wasserglas. Und stellte fest, dass es gar keine Pillen waren.

Sondern getrocknete Kirschkerne.

6

Herunterfahren konnte Wälti am bestem beim Herumfahren.

In seinem Taxi drin kam er wieder zur Ruhe. Eiserne Verkehrsregeln, übersichtliche Fahrbahnen und ein klar definiertes Ziel brachten ihn alleweil wieder in die Spur.

My car is my castle.

Dazu hörte er im Autoradio das *Kranken-Wunschkonzert*, was ihn zusätzlich entspannte, da hier ausschließlich blutdruckstabilisierende Melodien und Lieder gespielt wurden.

Das Erlebnis eben mit Evita verstörte ihn mehr, als ihm lieb war. Aber er hatte jetzt keine Zeit, eingehend darüber nachzudenken. Später dann. Erst mal Zweifel zurückrufen. Dessen Telefonat hatte er vorhin im ganzen Chaos der Disponentenleitstelle weggedrückt.

»Wälti hier. Entschuldigen Sie, ich konnte vorhin nicht rangehen.«

Der Securitychef war kurz angebunden. »Schon okay, bin selbst grausam *busy*. Darum nur kurz: Können Sie morgen um zehn vorbeikommen? Die Chefetage hat eingewilligt. Der Auftrag gehört Ihnen, wenn Sie wollen.«

»Das freut mich zu hören. Meinen allerherzlichsten Dank für Ihr Vertrauen, Sie werden es …«

»Morgen um zehn also.«

»Darf ich fragen, in welchem Bereich ich eingesetzt werde?«

Zweifel zögerte und sagte dann: »Betriebsinterne Ermittlungsarbeit.«

»Meine Spezialität.«

Irrte Wälti sich, oder kicherte Zweifel ganz kurz, als er anfügte: »Ihr Job trägt den Codenamen ›Goldpapier‹.«

»Wirklich?«

»Ja, wirklich, Herr Wälti. Ich ... verscheißere Sie bestimmt nicht.«

Diesmal war sich Wälti sicher, dass der Securitychef kicherte.

Jetzt zählte jede Stunde. Darum musste Wälti Druck machen. Vierfarbig.

Nach dem Telefongespräch fuhr er ans andere Ende der Stadt. Zwar gab es in Wältis Wohngegend eine kleine Druckerei in dritter Generation, aber er wollte seine Visitenkarten möglichst weit weg von zu Hause drucken lassen. Nichts wäre ihm peinlicher, würden die Nachbarn etwas von seiner Privatdetektei mitkriegen.

Schau an, da kommt unser Quartierkommissar Schnüffelwälti.

Solche Sprüche und Frotzeleien wären nur schwer zu ertragen. Kam noch dazu, dass es für ihn nervenschonender war, wenn Anni vorerst nichts von seinen Expansionsplänen erführe.

Die Firma hieß SprintPrint und warb im Internet für ihren speditiven, kostengünstigen Vierundzwanzig-Stunden-Expressdienst. Das Geschäft lag direkt an der Hauptstraße, im Erdgeschoss einer ungepflegten Backsteinhäuserzeile aus den Sechzigern. An der Fassade über dem Eingang war noch blass auf verblichen *E. Küng – Kolonialwaren* zu entziffern. Die Schaufenster hätten dringend eine Reinigung nötig gehabt.

Eine junge Frau mit orangem Bauchfrei-T-Shirt und Melasseblick, die laut Namensschild auf der Theke Jessica hieß, nahm Wältis Auftrag entgegen. Sie wirkte irgendwie dauergestresst.

Stressica.

Wälti wählte die Visitenkarte genau so, wie er sie heute Morgen früh in seinem Aufwachtraum gesehen hatte – schlichte Typographie, aber dafür mit Hochglanzoberfläche. Fürs Erste orderte er hundert Stück davon. Seinen Firmennamen (er fand das Wortspiel nach wie vor genial) musste er dem Melasseblick namens Jessica drei Mal diktieren, ehe sie ihn richtig in die Bestellmaske auf ihrem Tablet eingab. Wenn sie mit ihren künstlichen Fingernägeln auf das Glasdisplay tippte, klang das wie Ratten, die übers Parkett trippelten. Wälti gab sich wirklich Mühe, der Angestellten den Wortwitz zu erklären, doch sie schaute ihn nur noch traniger an. Melasse – definitiv nicht nur in ihrem Blick.

Er wählte den *Pronto-Subito-Auftrag.* Kostete ihn zwar ein schönes Sümmchen extra, aber er benötigte die Visitenkarten unbedingt schon morgen früh, bevor er im Castello Cavallo seinen Job antrat.

Lügen haben schöne Beine.

Für den Rest des Tages chauffierte er Kundschaft herum. Er hatte seine Stammgäste – die machten achtzig Prozent der Fahrten aus –, die ihn regelmäßig buchten und am immer gleichen Wochentag und zur immer gleichen Zeit an den immer gleichen Ort gebracht werden wollten. Physiotherapie, Café, Bahnhof, Hallenbad, Flughafen, Cherry-Bar, Zentralbibliothek, Blindenschule Loosmatt, Einkaufszentrum, Friedhof, Zoo – und Frau König mit ihren fünfjährigen nierenkranken Zwillingen dreimal die

Woche ins Kinderspital und vier Stunden später, nach beendeter Dialyse, wieder nach Hause. Viele Kunden kannte Wälti seit Jahrzehnten, von nicht wenigen wusste er die komplette Lebensgeschichte.

Wer Taxi fuhr, erfuhr.

Für manche Gäste war Wälti auch Beichtvater, Lebensberater und Seelentröster – oder einfach nur geduldiger, weil schweigend chauffierender Zuhörer. Und absolut diskret dazu. Was im Taxi geredet wurde, blieb im Taxi. Wälti war verschwiegen wie ein Waffenhändler, vertrauenswürdig wie ein Blindenhund, besaß die hellwache Gelassenheit eines buddhistischen Mönchs und hütete die Geheimnisse seiner Fahrgäste mit der Verbissenheit eines Panzerkommandanten.

Die Kunden erzählten ihm von ihren Enkeln, Therapeuten, blinden Schulkameraden, Liebhaberinnen, Jass-Kumpanen, Arbeitskollegen, Wanderferien-Begleiterinnen, Seniorenheim-Liebschaften und verstorbenen Ehepartnern. Sie plauderten, jammerten, lobten, weinten, lachten und schimpften. Sie ließen sich die Fahrten auf ihre Monatsrechnung schreiben oder zahlten gleich und bar und verzichteten auf das Wechselgeld.

So war Wälti im Laufe der Jahre zum Experten geworden für offene Beine, geschlossene Psychiatrieabteilungen, pilzbefallene Rosen, schwankende Börsenkurse, zugeknöpfte Ehepartner, Aargauer Rüeblitortenrezepte, ungewollt schwangere Töchter, ungewollt kinderlose Schwiegertöchter, besternte Fresstempel, Brailleschriftcomputer, kastrierte Katzen, nervklickende Bodenheizungen, Nagellacktrendfarben und die kryptische Leistungsbeschreibungsabkürzungen auf Arztrechnungen.

Je älter seine Stammkunden wurden, desto weniger Liebes- und mehr Leidensgeschichten vertrauten sie ihm an.

Und manche kamen eines Tages gar nicht mehr zur immer gleichen Zeit an den immer gleichen Abholort, und Wälti las ein paar Tage später deren Todesanzeige im Tagblatt.

Zwischen seinen Stammgastfahrten meldete sich heute immer mal wieder Evita aus der Zentrale per Handy und diktierte ihm frisch eingegangene Fahraufträge. Über den Vorfall am Morgen verloren weder er noch sie ein Wort.

Beim Café complet zum Abendessen wollte Anni wissen, wie sich die Neue im Büro benähme. Wälti sagte, dass er noch nicht viel sagen könne, schilderte deren Aussehen, erwähnte die Papageienohrringe und ihren Namen, aber mit keinem Wort den Asthmaanfall. Und schon gar nicht, dass sie als Gegenmittel Kirschkerne via Fußsohlen einnahm. Anni hätte viele Fragen und er nicht eine einzige Antwort.

Nach dem Abwasch schauten sie zusammen, wie jeden Dienstagabend, den Dienstagabendkrimi, danach noch die zweite Hälfte einer Millionen-Quizshow, ehe sie gegen zehn Uhr gemeinsam die Zähne putzten und dann in ihren getrennten Schlafgemächern verschwanden.

Wälti starrte im Dunkeln an die Decke, verschränkte die Hände hinter dem Kopf und dachte über seinen Auftrag im Castello nach. »Betriebsinterne Ermittlungsarbeit«, hatte Zweifel gesagt, und der Codename laute »Goldpapier«. Das konnte alles Mögliche sein. Aber es klang schon mal gut, irgendwie hochwertig. Hatte es etwas mit wertvollen Unterlagen zu tun? Vielleicht waren wichtige Verträge intern verlegt worden, und er musste sie aufspüren? Oder – das wär's natürlich – er bekam eine Aufgabe bei dieser internationalen Polit-Konferenz?

Wie auch immer: »Gold« klang vielversprechend. Kein schlechter Einstieg in sein Dasein als Privatdetektiv.

In dieser Nacht träumte er von Evita. Die Papageien an ihren Ohren wurde lebendig, flatterten davon, nur um sich dann mit Mordsgekrächze auf Wälti zu stürzen und ihm Löcher in den Kopf zu picken.

Als er aus dem Albtraum aufschreckte, war es kurz nach zwei und Wälti verstört, verschwitzt und hellwach. Er wechselte den Pyjama, holte sich aus der Küche ein Glas Milch, setzte sich an den Schreibtisch und fragte Google, gegen welche Krankheiten Kirschkerne halfen. Fand aber – außer dem altbekannten Wärmekissen mit ebendieser Füllung – nichts Erhellendes dazu.

Dann tippte er »Goldpapier« ein, landete aber immer nur bei Onlineshops für Bastelbedarf.

Gegen Viertel vor drei ging er wieder zu Bett und schlief sofort ein.

7

Hier, bitte schön.«

Wälti überreichte Zweifel seine Visitenkarte mit beiden Händen und einer leichten Kopfverbeugung, wie japanische Geschäftsleute es taten. Oder Ministranten mit Sakralkram.

Der Securitychef lehnte sich weit zurück in seinem Sessel, las und würstelte dabei die Lippen.

»Alles klar.« Er lächelte etwas gequält. »Sauglatt, die Idee mit Ihrem Firmennamen.«

»Ja, *gelled Sie*, den meisten meiner Klienten gefällt das«, sagte Wälti zu seinem allerersten Kunden.

Überwältigend
Privatdetektei
Für Unternehmen und Private
Observationen, Recherchen, Befragungen, Ermittlungen
waelti@waeltiwaelti.com

Dann kam Zweifel zur Sache. »Wie ich schon sagte, brummt diese Woche der Laden extrem. Wir haben außergewöhnlich viele Meetings und Events. Unsere Seminar- und Konferenzräume sind überbelegt, sogar den Gartenpavillon und das Bootshaus mussten wir zu Sitzungsräumen umfunktionieren. Zudem sind wir komplett ausgebucht, kein einziges Zimmer ist mehr frei. Kein Wunder, wenn das Polit-Gipfeltreffen, das in einigen Tagen beginnt, gleich zwei ganze Etagen in Beschlag nimmt.

Von den Sicherheitsvorkehrungen will ich jetzt gar nicht sprechen. Jede der beiden ausländischen Parteien hat ihre eigene Security, und die Schweizer Bundespolizei funkt uns auch noch ständig dazwischen. Es ist ein einziger Albtraum. Aber was will man machen ...«

Er griff sich mit beiden Händen an die Schläfen und strich dann langsam den Wangen entlang bis zum Kinn. Die klassische Mein-Gott-bin-ich-fertig-Geste. Wälti fand, der Securitychef sah noch übermüdeter aus als bei ihrer ersten Begegnung. Und auch irgendwie ... kleiner. Als wäre er geschrumpft. Oder zu oft zusammengestaucht worden. Seine Doggenschultern wirkten jetzt schmaler und gedrungener. Mehr bernersennenhundiger.

»Wo kann ich helfen?«, fragte Wälti mit dem Ton eines Arztes, der seinen treusten Hypochonder-Patienten begrüßte. »Darf ich raten? Es geht um eben diesen Polit-Gipfel? Stimmt's?«

»Falsch, völlig andere Baustelle. Ich möchte, dass Sie in einer Diebstahlsache ermitteln.«

»Auch schön.«

»Im Hause wird geklaut.«

»Nicht schön.«

»Wir vermuten den Dieb unter den Angestellten.«

»Das wird ja immer schöner. Er bestiehlt die Gäste?«

»Wäre ja noch schöner. Nein, uns – er entwendet Hoteleigentum. Und zwar in rauen Mengen.«

Blitzschnell überlegte Wälti, welche tragbaren Kostbarkeiten in einem Hotelzimmer zu stehlen sich lohnte. Silberbesteck, teure Deko, hochwertige Bettwäsche oder Bademäntel? Kristallene Tischlampen, antike Pendulen, luxuriöse Pflegeprodukte, kleine Gemälde? Oder etwa die Flachbildschirm-Fernseher?

»Sie sagten gestern am Telefon, der Codename meiner Operation laute ›Goldpapier‹ ...« Wälti machte eine fragende Geste.

Zweifel rang die Hände. »Irgendjemand klaut massenhaft von unseren schweineteuren Rollen.«

»Rollen?«

»Toilettenpapier, Wälti. Für unsere Edel-Suiten. Mit Goldrand.«

Es kam selten vor, dass er beim Taxifahren nicht zu hundert Prozent bei der Sache war. Aber für den Rest des Tages hummelte Wälti das Goldpapier in einer Endlosschlaufe im Kopf herum. Einmal musste er brüsk bremsen, weil er beinahe ein Rotlicht übersehen hatte, dann nahm er einem Radfahrer die Vorfahrt, zwei Mal vergaß er den Taxameter bei Fahrbeginn einzuschalten, und als er der alten Frau Habegger vom Tannenweg Nummer 18 die Taschen mit den Wocheneinkäufen aus dem Kofferraum lud, ließ er doch tatsächlich eine fallen, und ein Glas Konfitüre ging zu Bruch. Da half es auch nichts, dass es Hagebuttenkonfitüre war, die fand Wälti nämlich ganz grässlich pelzig.

Sein Auftrag lautete, den Toilettenpapier-Dieb zu fassen.

Wälti war aufgeregt und konsterniert zugleich. Der allererste Einsatz für die Privatdetektei *Überwältigend* – bloß eine Scheißhausrecherche. Andererseits wollte er nicht undankbar sein. Alle fingen mal klein an. Und Geschäft war Geschäft, und gerade für das große brauchte es das entsprechende Klopapier.

Zweifel hatte ihm einen gelben Pappordner mit allen wichtigen Daten zum Fall in die Hände gedrückt. Unter anderem auch eine Zusammenstellung der *Spezifika-*

tionen des Klopapiers, wie es auf einem Dokument etwas gar prätentiös hieß.

Die Sache war so: Den Hotelgästen ab Level Junior Suite bis ganz hinauf zur Penthouse Spa Suite Lakeside bot das Castello Cavallo auf dem stillen, schillernden Örtchen WC-*Hygiene auf zeitgemäßem Schönheitspflege-Niveau* an. So stand es wortwörtlich in dem Paper. War ein kleiner, aber kostspieliger Spleen für anspruchsvolle Genießer. De luxe für den Popo. High End für den Hintern. Reichtum für die Rosette. Schöner abwischen.

Es handelte sich um vierlagiges Papier, hochweißer Zellstoff von besonders edler Sumatra-Qualität und unübertroffener Sanftheit für *ein dermatologisch optimales Erlebnis*, wie da geschrieben stand. Zweihundert Blatt pro Rolle, jedes einzelne mit dezentem Lavendelduft und kunstvoll eingeprägtem Hotelnamen sowie einem hauchdünnen Goldrand.

Für Großspuriges in vielerlei Hinsicht.

Im Paper stand zwar nicht, was so ein Goldrollenspaß kostete, aber Zweifel hatte Wälti gegenüber Andeutungen gemacht, dass man für den Preis einer WC-Rollen-Packung locker einen Zweigänger in der hoteleigenen Brasserie bekäme. Was Wälti ganz kurz zum Kichern gebracht hatte. Weil er sich vorstellte, wie das teure Menü ein paar Stunden später vom verdauenden Hotelgast quasi nochmals aufgewertet wurde.

Letzte Woche hatte man festgestellt, dass über neunzig Rollen Gold-Klopapier fehlten. Es wurde vermutet, dass sie von den Zimmerservicewagen geklaut worden waren. Erste Befragungen des Personals, das auf den Stockwerken mit den Suiten arbeitete – Etagen-Kellner, Housekeeping, Rooms Division Manager – brachten keine Ergebnisse. Der Direktion ging es ums Prinzip: Wer wc-Papier klaute, klaute auch anderes. Der Dieb oder die Diebin oder die Diebe mussten gefasst und sanktioniert werden. Anzeige bei der Polizei und fristlose Entlassung waren ihnen sicher.

»Sie verstehen, dass ich mich jetzt nicht auch noch um *den* Brunz kümmern kann«, hatte sich Zweifel ziemlich unverblümt geäußert. Und Wälti war klar geworden, dass dem Mann die Sache weit weniger wichtig war als der Direktion. Security-Manpower an solch einen – im wahrsten Wortsinne – unwichtigen Scheiß zu vergeuden, war dem Sicherheitschef offenbar zu blöd. Darum wohl auch die Auslagerung an einen kleinen Externen für die Exkremente.

Zweifel händigte Wälti einen Zutrittsbadge für sämtliche Bereiche des Hotels aus sowie einen USB-Stick mit den Personaldossiers aller Mitarbeitenden, die auf den Etagen im Einsatz waren.

»Das sind streng vertrauliche Dokumente«, hatte er in einem Ton zu Wälti gesagt, wie man Kinder ermahnt, keine Süßigkeiten von Fremden in langen Mänteln anzunehmen.

»Selbstverständlich sind sie das«, hatte Wälti spitz geantwortet und dann wissen wollen: »Kann ich die Angestellten verhören, oder wünscht das Haus eine stille Recherche?«

»Still. Sehr still. Wir wollen unsere Leute jetzt nicht noch zusätzlich stressen, die schieben jetzt schon alle Doppelschichten.«

»Dann werde ich mich also einfach mal ein wenig umsehen«, sagte Wälti.

»Sehen Sie sich gründlich um – aber nicht hier, sondern im Büro Ihrer Detektei«, hatte Zweifel geantwortet und dem verblüfften Wälti eine externe Festplatte in die Finger gedrückt. Da drauf befänden sich die Videoaufzeichnungen der Überwachungskameras sämtlicher Flure der letzten zehn Tage, erklärte er. »Wenn Sie die durchsehen, erwischen Sie womöglich den Langfinger in flagranti, wie er die Goldrollen aus den Zimmerservicewagen stiehlt.«

»Wie viele Kameras zeichnen auf?«

»Suiten bieten wir auf drei Etagen an. Deren Flure werden von je elf Kameras überwacht.«

Kopfrechnen konnte Wälti. »Das wären also dreiunddreißig Kameras mal vierundzwanzig Stunden mal zehn Tage. Das ist ja ... Jesses, eine Ewigkeit.«

»Halb so wild. Die Kameras haben Bewegungsmelder. Aufgezeichnet wird nur, wenn sich etwas tut.«

»Da bin ich ja beruhigt. Wie viele Stunden habe ich dann noch zu sichten?«

»Etwas über dreitausend.«

Evita Mosimann arbeitete, wie gestern schon, bei auf Höchststufe laufender Klimaanlage und sperrangelweit geöffnetem Fenster. Sämtliche Deckenlampen brannten. Und da hieß es immer, die Jungen seien besonders besorgt und engagiert wegen des Klimas, dachte Wälti.

»Der Herr Wälti.«

»Frau Evita.«

»Läuft's mit der neuen E-Mail-Adresse?«

»Wunderbar«, antworte Wälti und nahm sich vor, heute Abend zum ersten Mal sein Postfach zu checken. »Und Sie haben sich hier bei uns schon ein bisschen eingelebt?«

»Gebe mir Mühe, sind ja alle wirklich nett und hilfsbereit. Und Wälti ...«

Wie die Neue es schaffte, seinem Namen Schärfe zu verleihen ... Da könnte sogar Anni noch etwas lernen.

»Sie sind ja wirklich ein begnadeter Verheimlicher.«

»Ich verstehe nicht …«

»Keiner im Betrieb kennt Ihren Vornamen.«

»Sie haben herumgefragt?«

»Aber sicher doch. Nicht mal der Chef weiß, wie Sie heißen.«

»*Sternefoifi*, Sie haben den Kaiser junior …«

»Er staunte ja selbst, als ich ihn darauf ansprach. Dessen sei er sich gar nicht bewusst gewesen, meinte er.«

Wälti stellte sich die Szene vor und stöhnte innerlich auf. Dieses Gör brachte hier grad alle und alles durcheinander und ihn immer mehr in Bedrängnis. Sein Name stand auf dem Spiel. Er fühlte sich wie ein Gejagter.

Heute hatte sie keine Papageien an den Ohren, sondern rosarote Riesenflamingos. Was ist schlimmer, fragte sich Wälti, Pest oder Cholera? Und diesmal trug sie ein weißes T-Shirt – aber wieder mit diesem Junkie drauf und in Großbuchstaben dessen Namen. Wälti wollte diesen Herrn Nirvana demnächst einmal googeln.

»Ich hoffe, Sie haben sich von Ihrem Asthmaanfall ganz erholt?« Klang fürsorglich, war aber primär Wältis Versuch, sie von der Erforschung seines Vornamens abzulenken.

»Äh, ja, alles wieder gut, danke.« Ha! Sie wich tatsächlich seinem Blick aus und schaute zu Boden. Er verwirrte sie, so schön.

»Ja, dann … Ich sollte wieder. Habe noch ein paar Fahrten, Stammkunden.«

»Mhh. Dann fahr mal schön, Wälti.«

Eigentlich war am Mittwochabend bei Wälti Hausputz angesagt. Während Anni mit ihren Kolleginnen im Sternen beim Jassen saß, machte er daheim sauber: staubsaugen und -wischen und -wedeln, Gästetoilette und das

Badezimmer schrubben, Küchenboden scheuern. War seit Jahrzehnten sein Ämtli. Anni kümmerte sich dafür um die Wäsche inklusive Bügeln. Beim Kochen wechselten sie sich ab.

Doch an diesem Mittwoch nutzte Wälti die Anni-freie Zeit, um den Toilettenpapierdieb zu fangen. Oder zumindest zu finden. Am Schreibtisch in seinem Schlafzimmer sitzend, ließ er auf seinem Laptop die Videoaufzeichnungen der Hotel-Überwachungskameras laufen.

Dreitausend Stunden. Eine Ewigkeit.

Hätten ebenso gut eine Million sein können. Machte keinen Unterschied. War einfach nur viel zu viel. Wälti hatte keine Ahnung, wie er das schaffen sollte, aber aufzugeben war keine Option. Sein *erster* Fall. War Ehrensache und er Ehrenmann.

Immerhin ließen sich die Videos im Schnelldurchlauf sichten.

Also nur noch zweitausend Stunden. Eine Zweidrittel-Ewigkeit.

Zweifel hatte ihn richtig informiert, die Aufzeichnungen starteten immer nur bei Bewegungen, wenn sich tatsächlich jemand im Flur befand. Das waren zumeist Hotelgäste, die waren für Wälti nicht interessant. Kein Besucher klaute neunzig WC-Rollen – nein, es musste jemand vom Personal sein. Sobald auf dem Video ein Zimmerservicewagen ins Blickfeld geschoben wurde, ließ Wälti den Film in Normaltempo laufen, schaute ganz genau hin und zoomte ins Bild.

Diese Wagen waren aus Metall und fuhren auf vier Lenkrollen, die Seitenwände bestanden aus furniertem Holz mit vier Regalen und an den Seiten angehängten Wäschesäcken. Nebst einer Menge Putzutensilien war der Wagen mit all den Produkten bestückt, die Bewohner einer Suite verbrauchten. Wälti erkannte die Pflegeprodukte und Hygienesets, allerlei Flauschiges in hibiskusblütenweißem Soft-Frottee – Handtücher, Duschtücher, Badevorleger und Seifenlappen –, dann Seifen, Zahnbürsten und Zahnpasten, Nagelfeilen, Einwegslipper, Schuhputzsets, Nähutensilien, Duschhauben, Schuhlöffel und Einmalrasierer … Ja, sogar die in ein Plastiktütchen eingeschweißten Ohrstöpsel konnte Wälti ausmachen.

Und die Toilettenpapier-Rollen mit Goldrand, die jeweils im obersten Wagenregal lagen. Immer zwölf Stück, zählte Wälti.

Es waren ausnahmslos Frauen, die den Zimmerservice besorgten. Sie trugen eine Uniform, schwarze Hose und einen schokobraunen Kasack mit drei schwarzen Brustknöpfen sowie einer schwarzen Seitenschleife. Fast alle Angestellten, soweit Wälti das aufgrund von Haut und Haar und Aussehen beurteilen konnte, waren Ausländerinnen. Er hatte neben dem Laptop einen Schreibblock liegen, auf dem er sich Notizen machte und die einzelnen Personen aufzulisten versuchte. Zur Identifizierung benutzte er einzigartige Merkmale: schwarze Hornbrille, hochgestecktes Haar, gelbe Schleife im Haar, guckt immer grimmig, Pferdeschweif, klein gewachsen, trägt blauen Hijab, hinkt links, große Nase, Muttermal in Halbmondform auf der linken Wange, Nägelkauerin, Dauerlächlerin, murmelt nonstop vor sich hin und so weiter.

Anni kam gegen elf nach Hause. Wälti hörte die Haustür gehen und klappte schnell seinen Laptop zu. Als sie ihn erstaunt auf den heute offensichtlich ausgefallenen Putzmittwochabend ansprach, log er ihr etwas von »spannendem Film im Fernsehen« vor und versprach, sein Ämtli morgen nachzuholen.

In dieser Nacht weckte ihn die Blase gegen vier Uhr.

Danach saß er am Schreibtisch und schaute Hotelflur-videos, bis um sechs der Wecker auf dem Nachttisch summte. Ein linker Mausklick auf die Videodatei informierte ihn darüber, dass er gerade mal drei Prozent des Gesamtmaterials gesichtet hatte. Wälti hielt sich ja selbst für einen positiven Menschen, das Glas war grundsätzlich immer halb voll und er der Toyota-Mann aus der Werbung: Nichts ist unmöglich – wenn man nur wollte. Aber das hier war in nützlicher Frist schlicht nicht zu schaffen.

Bereits den ersten Auftrag für *ÜberwÄLTIgend* drohte er in den Sand zu setzten. So viel zu seinen Qualitäten als Privatdetektiv im Sologang. Wenn das Eliza wüsste …

Und Wälti begann sich schon mal zu schämen.

8

Natürlich lief die Klimaanlage wieder bei offenem Fenster, und obwohl es taghell im Büro war, brannten sämtliche Deckenlampen. Wie sollte es auch anders sein.

Heute Morgen war Evitas T-Shirt hellgrau und der Herr Nirvana darauf – Wälti hatte den Kerl noch immer nicht gegoogelt – diesmal als Schwarz-Weiß-Foto und mit viel längerem Strähnenhaar als sonst.

Und die Ohrenpapageien waren zurück.

Frau Neeser von der Nachtschicht hatte gerade an Evita übergeben. Wälti hatte eigentlich keine Lust gehabt, Evita schon wieder über den Weg zu laufen. Er musste bloß rasch in die Zentrale, um ein neues Fahrtenbuch aus dem Materiallager im Keller zu holen. Neuerdings gab es die zwar auch in digitaler Version, manche seiner Kolleginnen und Kollegen hatte diese App auf dem Tablet installiert, aber Wälti bevorzugte die gute alte analoge Art – das Buch. Altmodisch Gebundenes, fand er, machte ungebundener.

Als er am Büro vorbeihuschte, rief sie nach ihm.

»Dachtest wohl, ich sähe dich nicht.«

»Äh, was, nein, ich wollte nur schnell …«

»Keine faulen Ausreden. Ich beiße doch nicht.«

War sich Wälti nicht so sicher.

»Wollte dir nur ein Kompliment machen.« Sie zog das Headset vom Kopf und lehnte sich im Sessel weit zurück.

»Mir?«

»Dein Vorname …«

Wälti stöhnte auf. Ließ die denn nie mehr locker?

»Dein Vorname ist tatsächlich nirgends zu finden. Ich habe das ganze Internet und eine Menge Datenbanken durchforstet – Wälti im www? Fehlanzeige. Gut gemacht.«

»Ich? Ich habe gar nichts gemacht. Einfach nur nie bei Formularen und Bestellmasken meinen vollständigen Namen angegeben.«

»Du hast gewonnen. Bist und bleibst also der Herr Wälti. Ich gebe auf.« Sie reichte ihm die Hand, wie unterlegene Sportler es gegenüber dem Sieger tun.

»Google weiß also doch nicht alles.« Er versuchte, es nicht allzu spöttisch klingen zu lassen.

»Was ihr auch immer alle mit eurem Google habt? Das findet längst nicht alles. Ich habe meine ganz eigene Suchmaschine, die ist viel präziser.«

»Und wo bekommt man dieses Wunderprogramm, wenn ich fragen darf?«

»Gar nicht. Hab ich selbst entwickelt. Du weißt doch, ich habe …«

»… Informatik studiert, haben Sie bereits gesagt. Und deswegen kann man so etwas?«

»*Man* nicht, aber *ich*. Fühl dich geschmeichelt, ich habe extra wegen dir ein kleines Wälti-Progrämmchen geschrieben. Das sucht weltweit ganz gezielt nach deinem Vornamen. Aber eben, du hast keine Spuren hinterlassen.«

In dem Moment meldete sich der Wältiwächter in ihm. Die Idee kam aus dem Blauen heraus. »Eine Frage. Kann man so ein gezieltes Suchprogramm auch für Videos entwickeln?«

Sie zog ihre teerschwarzen Augenbrauenbüsche in eine beinahe senkrechte Position. »Genauer.«

»Mal angenommen, ich habe ein stundenlanges Überwachungsvideo einer Straßenkreuzung, und ich suche nach einem iridiumsilberfarbenen Mercedes. Kann man ein Programm schreiben, das nur nach solchen Wagentypen sucht?«

»*Man* vielleicht. *Ich* ganz bestimmt.«

»Und kleinere Gegenstände? Wenn man nicht silberne Mercedes sucht, sondern vielleicht Autos mit einem Taxischild auf dem Dach?«

»Auch das sollte möglich sein.«

»Und noch kleiner? Beispielsweise einen Aufkleber am Heck des Wagens?«

»Du meinst zum Beispiel *I love vornamenlose Wältis*?«

Er errötete im Null Komma Nichts.

»Alles machbar«, sagte Evita. »So, und jetzt aber raus mit der Sprache. Was willst du?«

Nun hatte Wälti ein gröberes Problem. Da war gerade jemand, der sein Gold-Toilettenpapier-Dieb-Suche-Problem lösen könnte. Dazu hätte er allerdings viele Details herausrücken müssen. Sehr viele. Zu viele. Und so wie er Evita kennengelernt hatte … alle.

Der Wältiwächter in ihm riet ihm zu Mut und Demut.

Und er selbst erinnerte sich in dem Moment daran, dass er in seinem Leben doch eigentlich immer gut damit gefahren war, wenn er an das Gute in den Menschen geglaubt hatte. Und darauf vertraute, dass er ihnen vertrauen und sich ihnen anvertrauen konnte. Also, trau dich, Wälti!

Er wollte es ja versuchen – aber mit etwas Rückenwind. Wer gibt, dem wird gegeben, sagte Anni immer. Oder so ähnlich. Hatte sie aus der Bibel. Einmal im Monat begleitete Wälti seine Frau in die Kirche. Allein ihr zuliebe. Seine Form von knallhart kalkulierter Nächsten-

liebe, die ihm dann wiederum beim Haussegen zugute-
kam.

Also gab Wälti.

»Ich finde ja, dass Sie ganz hervorragend in unsere
Firma passen. Eine so junge, so gut ausgebildete und dazu
noch charismatische Person, tut uns allen gut.«

Evitas Blick war voller Argwohn. *Was schleimt der sich
hier ein?*, stand darin geschrieben.

Wälti gab noch eins drauf: »Übrigens: Die Papageien an
Ihren Ohren … Ich finde die noch ganz lustig, ehrlich.
Eeeeeeevitaaa.« Er imitierte ziemlich gekonnt das Kräch-
zen eines Kakadus.

Sie blies die Backen auf und stemmte die Fäuste in
ihre Seiten, wie eine hansdampfige Hausmeisterin. »Jetzt
reicht es aber. www?«

»Wie … Was ist mit dem World Wide Web?«

»Nix World Wide Web, sondern was will Wälti?«

Nun gehörte der Täxeler ja nicht gerade zu der Sorte
Menschen, die mit privaten Dingen hausieren gingen.
Und schon gar nicht, wenn es sich dabei um Geheimnisse handelte. Er konnte es sich ja selbst nicht recht
erklären, aber irgendetwas in ihm, zusätzlich angefeuert
vom Wältiwächter, sagte ihm, dass er dieser ihm ja im
Grunde gänzlich unbekannten Frau namens Evita Mosimann vertrauen konnte. Zugegeben, das war schon sehr
absonderlich. Da war er mit seiner Anni seit über vierzig
Jahren verheiratet und hielt es dennoch für vernünftiger,
ihr vorerst nichts von seinem neuen Nebenjob zu erzählen. Dieser neuen Disponentin hingegen, die er gerade
mal seit ein paar Stunden kannte, wollte er jetzt alles
beichten?

Vertraue und du erhältst eine Vertraute, machte sich
Wälti selbst Mut – bekreuzigte sich aber sicherheitshalber

im Geiste. Himmel, wenn er falschlag und sie alles herausposaunte, wäre er der Angeschmierte.

Er holte tief Luft und erzählte ihr seine Detektivgeschichte.

Von Beginn an. Inklusive der Vorgeschichte, den Detektiveleien zu Elizas Zeiten, seine gestern spontan und übereilt gegründete Agentur bis hin zum aktuellen *Goldpaper*-Auftrag und dem Problem mit den Millionen von Stunden Videomaterial. Evita hörte zu, zupfte versonnen an ihren Papageien, schmunzelte dann und wann, unterbrach ihn aber kein einziges Mal.

»Überwältigend … echt jetzt?«, fragte sie, als er fertig war, und grinste frech.

Er zuckte mit den Schultern. Bereit, allerlei Frotzeleien über sich ergehen zu lassen. Das Risiko hatte er eingehen müssen.

»Wälti, Wälti, du bist mir ja einer. Privatdetektiv, *momoll*, nicht schlecht. Hätte ich dir jetzt wirklich nicht zugetraut.«

»Nicht?«

»Männer mit solch schnurgeraden Rechtsscheiteln sind für gewöhnlich nicht so abenteuerlustig.«

»Nicht?«

»Und du hast niemandem sonst von deinem Inspectorcolumbonebenjob erzählt?«

Er verzog den Mund zum Strich und schüttelte schnell den Kopf.

»Mal angenommen, ich mach's. Dann musst du mir aber dafür deinen Vornamen verraten. Okay? Deal?«

Er schaute sie dermaßen entrüstet an, als hätte sie eben behauptet, Uberfahrer seien richtige Taxifahrer. Sein Kopf wurde rot und röter, er atmete schwer und hob zu sprechen an.

Sie lachte laut und hell und streckte ihm die Handflächen entgegen. »Kannst dich beruhigen, war nur ein Witz. Ich mach's – auch ohne Vornamen-Belohnung.«

Sie versprach, ein Programm für ihn zu schreiben. Dazu müsste er ihr allerdings die externe Festplatte mit den Hotelvideos aushändigen. Ihr Plan war, jede wc-Rolle in Bewegung – die also aus dem Zimmerservicewagen genommen wurde – zu erfassen und zu registrieren. Im Idealfall bekäme Wälti am Schluss einen Zusammenschnitt, auf dem einzig und allein sämtliche wc-Rollen-Aktionsszenen zu sehen waren, ein *Best of Goldpaper* sozusagen.

Wältis Freude war riesig, und sie wurde noch größer, als Evita in Aussicht stellte, das Prögrämmchen bereits morgen liefern zu können. Sei nämlich keine so große Sache.

»Aha, kann man das so schnell herstellen?«, staunte Wälti.

»*Man* nicht, *ich* schon.«

In dem Moment brummte sein Handy. Er schaute auf das Display, zeigte Evita den Geh-nur-ganz-kurz-dran-Zeigefinger und nahm den Anruf entgegen.

Es war Fabio Caprez, Elizas ehemaliger wg-Partner. Der Patensohn des Schlösslibesitzers, den Eliza bei seiner plötzlichen Rückkehr niedergenudelholzt hatte. Wälti hatte Eliza oft im Schlössli abgeholt oder sie dorthin zurückgebracht. Darum kannten er und Caprez sich. Nicht, dass sie sich gegenseitig über die Maßen großartig gefunden hätten ... Aber jeder besaß die Nummer des andern.

»Herr Caprez.«

»Herr Wälti. Will nicht stören, nur ganz kurz. Da sind noch ein paar Briefe für Eliza gekommen. Und sie sagte mir, falls es Post gäbe, soll ich diese an Sie weiterleiten.«

»So, hat sie das. Äh, ja, in dem Fall ... schicken Sie mir alles zu.«

»Gebongt. Ich stecke die Briefe in ein großes Kuvert. An ihre Adresse?«

Unter keinen Umständen, schlug Wältis Kopf Alarm. Anni leerte den Briefkasten. Und sie hätte Fragen. Sie fragte immer, wenn etwas nicht so war wie immer. »Schicken Sie mir die gesammelte Korrespondenz ins Büro. Kaiser Reisen, Hugenbügelstrasse Nummer 4.«

»Auch gut. An den Herrn Wälti. Und Ihr Vorname?«

»Wissen Sie was, Caprez? Am besten, Sie bringen mir die Briefe gleich selbst in der Taxizentrale vorbei.«

9

Sechs Monate zuvor

Der Häftling sah die Dämonen im Feuer tanzen. Und die grinsten. Und riefen ihn zu sich.

Der Häftling befand sich seit fünf Tagen im Fieberdelirium, nur unterbrochen von ein paar wenigen, lichten Momenten. Er glühte. Er zitterte. Er konnte nicht mehr essen, und was man ihm an Wasser einflößte, erbrach er sogleich wieder. Der Körper machte einfach nicht mehr mit. Gab auf. Stellte langsam den Betrieb ein.

Der Häftling lag im Sterben.

Irgendwann war er kurz aufgewacht, als Hände sein Gesicht streichelten. Papa hatte neben ihm gekauert, gelächelt, geflüstert und gesagt, es werde alles gut. Und der Häftling lächelte zurück – was sehr weh tat, weil seine ausgedörrten Lippen dabei beinahe aufgeplatzt wären. Papa. Immerhin etwas Positives, wenn man am Abnippeln war: Dann gestatteten die Kidnapper, dass der Vater einen besuchen durfte. Zum ersten Mal überhaupt, seit die Familie entführt und verschleppt worden war. Der *Comandante* hatte sich gnädig gezeigt. Zum ersten Mal – für den letzten Gruß.

Sie versuchten, miteinander zu reden, doch der Häftling war zu schwach. Papa sah schlecht aus, aber es gehe ihm gut, sagte er. Und sowieso werde alles bald wieder gut werden. »Du musst jetzt einfach nur wieder gesund werden«, sagte er mit einer Stimme, die dem Häftling fremd vorkam. Dann tunkte der Vater einen schmutzigen Fetzen Stoff in eine mit Regenwasser gefüllte Konservendose und betupfte damit Stirn, Wangen, Kinn und Nacken seines Kindes. Von Mama, die tot war, sprach er nicht.

Und plötzlich verwandelte sich der Häftling in seine beste Freundin.

Er wurde selbst zur Kakerlake.

La Cucaracha.

Das hässlichste und meistgehasste Geschöpf, das Gott je erschaffen hatte. Der Häftling bekam einen nussbraun gemusterten Körper, zwei Flügelpaare satt über den Hinterleib zurückgeklappt, der schwarze Fleck auf seinem Kopfschild sah aus wie ein Totenkopf.

Er konnte sich selbst zusehen – von oben herab, als wär es einer dieser außerkörperlichen Wahrnehmungen –, wie er in der Zelle herumkrabbelte, nach Nahrung suchte, seinen eklig glänzenden Körper zwischen die Bretter zwängte, in den Ritzen und Astlöchern hockte, hier in diesem zusammengeschusterten Gefängnis aus modrigem Palmholz, Tarnfleckplanen und Wellblechpolyester.

Heute war Tag 81 der Geiselhaft – und der Häftling, der jetzt eine Kakerlake geworden war, würde bald an Fieber verenden.

10

Diana, Princess of Wales, starb am 31. August 1997 gegen vier Uhr morgens in Paris an den Folgen eines Verkehrsunfalls.

Sechs Tage später, am 6. September, fand in London die Trauerfeier für die »Königin der Herzen« statt. Drei Millionen Menschen vor Ort und zweieinhalb Milliarden Zuschauer weltweit an den Fernsehgeräten (das entsprach damals nahezu der Hälfte der Weltbevölkerung) schauten dem epochalen Ereignis zu.

Es war ein sonniger, wolkenloser Samstagmorgen, als sich der Trauerzug mit Dianas Sarg, auf einer Lafette von sechs Pferden gezogen, durch die Innenstadt in Bewegung setzte. Fast alle Läden und alle Banken in Großbritanniens Hauptstadt hatten geschlossen; selbst die Landeslotterie, sonst ein Heiligtum, wurde an dem Tag ausgesetzt. Weiße Lilien, weiße Tulpen und weiße Rosen schmückten den Sarg, die Glocke der Westminster Abbey schlug dumpf mahnend zu jeder vollen Minute, die Menge entlang der Prozession applaudierte, fotografierte und warf Blumen, Polizisten weinten, und Elton John sang während des Gottesdienstes live »Candle in the Wind« (und verkaufte später Guinnessbuch-rekordmäßige siebenunddreißig Millionen Singles davon).

Und dann geschah, was die Welt nicht erwartet hätte und was zuvor noch nie in der Geschichte des britischen Königshauses geschehen war. Queen Elizabeth II. wartete vor den Toren des Buckingham-Palastes auf den

Trauerzug und – entgegen jedem höfischen Protokoll – neigte respektvoll ihr Haupt, als Dianas Sarg vorbeigeführt wurde.

An dem Tag trug die Monarchin ein schwarzes Kleid mit einer Silberbrosche an der linken Seite, einen schwarzen Hut, ein Perlencollier und die dazu passenden Perlenohrringe.

Und in ihrer rechten Hand hielt sie eine Handtasche.

Schlicht, rechteckig, praktisch in der Größe, mit elongierten Henkeln, in der Farbe *Ebony Black*.

Im königlichen Inventarverzeichnis betreffend *Her Majesty's personal accessories* trug dieses Modell die Registriernummer 81. Palast-intern unter den Angestellten, natürlich nur hinter dem Rücken der Königin, wurde das Modell fortan die *Diana Bow Bag* genannt – die Diana-Verbeugungstasche.

Einundzwanzig Tage nach Dianas öffentlicher Trauerfeier stellte die für die Gewandung der Königin zuständige Zofe fest, dass eben diese Handtasche aus den Ankleidegemächern verschwunden war. Die Queen besaß über zweihundert Versionen in den verschiedensten Farben – aber die schwarze mit der Nummer 81 fehlte. Und sie wurde trotz intensiver Suche nie wieder gefunden. Es existierten zwar weder Beweise noch Hinweise, aber man musste davon ausgehen, dass das Exemplar gestohlen worden war.

Eine unterbezahlte und darum sich nach zusätzlichen Geldquellen umsehende Reinigungsangestellte bei Hofe steckte diese Information den Medien, die daraus wilde Verschwörungsgeschichten bastelten und publizierten – und der Handtasche somit zu noch mehr Berühmtheit verhalfen.

Bis zum heutigen Tag ist ungeklärt, wo die *Diana Bow Bag* von Queen Elizabeth II. verblieben ist.

Die Tasche zu fälschen, war der einfachere Teil des Auftrags gewesen. Aber deren Inhalt hatte Fabio Caprez' ganzes organisatorisches Talent abverlangt.

Sämtliche Informationen hatte er sich aus dem Internet beschafft und aus einem halben Dutzend Biographiebildbänden über die Queen, die er sich in der Stadtbibliothek auslieh.

Darum wusste er auch, dass die Königin mit Vorliebe eine Pauner & Mosley aus Ziegenleder an ihrem Handgelenk baumeln hatte. Das Londoner Accessoire-Label gehörte seit 1958 zu den königlichen Hoflieferanten. Nach ein paar Fotozoomrecherchen – es existierten wohl eine Million Pressebilder, wie die Queen sich vor Dianas Sarg verneigte – bestellte Fabio das exakt gleiche Exemplar im Onlineshop der Luxusgüterfirma. Für fast dreitausend britische Pfund.

Das Objekt künstlich altern zu lassen, war diesmal weniger wichtig. Bei anderen Aufträgen griff Fabio schon mal tief in die Chemie-Trickkiste oder setzte das Artefakt der Witterung aus, indem er es beispielsweise wochenlang im Erdreich vergrub, um die nötige und darum glaubwürdige Abwetz-Patina zu erzielen. Doch davon ausgehend, dass das königliche Hofpersonal die Handtasche mit aller Sorgfalt und den richtigen Produkten gepflegt hatte, stellte er die Tasche lediglich für zwei Tage ins Sonnenlicht und während dreier Stunden in einen leichten Landregen, knetete das Leder sehr sorgsam, so als massiere er die Beine einer Pensionärin mit Venenbeschwerden, und legte die Tasche zum Schluss während zweier Nächte zwischen Lattenrost und Matratze seines Bettes.

Danach schien ihm die falsche *Diana Bow Bag* gebrauchsecht genug.

Ein Kinderspiel dann auch, das Echtheitszertifikat zu

faken. Auf das illegale Nachmachen von Expertisen und notariellen Beglaubigungen samt Stempel, Siegel und der Epoche entsprechendem Papier und Druckertypus (ja, sogar die Farbpatronen hatten den richtigen Jahrgang) verstand sich Fabio mittlerweile meisterhaft. In den sechs Jahren, in denen er für Bärtschi Antiquitäten kriminell tätig gewesen war, hatte er eine Menge Erfahrung gesammelt und traute sich beinahe jede geschichtsschöngeföhnte Schandtat zu.

Wie gesagt, die Tasche selbst war einfach – deren Inhalt hingegen stellte die wahre Herausforderung dar. Weil Fabio dazu denken musste wie die Queen.

Ja, Eliza hätte das jetzt prima gekonnt, sie wäre ihm bei diesem Job eine Riesenhilfe gewesen. Zwar nicht adlig, aber genügend versnobt und dünkelhaft und mit tadellosen Manieren. Sie hätte sich in Elizabeth II. hineinversetzen können. Und in deren Tasche. Ein Jammer, dass sie nicht mehr da war. Also Eliza.

»Schau an, die Firma *Lug & Trug* bequemt sich auch wieder mal hierher.«

Bobby J. Bärtschi saß in seinem fensterlosen Kabuff – die Füße auf dem mit Katalogen, Militaria-Kitsch und zusammengeknüllten Ricola-Papierchen übersäten Bürotisch – und grübelte mit der Spitze eines goldfarbenen Brieföffners (von dem er stets behauptete, er habe Sisi-Darstellerin Romy Schneider gehört) seine abgekätschten Fingernägeln sauber. Im Raum miefte es nach Staub, altem Mann und noch älterem Papier.

»Sali, Bärtschi.«

»Hascht du schie dabei?« Der Antiquitätenhändler lutschte laut an einem Ricola.

»Was ist kaputt?«

Bärtschi spuckte das Bonbon aus in Richtung Papier-korb – und traf tatsächlich. »Jokelst du hier mit mir rum? Ich fragte, ob du sie hier hast.« Bärtschi ächzte sich aus seinem senfbraunen Ledersessel hoch und baute sich vor Fabio auf. Klein, breit und rotgesichtig. Mit dem Charme einer Tretmine. »Die Handtasche meine ich. Hast du das Teil endlich fertig?«

Sein ätzspitzer Ostschweizer Dialekt machte ihn auch nicht unbedingt liebenswerter.

»*Do, luag amool, was i für di han.*« Da war Fabios Bündnerdeutsch schon um einiges gmögiger. Mit über-trieben spitzem Unschuldsmündchen zauberte er eine Einkaufstüte aus Plastik hinter seinem Rücken hervor, ließ sie vor dem Gesicht des Alten pendeln und sagte: »Warum immer gleich so energisch? Denk doch an dei-nen Blutdruck.«

»Red nicht so blöd daher, Schlaubündner. Bist mein Arzt oder was?« Er riss Fabio die Tüte aus der Hand, guckte hinein und zog die schwarze Handtasche hervor.

Das, was jetzt kam, faszinierte Fabio immer wieder aufs Neue. Von einer Sekunde auf die andere verwandelte sich der hyperexplosive, impulsgestörte Stänkerer mit der kurzen Zündschnur in ein kleines, staunendes Kind. Ohne ein Wort, mit großen Augen und andächtigen Be-wegungen, platzierte er die Handtasche mitten auf dem Schreibtisch. Während er das Objekt von allen Seiten be-gutachtete, plättete er sich vor lauter Aufregung mit der Hand unablässig das karamell gefärbte, nach hinten bril-lantierte Haar.

»Das ist sie also, die *Diana Bow Bag*«, sagte Bärtschi im Tonfall eines Vaters, der sein Neugeborenes zum ersten Mal in den Armen halten durfte.

»Hier, damit du vergleichen kannst.« Fabio fächerte

dem Alten ein paar Farbausdrucke auf den Tisch, auf denen die Queen samt Handtasche neben Dianas Sarg zu sehen war.

Bärtschis Blick flipperte zwischen den Fotos und der Tasche auf dem Tisch hin und her.

»Mhh, sieht gar nicht mal so schlecht aus.«

»Nicht schlecht?«, fragte Fabio gekränkt zurück. Und dann leicht gereizt: »Sie ist perfekt.«

»Und was ist mit ihren inneren Werten, hä? Die machen das Teil ja erst so richtig spannend – und bringen uns die Kohle. Dreißigtausend ist sie meinem Kunden wert.« Bärtschis Schweinsäuglein bohrten sich sekundenlang in Fabio, ehe er sich erneut der Tasche zuwandte. »Mal sehen.« Er öffnet sie.

Wie gesagt, die Tasche selbst war einfach – deren Inhalt hingegen hatte Fabio ganz schön gefordert.

Tagelang hatte er in den Queen-Büchern geblättert und im Internet recherchiert, bis er die nötigen Informationen beieinandergehabt hatte. Nämlich, was die Queen für gewöhnlich in ihrer Handtasche aufbewahrte. All das Zeug dann zu beschaffen, hatten Fabio ziemlich viel Zeit und auch Geld gekostet.

Denn erstens mussten die Gegenstände echt britisch sein (also ließ er alles per Kurierdienst von der Insel zu sich nach Hause liefern), und zweitens aus den neunziger Jahren stammen, den Zeitpunkt des ganzen Diana-Dramas betreffend. Leistete er sich auch nur den kleinsten Produkte-Material-Zeitfehler, würde alles bei einer nachträglich vom Kunden in Auftrag gegebenen externen Expertise als Fälschung auffliegen.

Der Lippenstift zum Beispiel, jene Marke und Farbe, welche die Queen damals benutzt hatte, wurde heutzutage gar nicht mehr produziert – was Fabio anfangs fast verzweifeln ließ. Bei einem auf Majestätsdevotionalien spezialisierten Online-Händler in Bristol fand er den gewünschten Lippenstift dann schließlich doch noch. Der kauzige Verkäufer knöpfte ihm satte dreihundert Pfund dafür ab.

Bärtschi drehte an der Hülse des Lippenstifts, bis der Wachskörper – Farbton Mauve – ein Stück herausschaute, und schnupperte daran.

»Riecht nach überhaupt nichts.«

»Er soll ja auch schminken und nicht duften.«

»Klugscheißer.«

Fabio kam zwar reflexartig eine ebenso beleidigende und dazu noch wirklich stimmige Vermaledeiung für Bärtschi in den Sinn, aus geschäftstaktischen Gründen verbiss er sich den Konter jedoch.

»Hat der Schlaubündner auch an die Abnützungsspuren gedacht?«

Fabio rang die Hände in »Hallo bin ich Anfänger?«-Manier. »Hab mir selbst mehrmals die Lippen geschminkt, das sollte genügen.«

Jetzt lachte Bärtschi dreckig. »Du wärst sicher eine schnucklige Transe, Calanda-Queen Caprez.«

»Du bist so ein Idiot manchmal«, schnauzte Fabio und dachte bei sich, dass er das »manchmal« problemlos weglassen könnte. Brächte der Alte ihm nicht so viel Geld ein – er verdiente mit dem Fälschen mittlerweile mehr als in seinem bürgerlichen Beruf als Bühnenschreiner am Stadttheater –, hätte er den senilen Schnarchsack längst links liegen lassen. Aber Bärtschi war eben nun mal eine ziemlich große Nummer auf dem internationalen Schwarzmarkt, wenn es um Artefakte der Weltgeschichte ging. Manche seiner Kunden, fanatische Indiana-Jones-Jünger ohne Skrupel, was Herkunft und Beschaffungsart der Stücke betraf, zahlten Unsummen für so eine skurrile Reliquie samt Echtheitszertifikat. Dabei zog Bärtschi all die Archäophaten, wie er sie nannte, gnadenlos über den Tisch.

Er dachte sich die Schätze aus, und Fabio fabrizierte sie. Alles richtig schön falsch. History-Piraterie vom Feinsten. Sie waren ein gut eingespieltes Team.

»Und das andere Zeugs?«, blaffte Bärtschi seinen Oberfälscher an. »Was hatte die Queen sonst noch so in ihrem Täschli?«

Fabio zog einen Gegenstand nach dem anderen heraus und legte alles auf den Tisch. Ein kleiner silberner Schminkspiegel (den Prinz Philip seiner Frau vor mehr als sechzig Jahren zur Hochzeit geschenkt hatte), ein Schreibstift (Fabrikat Westmore aus Bristol), ein Schächtelchen mit Minzbonbons (Ross's of Edinburgh), eine rote Lesebrille, eine Fünf-Pfund-Note (für die Kollekte beim Gottesdienst) sowie ein paar Hundekekse (Marke Lassie's Cookies) für ihre geliebten Corgis. Sogar an den kleinen Metallhaken hatte Fabio gedacht; mit dem hängte Elizabeth II. ihre Handtasche während eines Banketts an die Tischplatte, um sie nicht auf dem Boden abstellen zu müssen.

»Und was von all dem Zeugs ist nun wahr? Und was Fabiospinnitis?« Bärtschi hatte jetzt seinen Schakalblick aufgesetzt.

»Alles hiervon stimmt. Es gibt mehrere Quellen, Biographen und Journalisten, die Elizabeth II. interviewen durften: denen hat sie exakt diesen ihren Handtaschen-Inhalt bestätigt.«

Bärtschi gab einen nicht interpretierbaren Grunzton von sich. Konnte »okay« bedeuten oder »gut gemacht« oder »ich muss mal aufs Klo«.

»Und was soll das hier sein?« Er deutete auf ein Stück

Stoff, blütenweiß, aber für eine Majestätsperson doch erstaunlich unsachgemäß zerknüllt.

Fabio lächelte verlegen. »*Das* allerdings ist meine Zugabe.«

»Also doch noch etwas frei Erfundenes?«

»Ich dachte mir halt, dass an dem traurigen Tag doch selbst die Queen ein paar Tränen verdrückt haben wird.« Er ergriff das Tüchlein und fähnelte es durch die Luft. »Voilà – das Taschentuch ihrer Majestät. Übrigens samt ein paar von ihr verdrückter Tränen.«

Bärtschi verdrehte die Augen. »Spinnst du? Und wenn das einer chemisch untersuchen lässt? Dann sind wir am Arsch.«

»Sind wir nicht. Die Tränen sind echt. Ist alles drin, was drin sein muss: Wasser, Kochsalz, Proteine und Enzyme.«

»Von wem …«

»Sind meine.«

»Ohhh, hast *Pretty Woman* geschaut?«

»Nein, *Rambo*«, sagte Fabio, was gelogen war. Aber wie hätte ein Kotzbrockenklotz wie Bärtschi auch verstehen sollen, dass man wegen des urplötzlichen Wegzugs der geliebten wg-Kollegin nach New York eine ganze Nacht durchheulen konnte?

Eliza fehlte ihm extrem.

Auf dem Rückweg von Antiqui-Täter Bärtschi heim ins Jagdschlösschen machte Fabio einen Abstecher zu Kaiser Reisen. Die vier Briefe für Eliza, die nach ihrer überstürzten Abreise eingetroffen waren, wollte er gemäß ihren Anweisungen diesem Taxifahrer übergeben. Er hatte sie in einen großen Umschlag gesteckt und diesen von Immer-noch-Primarschülerhand mit *Wälti* beschriftet.

Fabio hatte nie verstanden, was Eliza mit diesem Täxeler

am Hut hatte. War doch im Grunde ein seltsamer Vogel. Geschätzt uralt, hüftsteif, überkorrekt und übermäßig diensteifrig. Tauchte still und plötzlich auf – und verschwand genauso still und plötzlich wieder. Wie ein Butler. Oder ein Gespenst. Kerle wie Wälti kannte Fabio sonst nur aus alten Schwarz-Weiß-Filmen, so mit Grabmachergesicht und einem mit dem Lineal gezogenen Seitenscheitel. Und dann erst – Fabio hatte die Szene oft amüsiert hinter dem Salonfenster beobachtet, wenn Wälti Eliza nach Hause brachte und in der Auffahrt anhielt – diese kleinen Hüpfschritte, die der Kerl machte, wenn er aus dem Wagen sprang und hinten um das Fahrzeug herumlief, um der Frau Staatspräsidentin Roth-Schild die Tür zu öffnen. Jaaa, schon klar, Eliza hatte solch pseudohöfischer *Schmuus* gefallen. Sie hatte sich ja auch sämtliche Staffeln von Downton Abbey angeschaut. Elf Mal. Elf. Mal.

Eliza … Herrgott, wie er sie vermisste.

Ein Albtraum, was da in den vergangenen Tagen abgelaufen war. Wie Eliza den unangemeldet aufgetauchten Patenonkel Rico für einen Einbrecher gehalten und niedergeschlagen hatte. Und dann Ricos Reaktion: Eliza stante pede rausgeworfen und das Patenkind zusammengeschissen. *Hinter meinem Rücken, ohne meine Erlaubnis einzuholen, lässt du irgendeine Wachtel, die du anschmachtest, gratis in meinem Schloss wohnen. Gohts eigentli no?*

Fabio konnte von Glück reden, dass Rico ihn nicht auch vor die Schlosstür gesetzt hatte. Blutsverwandtschaft vor Gnade vor Recht.

Aber … Eliza war weg. Möglicherweise für lange, bestenfalls für ein paar Monate, schlimmstenfalls für immer. Gott, wie sie ihm fehlte …

Fabio stellte seinen maltablauen Kleintransporter auf

den Besucherparkplätzen von Kaiser Reisen ab, stieg die Treppe hoch und betrat die Firmenräumlichkeiten. Er war zum ersten Mal hier. Einen eigentlichen Empfang gab es nicht, aber da stand zuvorderst im Flur eine Bürotür offen. In dem Raum arbeitete jemand, Computertastaturgeklapper war zu vernehmen. Fabio spähte hinein … Da saß eine junge Frau am Schreibtisch, mit Headset und Papageien am Kopf.

Er pöpperlete an den Türrahmen. »Hallo, Entschuldigung. Darf ich kurz stören?«

»Na, endlich bist du da.«

»Sie haben mich erwartet?«

»Pizzakurier, oder? Einmal Quattro Stagioni ohne Oliven für mich.«

»Nein, Fabio. Fabio Caprez.«

»Klingt auch fein. Mit allem und scharf?«

»Wie … ich … scharf? Also, äh, nein, ich bin eher …«

»Hey, ich verarsche dich doch nur.«

Mit Frauen, die ihn verarschten, kannte Fabio sich aus. Mehr als ihm lieb war. Meist passierte es am Ende einer Beziehung oder Liebschaft oder Affäre oder einer kleinen dummen chancenlosen Geschichte oder am Ende von etwas, das noch nicht mal richtig angefangen hatte. Aber eine Verarschung gleich zu Beginn … war mal was anderes.

Aber schön war sie, die Pizzabestellerin. Frech zwar, aber schön.

Solche tiefschwarzen, markanten Augenbrauen hatte Fabio noch nie gesehen. Ihre Ohrringe waren lustig, Papageiengeplampel. Und die Augen – braungrün? Aber ihre Nase … Diese Nase … die war irgendwie … herausfordernd.

Er merkte, wie seine Nervosität wuchs. Nicht gut. Wurde er nervös, tat er seltsame Sachen. Und redete noch seltsamer daher. Bei Frauen sowieso. Um ehrlich zu sein … eigentlich nur bei Frauen. Und leider immer.

»Ich suche Herrn Wälti«, flüchtete er sich ins Geschäftliche. »Ich soll ihm das hier bringen.« Vor lauter Aufregung fiel Fabio der Briefumschlag aus der Hand, er bückte sich und klaubte ihn vom Boden auf. Als er wieder aufschaute, stand sie direkt vor ihm.

Diese Nase …

»Evita«, sagte sie und streckte ihm die Hand hin.

»Fabio Caprez.«

»Ich weiß. Mit allem und scharf.«

Er spürte, wie seine Ohren zu glühen begannen und die Kehle zustaubte.

»Cooles Shirt«, krächzte er.

»Nirvana.«

»Eine meiner Lieblingsbands.« Und das war noch nicht mal gelogen.

»Ach, echt jetzt?«

Zum ersten Mal rutschte sie ein ganz klein wenig aus ihrer Großspurigkeit, überrascht wohl, leicht irritiert, erfreut auch, hoffte er jedenfalls. Und wie sie dazu ihre Nase kräuselte … Jetzt waren es nicht allein mehr nur Fabios Ohren, die glühten.

»Kurt Cobain, einer der Besten *ever*«, legte er nach.

»Ich liebe ja seine Songs.«

»Es ist besser, auszubrennen als zu verblassen.«

»Hey, du kennst …« Sie riss die Augen auf.

»April 1994. Der Satz stammt aus seinem Abschiedsbrief. Die letzten Worte. Hab seine Biographie gelesen.« Zwar hatte er diese als Hörbuch genossen, aber das musste er der hübschen Nase ja nicht auf selbige binden.

»Fabio Caprez, du gefällst mir.«

»Bist du sicher?« Kaum gesagt, zuckte er zusammen.

Was brabbelte er Idiot da zusammen? *Bist du sicher?* So viel zu seiner Selbstvermarktung.

Doch Evita lächelte bloß und augenbraute ihn heftig an, woraufhin er abwechselnd auf ihre Papageienohrringe und auf seine Schuhspitzen starrte.

»Wartet daheim eine Frau auf dich?«, fragte sie im Tonfall, wie jemand um Feuer für die Zigarette bittet.

»…«

»Ob du verheiratet bist?«

Er schüttelte den Kopf.

»Freundin?«

Er schüttelte den Kopf.

»Freund?«

Er schüttelte den Kopf.

»Bist Single?«

Er nickte wie einer, der eben vor dem Richter ein vollumfängliches Schuldeingeständnis abgelegt hatte.

Sie zupfte ihm den Briefumschlag aus den Fingern. »Den gebe ich Wälti, sobald er wieder da ist. Der Gute ist gerade ziemlich beschäftigt.«

»Wohl viele Fahrten heute?«

»Viele Rollen eher.«

»Wie?«

»Nicht so wichtig. Aber jetzt noch zu dir und mir … Wir zwei sehen uns heute Abend. Zwanzig Uhr. Im Durst & Wurst am Milchgartenplatz. Hab von einer Kollegin gehört, dort esse man vorzüglich. Mal sehen, ob das stimmt. Du reservierst. Und übrigens: Ich mag keine Kerle, die zu spät zum ersten Date erscheinen, Parfums mit Bergamotte benützen, gelbe Hemden tragen, rohes Fleisch bestellen und während des Essens immer nur über sich selbst reden. Und die Rechnung am Ende wird geteilt. Fragen?«

11

Wälti gab sich ja wirklich Mühe, während seiner Frühschicht den Kopf bei der Sache und den Durchblick auf der Straße zu behalten, aber immer wieder schweifte er mit den Gedanken ab und studierte am Toilettenpapier-Dieb herum. Er konnte es kaum erwarten, am heutigen Nachmittag, sobald er hier Feierabend hatte, weiter am Fall zu arbeiten.

Evita hatte ihm eine E-Mail geschickt mit einer kleinen Programm-Datei im Anhang und ihm Schritt für Schritt erklärt, wie er »das Tool« installieren und verwenden konnte. Damit, so hatte sie geschrieben, sollte er den »klandestinen Klopapierklauer« ziemlich schnell finden. Und: Sie sei gespannt, erwarte gefälligst ein Echo, einen schönen Tag noch, sauber bleiben – *»und fahr niemanden über den Haufen.«*

Ihren Humor fand Wälti gewöhnungsbedürftig. Und allgemein etwas gar flapsig im Ton war die Gute, etwas sonderbar in Gehabe und Aufmachung sowieso, eigentlich sogar ziemlich skurril. Was stimmte mit der nicht? Ja, zugegeben, sie schüchterte ihn ein wenig ein. Andererseits hatte sie ihm eben mit ihrem eigens für ihn geschriebenen Programmli einen riesigen Freundschaftsdienst erwiesen. Wälti würde sich mit einer Schachtel Merci oder Mon Chéri und einem Blumenstrauß bedanken. Das mochten doch auch die jungen Frauen von heute noch, oder?

An diesem Morgen chauffierte er drei Stammkunden, fuhr zudem zwei Mal zum nahen Flughafen, brachte eine

Vierergruppe dynamisch auftretender Jungmanager (alle in exakt der gleichen Slim-Fit-Kluft – war denen wohl in so zwickengen Hosen und Hemden?) zum Industriepark Ost und touristisierte ein Paar aus Neuseeland auf deren Wunsch einmal rund um den See.

Dazu kam der alltägliche Täxelerirrsinn: Eine junge Frau bezahlte ihn mit lauter Kleinstkleingeld, ein Fahrgast stank nach eingeschlafenen Füßen in ungewaschenen Socken (Wälti versprühte in solch unduften Fällen etwas *Waldfrisch*, das er stets im Handschuhfach mitführte), und der neunzigjährigen Frau Äbischer trug er die Einkaufstaschen in den vierten Stock hoch und bedankte sich überschwänglich für ihr Trinkeld: ein Einfränkler. Es ging, fand er, ums Prinzip.

Punkt halb zwei machte er Schluss und fuhr nach Hause.

Anni war an ihrem Freundinnen-Tratsch-Nachmittag im Tea Room Ryser. Er hatte ihr versprochen, den gestern vernachlässigten Hausputz heute zu erledigen. Zuerst aber verlangte die Privatdetektei *Überwältigend* vollen Einsatz vom besten, weil einzigen Mitarbeiter.

Das Evita-Prögrämmli war simpel zu handhaben und schlicht genial. Wälti brauchte bloß die zweitausend Stunden Videomaterial im Schnellstmodus darüberlaufen zu lassen. Jedes Mal, wenn eine Toilettenpapier-Rolle bewegt wurde, also aus einem der Zimmerservicewagen entfernt wurde, stoppte die Aufzeichnung automatisch.

Und sie stoppte ziemlich häufig.

Bei vielen verschiedenen Servicewagen.

Bei vielen verschiedenen weiblichen Angestellten.

Die zumeist zwei oder drei oder allerhöchstens vier WC-Papier-Rollen pro Suite benötigten.

Mit einer Ausnahme: Eine der Frauen nahm jedes Mal acht bis zehn Stück. Und das immer wieder. Über vier

Tage verteilt. Und statt die Rollen in die Suiten zu tragen, stopfte sie sie blitzschnell in einen am Servicewagen hängenden Wäschesack.

Ganz ohne Zweifel, das war sie.

Wälti hatte die Diebin.

Sein erster Fall – gelöst. Das war jetzt aber plötzlich doch erstaunlich einfach gegangen. Und schnell. Noch nicht einmal zwei Stunden Videoarbeit hatte ihn das gekostet. Dankeschön Evita-Programm.

Ein wohlig warmes Gefühl von Stolz und Genugtuung erfüllte ihn. Nun ging es nur noch darum, die Missetäterin zu identifizieren und sie dem Securitychef zu melden – mit den Videosequenzen und Screenshots als Beweismittel. Und dann … wäre sein Job erledigt. Alles vorbei. Schon. Leider. *Danke, Herr Wälti, wir benötigen Ihre Dienste nicht länger.*

Diese Erkenntnis dünkte ihn jetzt *schampar* schade. Und er beschloss, den Auftrag noch ein wenig hinauszuzögern. Aus lauter Lust am Detektivgenuss.

Also verordnete er der Firma *Überwältigend* jetzt erst mal eine Pause und wechselte in den Privatmannmodus.

Gegen halb sieben würde Anni nach Hause kommen, vorher aber wollte er unbedingt noch den versprochenen Hausputz erledigen. Bliebe der heute erneut unerledigt, würde sie staubig werden.

Wälti nannte es scherzhaft *Power Cleaning*. Seine Erfindung. Er konnte nämlich nicht anders, war so eine Art Spleen von ihm, beinahe zwanghaft. Er mochte nicht, wie die meisten Menschen, in normalem Tempo sauber machen. Nein, er haute voll auf den Putz. Rannte beim Reinigen. Puls auf hundertsechzig, fünfzig Atemzüge pro Minute, Schwitzflitz. Raumpflege als hochintensives Intervalltraining.

Sehr wichtig war allerdings, vor dem Einsatz sämtliche Rollläden im Haus herunterzulassen, damit ihm die Nachbarn beim Putzspörteln nicht zusehen konnten. Die hätten sich nämlich gewundert. Möglicherweise auch gegruselt. *Wäääh, Wälti* – und spekuliert hätten sie, ob ihr Nachbar eigen- oder gar abartig veranlagt sei. Der Fetischwälti. Wegen seiner Kleidung.

Er trug beim Putzen lediglich Boxershorts.

Wälti putzte immer halb nackt. Barfuß, ohne Hose, ohne Hemd, nur in seinen blau-weiß-gestreiften Unterwäsche-Shorts von Calida.

Er schwitzte nämlich wie ein Ochse. Und der Seitenscheitel aus Stahl klebte ihm dabei in wirren Strähnen am Schädel.

Ready, steady … clean! Er wetzte mit dem Staubsauger durch den Hausflur, die fünf Zimmer und zwei Badezimmer. Bückte sich zackig, um unter jedem Buffet, Bett, Kasten und Beistelltisch die Fusseln, Krümel und toten Stubenfliegen zu erwischen. Streckte sich schneidig, um auch auf den Oberseiten der hohen Möbel der Staubschicht Herr zu werden. Putzwedelte anschließend alles wie der Blitz, wischmoppte die Badezimmerböden und die Küchenfliesen und fiedelte zum Finale sämtliche Waschbecken, Toiletten sowie Badewanne und Dusche.

Ja, das war sein Sport. Der einzige, den er regelmäßig und exzessiv ausübte. Hielt ihn gesund und beweglich, ersparte ihm einen teuren Knebelvertrag im Fitnesscenter – und stimmte erst noch Anni milde. Insofern war sein *Power Cleaning* eine besonders effiziente Art von Haus- und Beziehungspflege.

Danach duschte er, zog sich wieder manierlich an und setzte sich zurück an den Schreibtisch.

Auf dem Bildschirm hatte er das Bild der Diebin eingefroren. Da stand sie mit ihrem Servicewagen gerade vor der Puccini-Suite im fünften Stock und hatte eben acht Rollen Gold-Toilettenpapier im Sack mit der Schmutzwäsche verschwinden lassen. Sie hätte null Chance, die Tat zu leugnen. Die Bilder waren als Beweis eindeutig.

Jetzt ging es nur noch darum, die Frau zu identifizieren.

Wälti tippte wegen dem Aussehen auf eine Südländerin italienischer, spanischer oder portugiesischer Provenienz. Aus Portugal, so viel wusste er, kam ein Großteil der Hotelangestellten in der Schweiz. Oder aber sie stammten aus dem wärmeren Teil des Balkans, also Kroatien, Kosovo, Albanien, Montenegro.

Er schätzte die Frau auf Mitte zwanzig. Sie war schlank und eher klein, hatte dunkle Augen, ein schmales Gesicht und einen verhuschten Blick. Ihr halblanges rabenschwarzes Haar war zu einem Pferdeschwanz gebunden. Und auf der linken Wange hatte sie ein Muttermal in Form eines Halbmondes.

Halbmondmuttermal …

Durch Wälti ging ein Ruck. Das hatte er doch schon mal. Er blätterte in seinen handschriftlichen Notizen, in denen er alle Angestellten nach bestimmten Merkmalen erfasst hatte, und fand die entsprechende Stelle. Die Frau war ihm also vorher schon aufgefallen. Und jetzt ins Netz gegangen.

Er steckte Zweifels USB-Stick mit den Personal-Dossiers in seinen Laptop, scrollte durch die vielen Seiten, den Blick immer auf das Oberkörper-Foto der Angestellten geheftet.

Bis er sie hatte.

Ihr Name lautete Maria-Dolores Gonzales.

Aber nicht aus dem Balkan oder Südeuropa stammend,

wie er vermutet hatte. Sondern aus Costa Rica in Mittel-amerika.

Wälti las ihre Akte, die bloß eine Seite aufwies. Maria-Dolores Gonzales war ja auch erst vierundzwanzig Jahre alt, stammte aus der Hauptstadt San José und war – das war jetzt allerdings bemerkenswert – erst vor zwei Monaten in die Schweiz eingereist. Das Castello Cavallo hatte ihr, via internationaler Job-Börse für Gastronomie und Hotellerie, eine Anstellung als Mitarbeiterin im Housekeeping angeboten und nach Gonzales' Zusage auch gleich den Behördenpapierkram für ihr Arbeitsvisum erledigt.

Die junge Frau war ledig und sprach nebst Spanisch noch Englisch und erstaunlicherweise nahezu perfekt Deutsch. Gut möglich, dass sie in San José eine Deutsche oder Österreichische oder sogar Schweizer Auslandsschule besucht hatte, überlegte Wälti. Es gab eine Menge solcher Schulen auf praktisch allen Kontinenten, davon hatte er in der Zeitung gelesen. Das würde auch erklären, warum sie jetzt in der Schweiz arbeitete. Aber als Zimmermädchen?

Über Maria-Dolores' familiären Hintergrund in Costa Rica, vorangegangene Jobs, abgeschlossene Schulen oder gar ein Studium stand nichts in der Akte. Doch ihre Vorgesetzten im Hotel hatten über sie in den vergangenen zwei Monaten ausnahmslos gute bis sehr gute Bewertungen abgegeben. Sie wurde als freundlich, ja gar herzlich, fleißig, beliebt bei den Kolleginnen und dem Arbeitgeber gegenüber als sehr loyal beschrieben. Sie schien eine Vorzeigemitarbeiterin zu sein. Ihre Probezeit hatte sie problemlos bestanden.

Wie man sich in manchen Menschen doch täuschen könnte, dachte Wälti.

Er würde Maria-Dolores Gonzales melden müssen. Das Hotel würde sie fristlos entlassen, sie hätte eine Anzeige wegen Diebstahls am Hals – und verlöre deswegen mit ziemlicher Sicherheit ihre Arbeits- und damit auch die Aufenthaltsbewilligung. *Adios, señora Gonzales*, und schon saß sie wieder zurück im Flieger nach Costa Rica.

Eigentlich hätte Wälti jetzt sehr mit sich zufrieden sein dürfen. Seinen Job hatte er schnell und erfolgreich erledigt. Und doch konnte er sich nicht so richtig über seinen Erfolg freuen. Ihm tat die Frau irgendwie … na ja, fast ein wenig leid. Dieses Suppenhuhn vergeigte wegen Toilettenpapier ihre Zukunft. Neunzig Rollen hatte sie entwendet. Wer, bitteschön, klaute denn so etwas? Die würde das Goldpapier doch nicht für sich selbst verwenden? Verhökerte sie das Zeug weiter? Hatte sie einen Dealer? Gab es überhaupt so etwas wie einen Schwarzmarkt für Edeltoilettiges? Konnte sich Wälti eigentlich nicht vorstellen. Oder – ganz kurlige Idee – ließ sich das Gold im Papier vielleicht herausschmelzen, zu Unzen pressen und weiterverkaufen? Teure Ware von zweifelhafter Herkunft, so ähnlich wie diese Blutdiamanten aus Angola und Sierra Leone, von denen man immer wieder las. Wäre das im Toilettenpapierfall dann … Fäkalgold?

Aus dem Bauch heraus beschloss Wälti, den Fall noch nicht definitiv abzuschließen, seinem Auftraggeber noch nicht die Frau Gonzales zu liefern. Zum einen wollte er seinen ersten Job als Detektiv gern ein wenig verlängern und genießen, zum anderen war er einfach neugierig, was die Costa Ricanerin zu dieser Tat getrieben hatte. Und sollte Securitychef Zweifel ihn später wegen dieser Verzögerung rüffeln, würde er sich herausreden, indem er behauptete, zu einem vollständigen Täterbild gehöre doch nun mal zwingend auch dessen Background-Szenario.

Das *Warum* einer Tat sei zentral und müsse aufgedeckt und dokumentiert werden. Sei Privatdetektiv-Ethos, die Branche habe ihren schlechten Schlapphut-Ruf überhaupt nicht verdient.

Ja, so würde er es machen. Aber er durfte keine Zeit verlieren. Wie wollte er weiter vorgehen? Gedankenverloren nestelte er am Hotelbadge herum, den er von Zweifel erhalten hatte. *Damit bekommen Sie Zutritt zu sämtlichen Bereichen des Hotels.*

Wälti kam eine Idee. Er rief den Securitychef an, der bereits nach dem ersten Klingelzeichen abnahm und wahnsinnig gestresst klang.

»Ja.«

»Wälti.«

»Wer?«

»Privatdetektei überwÄLTIgend, Wälti am Apparat.«

»Ah, das Toilettenpapier.«

Erneut hatte Wälti den Eindruck, Zweifel mache sich lustig über diesen Job. »Genau der.«

»Hören Sie, es geht grad ganz schlecht. Ich habe hier … Können wir später …«

»Ich brauche nur zehn Sekunden, zwei Fragen.«

Zweifel stöhnte in die Leitung. »Aber schnell.«

»Erstens: Wo übernachten die ausländischen Angestellten des Housekeeping? Und zweitens: Gibt es einen Arbeitseinsatz- beziehungsweise Pausenplan dieser Leute?«

»Hundert Meter weiter die Straße hoch haben wir ein Angestelltenhaus, jeder hat sein eigenes Zimmer. Und die Einsatzpläne mailt Ihnen meine Assistentin nachher zu. Zufrieden?«

»Herzlichen Dank.«

»War's das?«

»Bin wunschlos glücklich.«

Zweifel grunzte einen Gruß und war weg.

Und Wälti wusste jetzt, wie er morgen vorgehen wollte. Er würde diese Maria-Dolores Gonzales in deren arbeitsfreier Zeit in ihrem Zimmer aufsuchen und zur Rede stellen, sie befragen und mit den Beweisfotos konfrontieren. *Frau Gonzales, Sie haben das Recht zu schweigen …* Von wegen, die würde reden.

Mal so eine richtig schöne Vernehmung – wollte Wälti sich doch nicht nehmen lassen.

12

Kein gelbes Hemd. Hatte Evita gesagt.

Also wählte Fabio ein kornblumenblaues aus Leinen mit Stehkragen und drei Perlmuttknöpfen. Sein Lieblingshemd, seit Eliza ihm einmal bescheinigt hatte, darin sehe er unverschämt gut aus. Sei ein ernst zu nehmendes *Date-Hemd*, hatte sie gemeint.

Einen Moment lang hatte er noch überlegt, sein Nirvana-Shirt anzuziehen, weil er doch jetzt wusste, wie sehr Evita auf die Band stand. Aber dann fand er das ein wenig gar forciert. Könnte für sie ja aussehen, als wollte er sie einlullen und bezirzen. Es darauf anlegen. Was sie nicht denken sollte, aber vor allem nicht … merken sollte.

Fabio machte sich Hoffnungen. Darum war er nervös. *Sie* machte ihn nervös. Immer, wenn er sich frisch verguckte, wurde er nervös. Und Fabio verguckte sich andauernd. Tagesverliebtheit war bei ihm normal, manchmal erwischte es ihn sogar halbtagsweise. Es kam vor, dass er am frühen Morgen auf die neue Verkäuferin in seiner Lieblingsbäckerei abfuhr, nur um am Nachmittag in den Werkstätten des Stadttheaters auf eine Schneiderin zu treffen, die er noch nicht kannte und die ihm in Null Komma Nichts den Kopf verdrehte. Nicht, dass dann mit der Brotverkäuferin oder der Schneiderin auch tatsächlich etwas gelaufen wäre. Fabio hatte einfach kein Händchen für die Frauen, Fabio hatte Pech in der Liebe. Immer. So einfach war das.

Das Stadttheater hatte letztes Jahr einen Shakespeare-

Abend im Programm gehabt, mit den besten Aphorismen des Dichters. Fabio, damals zuständig für die Kulissenaufbauten, hatte es vor allem ein Sinnspruch besonders angetan. Als hätte Shakespeare den extra für ihn geschrieben:

Liebe ist ein Kobold; Liebe ist ein Teufel;
es gibt keinen böseren Engel als die Liebe!

Manchmal dachte Fabio, dass er sich darum so oft in so viele Frauen verliebte, damit zumindest mal *eine* an ihm hängen blieb. Je mehr, je häufiger, desto größer die Erfolgschance. War wie jagen mit Schrotmunition. Hundert Stahlkügelchen in einer Patrone – da würde doch wohl wenigstens *ein* Spatz aus dem ganzen Schwarm vom Himmel fallen.

Kein Parfum mit Bergamotte, hatte sie gesagt.

Ja, Evita gefiel ihm. Sehr sogar. Obwohl sie ziemlich tough den Tarif ansagte.

Kein rohes Fleisch hatte sie gesagt.

Fabio mochte es, wenn Frauen die Initiative ergriffen. Weil er das dann nicht übernehmen musste – weil er es nicht gut konnte.

Nicht zu spät zum ersten Date erscheinen, hatte sie gesagt.

Also traf er schon eine halbe Stunde vorher im Durst & Wurst ein. Und um ganz auf Nummer sicher zu gehen – und nicht ausgerechnet den Katzentisch neben dem Flur hin zum Gästeklo zu bekommen –, hatte er am Nachmittag angerufen und ausdrücklich einen Zweiertisch »mit romantischem Ambiente« reservieren lassen.

Er wartete vor dem Eingang auf sie.

Der zum Restaurant gehörende Biergarten zur Straße

hin war bis auf den letzten Platz gefüllt. Es war ein milder, säuselwindiger Abend, der Himmel wolkenlos und hauchrosa getüncht vom letzten Sonnenlicht, und sobald es dämmerte, würde einem ein Sternenzelt präsentiert wie nicht von dieser Welt. Als Bühnenschreiner wusste Fabio um die Wirkung der passenden Kulisse.

Evita kam mit zwanzig Minuten Verspätung.

Keine Erklärung, keine Entschuldigung, kein Problem. Die Papageien hatte sie durch große Silberohrringe ersetzt. Über ihrer Schulter hing ein Stoffrucksack in pinkem Tarnfleck. Sie trug rote Pumps und ein knöchellanges, schulterfreies Leinenkleid. In Bananengelb.

Fabio knurrte innerlich. Die No-Go-Hemdfarbe galt wohl nur für Herren.

Er setzte sein gewinnendstes Lächeln auf und winkte ihr aus einigen Metern Entfernung viel zu täppisch zu. So wie kleine Mädchen grüßen oder südkoreanische Touristinnen oder Leute mit gebrochenem Handgelenk. Evita hingegen griff im Sturmschritt an, umarmte und drückte und küsste ihn dreimal auf die Wangen. Dann kräuselte sie ihr hübsches Vorwurfsnäschen und schnupperte theatralisch.

»Aha, da ist aber einer frisch geduscht und deodoriert. Sag mal, benutzt du auch eines dieser *72-Stunden-Deos*, für die sie im Fernsehen immer Werbung machen? Ich frage mich ja die ganze Zeit, wozu der gut sein soll. Ich meine, wer sich zweiundsiebzig Stunden lang nicht wäscht, benützt wohl auch kein Deodorant. Oder was ist deine Meinung dazu?«

Fabio wusste nicht, was sagen, darum sagte er nichts.

Sie schaute sich im Biergarten um. »Wo sitzen wir?«

Er hätte drinnen einen wunderschönen Tisch reserviert, sagte er und strahlte sie an, im sicheren Glauben, schon mal den ersten Punkt bei ihr gemacht zu haben.

»Im Innern drinnen? Wo wir doch so einen lauen Abend haben? Bist du ein *Gfrörli*? Oder der Typ Höhlenmensch?«

Fabio zog den eben erzielten Punkt wieder vom Konto ab. Er lächelte gequält, versicherte Evita, umzudisponieren sei absolut gar kein Problem, eilte zum Chefkellner, kam geknickt zurück und erklärte Evita, es sei doch ein Problem. »Die sind total ausgebucht. Sorry. Aber, hey, der Tisch wird dir gefallen. Schöne Ecke, klein, gemütlich, zuhinterst im Säli.«

Sie schaute ihn an, als schwärme er von einem Platz im Luftschutzbunker.

Ein Kellner mit schwarzer Hose und weißem Veston führte sie hinein und zu ihrem Tisch – zuhinterst im Raum, in einer Wandschrank-großen Nische, mit Rustikalgebälk, dezenter Beleuchtung und einer gerahmten Pseudo-Ferdinand-Hodler-Landschaft an der Wand. Fabio, ganz Gentleman, hielt für Evita den Stuhl parat und rückte ihn zurecht, als sie sich gesetzt hatte.

»Ist doch ganz schön heimelig hier.« Er zeigte alle Zähne.

Evita saß stocksteif da, starrte auf das weiße Stofftischtuch und nickte so mechanisch, als nehme sie gerade ihr Todesurteil zur Kenntnis.

»Fast schon romantisch, findest du nicht auch?« Er rieb sich die Hände etwas gar eifrig.

Sie hob ihren Kopf und starrte Fabio an, als würden da geheime Botschaften auf seiner Stirn erscheinen. Ihre Atmung ging plötzlich viel zu schnell. Und die Augen flipperten.

»Meine Güte, Evita. Ist dir nicht gut?«

Unversehens schoss sie vom Stuhl hoch und sagte oder japste vielmehr, er müsse sie kurz entschuldigen. Angelte sich ihren Rucksack von der Stuhllehne und lief davon in Richtung der Waschräume.

Fabio fiel innerlich in sich zusammen. Er fragte sich, welches denn heute sein gröbster Date-Schnitzer gewesen war. Was genau hatte er verbockt? Der Abend war jedenfalls gelaufen, Evitas Reaktion eben war eindeutig gewesen. Bravo Caprez. Eine Kerbe mehr auf deiner Loser-Liste.

Umso erstaunter war er dann, als endlos lange zehn Minuten später eine völlig verwandelte Evita zurückkam, nicht nur ihr Schuhwerk betreffend. Sie hatte die Pumps gegen nachtblaue Ballerinas ausgewechselt.

»So, jetzt bestellen wir aber ein ganzes Rhinozeros«, rief sie überdreht, schenkte Fabio das ansteckendste Lachen der Welt und strich beim Vorbeigehen mit der Hand über seine Schulter. »Ich verhungere nämlich fast.« Sie setzte sich, als wäre nichts gewesen, und vertiefte sich in die ledergebundene Karte. »Heute ist mir wieder mal nach einem Mordsstück Fleisch. Am liebsten ein Steak, magst du es auch gern blutig?«

Fabio gab sich Mühe, nicht allzu dämlich aus der Wäsche zu gucken. Verstehe einer die Frauen … Von Evita gar nicht erst zu reden. Was war denn mit der los? Und als Nächstes würde sie von Parfums mit einer Bergamotte-Nuance schwärmen, oder was? Hatte die ihn mit ihrer *Don'ts*-Liste bei Dates einfach nur verarscht? *Wollen doch mal sehen, wie der schüchterne Kerl reagiert.*

»Was ist? Was starrt der Fabio mich denn so an? Gefällt dir meine Nase nicht? Oder bist du bereits so schwer verliebt in mich?«

Als ob eine Dampfwalze über ihn hinweggefahren wäre. Fabio brauchte mehrere Anläufe, ehe er eine halbwegs anständige Antwort zustande brachte. »Nein, es ist … äh, wegen des Steaks. Weil du mich doch heute Mittag noch gemahnt hast, nur ja kein rohes Fleisch zu bestellen.«

»Hab ich das?«

»Hast du.«

»Ich mag eben Fleischeslust aller Art.« Ein gerissener Zug umgab ihre dunklen Augen, als sie lächelte.

»Ich dachte halt, weil du am Mittag …«

»Ach, was interessiert mich mein Geschwätz von vorhin.«

»Alle gut bei dir? Ich meine, weil du vorhin so …«

»Ach das. Ich leide an Asthma, Fabio. Und manchmal, ganz ohne Vorwarnung, kommt eine Attacke, so wie eben. Sorry, wollte dich nicht erschrecken.«

In dem Moment kam der Kellner mit Notizblock und Silberstift. Evita bestellte einen kleinen gemischten Salat zur Vorspeise und danach das Rindersteak, *rare*, schön blutig, und – wenn schon, dann schon – das *Porterhouse*, das Achthundertgrämmige samt Knochen, dazu Bratkartoffeln – und ein Bier. Aber ein großes.

Eine ganz wunderbare Wahl, er nehme das Gleiche, sagte Fabio, dem heute der Sinn viel mehr nach Pasta und Wein gestanden hätte.

Kaum war der Kellner weg, sagte Evita: »Dann mal los, jetzt lernen wir uns kennen. Jeder darf den anderen fragen, was er will.«

»Äh, okay …« Ihre katzenhafte Grad- und Gnadenlosigkeit brachte ihn erneut aus dem Konzept. »Aber du beginnst. Ladies first.«

»Hör mir mit dem Kavalier-Geschmier auf. Nein, du machst den Anfang.«

Er nickte und gehorchte und fragte sie, wie es ihr bei Kaiser Reisen gefalle.

»Prima, nette Leute, abwechslungsreicher Job, und die Kohle stimmt. Jetzt ich.«

Sie fragte ihn, in welchem Alter er seine Jungfräulichkeit verloren habe.

Fabio hätte den Kellner umarmen können, als er genau in dem Moment an den Tisch trat und den Salat servierte.

Sie aßen schweigend, und Fabio war darauf bedacht, den Mund immer übervoll zu haben, weil es doch als unanständig galt, mit vollem Mund zu sprechen. Seine Taktik ging auf, und am Ende der Vorspeise schien Evita ihre Frage vergessen zu haben. Als der Kellner die leeren Teller abtrug, lenkte er sie ab, indem er sich schnell erkundigte, ob das Taxigeschäft denn überhaupt noch eine Zukunft habe.

Sie zuckte mit den Schultern – »weiß ich doch nicht, wer weiß das schon, kann keiner wissen« – und fragte ihrerseits nach seinen Erfahrungen mit Drogen.

Er stotterte ein paar legale und illegale Klassiker herunter, und sie nickte jede Position mit einem mitleidigen Lächeln ab, als liste er hier gerade Kindernaschkram auf, aber nichts Hartes für richtige Kerle.

Später dann, beim Zerlegen der blutigen Riesensteaks, schaltete Evita ein paar Gänge herunter und quälte Fabio nicht länger mit ihren unerhörten Fragen. Sie unterhielten sich jetzt wie ein ganz normales Paar beim ersten Date. Plauderten über ihre Jobs, Ferienpläne, eine neue Netflixserie, die gerade total hypte, über alte und neue Musik und Open-Air-Konzerte und die grauenvolle Musikauswahl mancher Lokalradiostationen – und dann natürlich über ihre gemeinsame Lieblingsband Nirvana und deren genialen, aber leider lebensmüden Frontmann Kurt Cobain.

Fabio hätte zu gern gewusst, wo in der City Evita genau wohnte, traute sich aber nicht zu fragen. Sie hätte das womöglich als Vorsondierung seinerseits für eine nachmitternächtliche »Gehen wir noch zu dir?«-Anpirschung auffassen können. Er wollte es langsam angehen lassen, *süüferli*, nichts übereilen, lief doch gerade ganz gut.

Beim Nachtisch passierte etwas Eigenartiges.

Gerade, als sie beide ihre Panna cotta mit warmen Erdbeeren auf Akazienhonig löffelten, wurde im Raum das Licht heruntergedimmt.

Sollte wohl die Romantik anheizen.

Was bei Evita zu funktionieren schien. Jedenfalls bekam sie einen roten Kopf, auf ihrer Stirn und dem Hals glänzte ein Schweißfilm, und sie rutschte nervös auf dem Stuhl herum.

»Alles gut?«, fragte Fabio, der kein gutes Gefühl hatte. »Ist das wieder so ein … Asthmadings?«

»Mhh.« Sie atmete hastiger. Dann griff sie nach ihrem Rucksack, kramte ein Kartonschächtelchen heraus, entnahm dem ein Bonbon und steckte es sich in den Mund. Sie lutschte so mechanisch und hastig, als gälte es, das Bonbon innerhalb einer Minute aufzulösen. Dass sie dabei die Augen geschlossen hielt und ihre Fäuste ballte, machte die Szene für Fabio nicht weniger unheimlich.

»Alles gut?«, fragte er abermals.

Sie erhob sich so ungestüm, dass der Stuhl beinahe umkippte. »Bin gleich wieder bei dir.« Dann lief sie davon, rannte schon fast, zum zweiten Mal an diesem Abend in Richtung der Waschräume.

Fabio versuchte sich zu erinnern, wie der Titel dieses Films hieß, nach einem Horrorklassiker von Steven King, in dem ein Alien in den Körper einer Frau gefahren war.

Arme Evita. Mal forsch, frech, fröhlich und herzerfrischend flapsig, und eine Sekunde später schien sie gegen ihre Atemnot-Dämonen anzukämpfen.

Er mochte sie. Ziemlich. Sehr sogar. Und fand sie hübsch, nein, schön. Aber wenn sie so … Sobald sie dieses … Das machte ihm Angst. Und er fühlte sich maßlos überfordert.

Auf dem Tisch lag noch immer Evitas Bonbonpackung. Fabio hauchte sich in die hohle Hand. War sein Atmen noch frisch genug? Nach so viel blutiger Kuh und würzigem Bier? Sicher war sicher. Vielleicht küsste sie ihn ja zum Abschied erneut, und diesmal würde er kontern. Also griff er nach der Schachtel, rüttelte eines der Bonbons heraus und steckte es sich in den Mund.

Und glaubte, explodieren zu müssen.

Eine noch nie erlebte Schärfe schoss durch seinen Kopf. Die Schleimhäute sirenten, das Zahnfleisch schrumpfte, der Gaumen kollabierte. Tränen schossen ihm in die Augen, es zog ihm sämtlichen Schnodder aus der Nase, und sein Schädel schien sich aufzublähen und würde bestimmt gleich platzen. Fabio fühlte sich wie ein menschgewordenes Raketentriebwerk auf der Startrampe, das gleich in … drei … zwei … eins …

Scharf zu Tode gelutscht würde auf dem Protokoll des Leichenbeschauers stehen.

Fabio spuckte das Bonbon aus. Mit weit geöffnetem Mund saugte er Luft ein, die Lippen waren taub, sämtliche Gesichtsmuskeln gelähmt. Nur ja kein Wasser, das machte es noch viel schlimmer, so viel wusste er über Erste Hilfe bei höllisch scharfem Essen. Stattdessen griff er nach dem Brotkorb und verpasste sich als Gegengift drei Baguettescheiben. Wild kauend und mit pulsierenden Fingern griff er abermals zum Schächtelchen und versuchte, trotz Schmierblick und Schwindel, die Inschrift auf der Verpackung zu entziffern.

Echt jetzt? Es gab Bonbons in *dieser* Geschmacksrichtung?

Chili?

13

Maria-Dolores Gonzales hatte geschlafen, das sah Wälti sofort.

Knopfaugen, sahniger Blick, zerdrückte Frisur, Kissenkantenabdrücke auf der Wange, und Speichel fädelte zwischen Mundwinkel und Kinn. Sie trug einen zu großen, ausgebleichten hellgrauen Jogginganzug mit dem Aufdruck *Catholic University of Costa Rica*. Und sie war barfuß.

Er hatte drei Mal klopfen müssen, jedes Mal länger und heftiger, bis sie endlich die Tür geöffnet hatte.

»Grüezi, Frau Gonzales, wir müssen miteinander reden.« Gleichzeitig hielt er ihr den Badge unter die Nase. »Ich bin von der Hotelsecurity.« Und als sie ihn verständnislos anschaute: »Darf ich kurz hereinkommen? Besser, wenn nicht die ganze Nachbarschaft mithört.«

»Ich habe gerade etwas geschlafen. Um drei muss ich wieder zum Dienst.« Sie sprach tatsächlich nahezu perfekt Deutsch. Nur manchmal drückte der spanische Akzent etwas durch, dann hatte ihr S zu viel Zungenluft und das R röchelte etwas zu sehr im Rachen.

»Es dauert auch nicht lange«, sagte Wälti, trat ein und schloss hinter sich die Tür. Er hatte eine Aktentasche bei sich mit seinem Laptop drin, auf dem die Beweisvideos und Screenshots abgespeichert waren. *Lügen ist zwecklos, Frau Gonzales. Hier, die Aufnahmen sind Beweis genug.*

Das Licht im Zimmer war schummrig. Sie zog den Nachtvorhang zur Seite und kippte das Fenster. Kein großer Raum und unpersönlich: ein Bett mit zerwühltem Inhalt, ein Nachttisch, auf dem ein Handy lag, an der Wand gegenüber ein zweitüriger Schrank, ein winziger Schreibtisch am Fenster und ein Holzstuhl mit Sitz- und Rückenfläche aus Wiener Geflecht. Keine Bilder an den Wänden, kein Fernseher, weder Kochnische noch Minikühlschrank noch Spülbecken. Wahrscheinlich eine Gemeinschaftstoilette und -dusche auf dem Stockwerk, reimte sich Wälti zusammen. Einen Moment lang fragte er sich, ob er das könnte? So spartanisch wohnen? Und so weit weg von daheim zu leben? Über zwölf Flugstunden waren es nach Costa Rica (hatte er gestern noch gegoogelt). Was machte das mit einem Menschen? Was hatte es mit Maria-Dolores Gonzales gemacht? Warum die Tat?

Sie bot Wälti den einzigen Stuhl an und setzte sich selbst auf die Bettkante.

»Security, sagen Sie? Was kann ich für das Hotel tun?«

Nicht unsympathisch die Frau, registrierte Wälti. Sie sprach mit fester Stimme, wich seinem Blick nicht aus und machte auch sonst nicht den Eindruck, als habe sie etwas zu verheimlichen. Geschweige denn, zu gestehen.

Zwei Möglichkeiten, dachte Wälti. Entweder sie war ein Vollprofi oder sich ihrer Sache absolut sicher und darum so ruhig und abgeklärt.

»Frau Gonzales, ich will es kurz machen. In den letzten Tagen ist im Hotel eine Menge Toilettenpapier entwendet worden. Das mit dem Goldrand, das teure für die Suiten. Sie wissen, wovon ich spreche?«

Noch immer hielt sie seinem Blick stand und zeigte keinerlei deutbare Reaktion. Dritte Möglichkeit, dachte Wälti: Möglicherweise noch zu tiefenverschlafen, um normal unnatürlich zu reagieren.

»Ja, natürlich kenne ich dieses Toilettenpapier, ich arbeite ja täglich damit«. Die Ruhe und Unschuld selbst. Jetzt lächelte sie sogar.

Eigentlich im Grunde eine sehr angenehme Person, registrierte Wälti – und änderte in dem Moment seine Strategie. Entschied er just einfach so aus dem Bauch heraus, auch auf Anraten des Wältiwächters in ihm.

Er hatte eigentlich vorgehabt, die Frau einzukreisen, des Diebstahls zu bezichtigen, ihr die Beweisvideos vorzuführen und ihr – *leugnen ist zwecklos, Frau Gonzales* – ein Geständnis abzuringen.

Tat er jetzt aber nicht.

Er konnte hinterher selbst nicht sagen, was genau ihn zu dieser Planänderung bewogen hatte. Sein »Jeder hat eine zweite Chance verdient«-Credo? Mitleid? Barmherzigkeit? Wältiweltwatte?

Vielleicht war ihm die Frau auch einfach nur zu sympathisch, um sie flugs kaltherzig abzuservieren.

Er zog den Laptop aus seiner Aktentasche, legte ihn auf die Knie, klappte den Bildschirm auf und tat, als schaue er sich etwas darauf an. Sagte dann bloß »Videoüberwachung, überall heutzutage, selbst im hintersten Winkel dieses Hotels, man sieht einfach alles, wirklich alles …« – klappte das Gerät wieder zu und steckte es zurück in die Tasche.

Er wartete ein paar Sekunden, saß einfach nur da, ließ alles auf die Frau einwirken, ehe er sagte: »Frau Gonzales, hören Sie mir jetzt genau zu. Sollten Sie etwas mit dem verschwundenen Toilettenpapier zu tun haben, gebe ich Ihnen die Möglichkeit, es innerhalb von vierundzwanzig Stunden zu melden. Danach ist die Chance vertan. Wissen Sie, aufrichtiges Bedauern samt ehrlicher Reue bewirkt oftmals Wunder. Und auch Hotelmanager haben ein Herz. Es muss nicht in jedem Fall mit einer fristlosen Kündigung enden. Wenn Sie verstehen, was ich meine«, schloss er und versuchte, ein Pastorengesicht zu machen.

Sie schaute ihm nach wie vor direkt in die Augen, verzog keine Miene und zuckte ganz langsam mit den Schultern. Das reinste Gewissen der ehrlichsten Person der Welt.

Wälti hielt dieses Psychospiel noch etwa eine Minute aus, dann erhob er sich vom Stuhl und streckte ihr die Hand zum Abschied entgegen.

»Frau Gonzales, danke, dass Sie sich Zeit genommen haben.«

»*Señor* ... Wie war noch gleich Ihr Name?«

»Wälti.«

»Keine Ursache, *Señor* Wälti. Schade, dass ich nicht helfen konnte.«

Diesmal hörte man ihre costa-ricanische Herkunft deutlich. Sie sprach das Wälti hart als »Waltii« aus, lang gezogene Betonung hinten auf dem i. Wie jemand, der mit einem gellenden Schrei von ganz hoch tief hinunterstürzt.

Auf dem Weg zum Hotel-Parkplatz traf er erneut auf seinen Schulkollegen Stöckli Toni, den Doorman oder eben Pförtner, wie er sich lieber betitelte.

»Der Wälti schon wieder. Du bist ja bald mehr hier als ich.«

Wälti lachte pflichtbrav. »Hab enorm viele Fahrgäste aus eurem Hotel. Was will man machen.«

Stöckli Toni winkte ab. »Wem sagst du das. Bin ja jetzt doch schon ein paar Jährli hier, aber so einen Aufwand und Rummel habe ich noch nie erlebt.«

Dann schaute er nach links und rechts und hinter sich, trat dann sehr nahe an Wälti heran und hatte plötzlich dieses Glitzern in den Augen. »Guck mal dort drüben, auf dem abgesperrten Parkplatz. Siehst du all die schwarzen Limousinen?«

Wälti nickte.

»Alle heute angekommen. Ich dürfte dir das ja im Grunde gar nicht erzählen …«

»Dann behalte es für dich.«

»Sind alles Sicherheitsleute aus dem Ausland. Die durchsuchen die beiden reservierten Stockwerke auf Bomben und Wanzen und so Zeugs. Alles nur wegen des Gipfeltreffens.«

»*Momoll*, nicht schlecht. Das sind über zwanzig Wagen. Große Delegation.«

»Dabei ist das nur die Hälfte, die anderen parken in der Tiefgarage. Riesenaufwand. Affentheater, wenn du mich fragst. In ein paar Tagen sollen dann die Politiker eintreffen.«

»Von welchen Ländern sprechen wir hier eigentlich? Wer nimmt teil?«

»Wie gesagt, die Direktion verlangt von uns Stillschweigen.« Stöckli Toni zog sich einen imaginären Reißverschluss über den Mund.

»Verstehe, dann darfst du natürlich nichts sagen.«

»Darf ich nicht, leider, nein. Könnte ich auch nicht, vergesse andauernd die Namen der Teilnehmerländer. Es sind bloß zwei. Mit grausam komplizierten Namen. Ganz ehrlich, von denen habe ich vorher noch nie gehört.«

»Klingt interessant. Hast du wenigstens eine Ahnung, von welcher Region der Welt wir sprechen?«

»Wälti! Herrgott, ich sag doch, ich darf nichts sagen.« Stöckli Toni machte ein Gesicht, als reiße er sich ein Heftpflaster qualvoll langsam von einem stark behaarten Körperteil. »Und überhaupt. Was plagst du mich mit solchen Fragen? Die Direktion hat uns extra nicht zu viele Details mitgeteilt. Wer nichts weiß, kann auch nichts ausplaudern.«

»Kluge Entscheidung.«

»Es sind sehr kleine Staaten, so viel weiß ich. Und wahnsinnig weit weg. Jedenfalls nicht Europa. Darum kennt sie ja auch keiner.«

»Und warum kommen die hierher? Warum … in die Schweiz?«

»Ich glaube, die mochten sich in den letzten Jahre nicht besonders, haben, wie man hört, sogar miteinander gekriegerlet. Aber jetzt wollen sie wieder lieb sein zueinander – und das hier besiegeln. Und wir Schweizer sind doch seit Wilhelm Tell neutral und berühmt für unsere diplomatischen Dienste.« Ihm schwellte die Brust, als habe er seinerzeit höchstpersönlich dem Tell den Armbrustpfeil gereicht.

»Klingt mir ganz nach einer Friedenskonferenz«, sagte Wälti.

Stöckli Toni machte ein Nistkastengesicht und spreizte die Arme vom Körper, als wolle er gleich abheben und wegflattern. »Wie gesagt. Wir wissen nichts und dürfen auch nichts sagen. Und du hör endlich auf, mich auszuquetschen.«

Zur gleichen Zeit, als Wälti mit seinem alten Schulkollegen plauderte, nahm ein paar Hundert Meter entfernt im Angestelltenwohnhaus Maria-Dolores Gonzales ihr Handy vom Nachttisch und wählte eine Nummer, die sie auswendig gelernt hatte, weil sie sie nicht abspeichern wollte. Nicht abspeichern durfte. Aus Sicherheitsgründen. Hatte *er* ihr so befohlen. Und es mehrfach kontrolliert.

»Ich bin's, Gonzales. Es gibt ein Problem. Die Hotelsecurity war eben bei mir … Die haben mich angeblich gefilmt, wie ich … na, Sie wissen schon … Nein, natürlich nicht … Nein, ich habe nichts gesagt, nichts zugegeben. Was soll ich jetzt tun? … Okay, verstehe, nicht am Telefon … Morgen? Kann ich ab drei … Ja, ich weiß, wo das ist. Und wann? … Ist gut, ich werde da sein.«

14

Genau vierundzwanzig Stunden später rief Wälti bei Zweifel an.

»Meine Güte, Sie haben wirklich ein besonderes Händchen für Timing«, blaffte ihn der Securitychef am Telefon an.

Wälti ballte im Geiste schon mal die Siegerfaust. »Darf ich das so verstehen, dass eben eine Angestellte vom Housekeeping bei Ihnen persönlich vorgesprochen und gestanden hat?«

»Wie kommen Sie denn da drauf? Nein, ich meine damit vielmehr, dass Sie immer genau im unpassendsten Moment anrufen.«

»Oh, also kein Housekeeping?« Wältis Stimme scherbelte vor lauter Enttäuschung.

»Housekeeping? Warum erwähnen Sie das dauernd?« Zweifel klang stinkig.

»Nichts, hat sich eben erledigt. Und ... ich störe demnach?«

»Hören Sie, Wälti. Kann ich Sie zurückrufen? Ich habe hier gerade die Presse in der anderen Leitung, die ich ruhigstellen muss. Weiß der Kuckuck, woher der Mediengeier überhaupt meine Durchwahlnummer hat.«

»Der will sicher Informationen über den Polit-Gipfel, stimmts?« Zweifels verärgerter Ächzer war Wälti Bestätigung genug, da konnte er auch nachlegen: »Wenn wir schon bei dem Thema sind: Welche zwei Länder treffen sich denn nun eigentlich bei Ihnen im Hotel?«

Er glaubte, durch die Telefonleitung hindurch hören zu können, wie Zweifel aus der Haut fuhr: »Jetzt kommen Sie auch noch damit«, pfiff er Wälti an. »Ja, weiß denn mittlerweile die ganze Welt darüber Bescheid? Das Treffen ist geheim, hören Sie, *geheim*. Und das soll verdammt noch mal so bleiben.«

»Ich behalte die Information selbstverständlich für mich.«

»Wäre ja noch schöner. Ist noch was?«

»Nichts, was nicht Aufschub duldete.«

»Oh Mann, wie gedrechselt Sie immer daherreden. Ist ja die reinste Hirnwichserei.«

»Jetzt habe ich Sie akustisch nicht recht verstanden …«

»Vergessen Sie's. Ich muss jetzt.« Und weg war der Zweifel.

Ein wenig unanständig fand Wälti Zweifels ruppiges Benehmen ja schon. Andererseits, gell, diese Manager heutzutage hatten es auch nicht leicht. Und mit der Presse im Nacken … Nicht schön, kannte er aus eigener Erfahrung. Ungern erinnerte er sich, wie letztes Jahr dieser Bissegger, ein Frühpensionär aus der Nachbarschaft – und selbst ernannter Chefredakteur, Verleger und erster und einziger Mitarbeiter der von ihm gegründeten Quartierzeitung –, Wälti unbedingt für die Gartenhelden-Rubrik *Hecke, Hacke, Schnecke* hatte interviewen wollen. Und Wälti dies aber ablehnte, weil er doch nicht gern im Mittelpunkt stand und diesen Hansdampf Bissegger auch nicht besonders mochte. Der Kerl hatte aber nicht lockergelassen, mehrfach angerufen und am Ende gar vor der Haustür gestanden. Anni übernahm es, die Situation ein für alle Mal zu regeln.

Maria-Dolores Gonzales hatte sich also nicht freiwillig gestellt.

Das kränkte Wälti nun doch sehr. Er hatte schwer damit gerechnet, dass die Frau sein mehr als faires, großzügiges Entgegenkommen schätzen, ihre Chance nutzen, sich bei Zweifel melden und den Diebstahl zugeben würde.

Sie hatte sich offensichtlich dagegen entschieden. Dummes armes Ding, dachte Wälti. Dann musste er nun halt seines Amtes walten.

Seine ursprüngliche Idee, die Täterin einfach nur bei Zweifel zu melden, verwarf er kurzerhand. Dieser Kerl hatte ihn vorhin etwas zu sehr angerüpelt. Nein, Wälti wollte die Akte Gonzales lieber selbst zu einem Ende bringen. Er wollte die Costa Ricanerin mit seinen unwiderlegbaren Videobeweisen konfrontieren – und ihr Geständnis hören. Laut und deutlich und reuig. So viel Genugtuung und Erfolgserlebnis, fand er, habe er sich dann doch verdient.

Laut Einsatz- und Pausenplan des Housekeeping hatte Maria-Dolores Gonzales heute von drei bis sieben Uhr Zimmerstunde. Das traf sich gut, Wälti hatte zuerst nämlich noch ein paar Stammgäste, die seine Chauffeurdienste benötigten. Und auch die zusätzlichen Spontaneinsätze, die ihm Evita durchtelefonierte, erledigte er an diesem Nachmittag gewissenhaft.

»Sag mal. Was ist denn nun eigentlich mit diesem Hotelvideo?«, fragte sie ihn zwischen zwei Fahrten am Handy, als er allein im Taxi saß.

»Der Fall ist so gut wie gelöst«, antwortete Wälti.

»Aha, wer ist der Mörder?«

»Kein Mord und eine Sie.«

»Echt jetzt? Eine Diebin?«

»So ist es.«

»Schon verhört?«

»Bereits durchgeführt.«

»Geständig?«

»Nicht ganz – ich muss sie nochmals ins Gebet nehmen. Und etwas deutlicher nachhelfen.«

»Mit den Videos?«

»Genau. Heute späterer Nachmittag konfrontiere ich sie damit und schließe den Fall dann ab.«

»Prima, gratuliere jetzt schon. Dann wälti mal deines Amtes. Und ich bin neugierig auf alle Details. Du erzählst mir dann alles, ja?« Klang nicht wie eine Bitte von ihr, war ein Befehl. Und kam auch so an.

»Sobald ich mit dem Fall fixfertig bin, erstatte ich Bericht«, versprach Wälti. »Schließlich konnte ich das Verbrechen ja nur dank Ihrer Hilfe und Programmierfähigkeiten lösen. Herzlichen Dank.«

»Gern geschehen, Wälticop. Sag mal, hatte gerade so eine Eingebung: Heißt du vielleicht Sherlock mit Vornamen?«

Nach seinem letzten Taxieinsatz an diesem Tag, gegen halb fünf, fuhr Wälti zum Castello Cavallo. Je näher Hotel und Finale rückten, desto nervöser wurde er. Erlebte er halt auch nicht alle Tage, Kommissar und Richter und auch ein wenig Henker in Personalunion spielen zu müssen.

Ja, zugegeben, die Frau tat ihm noch immer leid. Aber es gab halt nun mal Gesetze. Sie hatte gestohlen, sie war schuldig, sie musste ihre Strafe bekommen. Er merkte, wie seine Fingerkuppen am Steuerrad ameiselten. Er war aufgebrachter, als ihm lieb war. Er brauchte etwas Nervenbalsam.

Wälti schob seine Spezial-CD in die Musikanlage und hörte sich die Titelmelodie von *Der mit dem Wolf tanzt* an.

Maria-Dolores Gonzales war nicht in ihrem Zimmer. Oder wollte nicht aufmachen.

Nachdem Wälti ein paar Mal heftig, aber erfolglos an ihre Tür gepocht hatte und dazu – zuerst in handschelligem Ton, dann herrisch und schließlich väterlich-fürsorglich-besorgt – »Frau Gonzales, Hotelsecurity, Wälti hier, machen Sie auf, das hat doch keinen Sinn« forderte, stieg er wieder die Treppe hinunter und suchte den Hausmeister des Personalgebäudes auf, der sein schuhkartongroßes Büro gleich beim Eingang hatte.

Der Mann machte ein Nickerchen. Er saß zurückgelehnt in einem zerschlissenen Braunledersessel auf Rollen, hatte die Augen geschlossen, die Füße auf den Schreibtisch gelegt und die Arme verschränkt wie ein aufgebahrter Toter. Er trug den typischen graublauen Berufsmantel seiner Zunft. Wälti schätzte den Mann auf um die vierzig. Er hüstelte künstlich, um ihn zu wecken.

Der Hausmeister schlug die Augen auf, verharrte aber in seiner Leichnahmsposition. »Aha, Besuch. Wer wünscht hier was?«

Nicht unfreundlich die Stimme, mit Pfiff und Schalk. Und leutselig der Gesichtsausdruck. Der Mann wirkte sorglos und strahlte Zufriedenheit aus. Wunschlos glücklich in seinem kleinen Hausmeisterreich.

Wälti zeigte ihm seinen Security-Ausweis. »Ich bin wegen Maria-Dolores Gonzales hier.«

»Das ging aber schnell.«

»Aha. Äh … also …«

»Ich habe die Tasche gepackt. Sie können sie mitnehmen.«

Wälti verstand gar nichts, nickte aber allwissend.

Der Hausmeister stemmte sich aus seinem Sessel hoch, griff neben dem Schreibtisch zu Boden und streckte Wälti dann eine kleine Reisetasche entgegen. Sie war aus blauem Segeltuch, verblichen, abgegriffen, allem Anschein nach schon lange im Einsatz und weit gereist. Die Buchstaben des gelben Schriftzugs *Sporting FC San José* schälten sich wie Sonnenbrandhaut, und einige waren bereits abgeflockt.

»Hier, für Sie. Wie von der HR bestellt.«

Wie von der HR bestellt, registrierte Wälti.

»Hab ein paar Kleider reingestopft, Unterwäsche natürlich und die Toilettensachen der kleinen Gonzales. Armes Ding, tut mir schrecklich leid.«

Armes Ding, registrierte Wälti.

»So schnell kann's gehen.« Der Hausmeister seufzte sich einen Sack Zement von der Seele. »Die Welt ist einfach ungerecht. Ich meine, die Kleine ist kaum Mitte zwanzig.«

Ungerechte Welt, so schnell kann's gehen, registrierte Wälti. Er hoffte einfach, dass der Hausmeister ihm seine totale Unwissenheit nicht vom Gesicht ablesen konnte.

»Prima, gut gemacht«, sagte er vorsichtig. »Danke für das Packen der Tasche.«

»Weiß man denn schon mehr? Sie kommt doch durch, oder?«

Ein eiskalter Schauder jagte über Wältis Rücken. Sie kommt doch durch? Himmel, war die Gonzales …?

»Ich weiß nicht, was die HR Ihnen gesagt hat – und ob ich überhaupt darüber reden darf. Angestellten- und Patientenschutz und so, Sie verstehen?«

Der Hausmeister verstand natürlich und versicherte Wälti, er sei eingeweiht. Vor nicht einmal einer Stunde habe die HR bei ihm angerufen. Maria-Dolores Gonzales, Bewohnerin von Zimmer fünf sieben neun, liege im Spital. Schwere Verletzungen, Koma, Lebensgefahr. Ob er eine

Tasche mit dem Nötigsten packen könne? Man werde diese dann abholen und ins Spital bringen.

»Ja, das ist exakt noch immer Stand der Dinge zur Stunde«, bluffte Wälti und nahm dem Hausmeister die Tasche ab. »Und mehr weiß ich leider auch nicht. Aber ich bin sicher, dass es Frau Gonzales bald wieder besser geht. Hoffen wir doch alle, oder?«

»Sicher, sicher. auf jeden Fall.« Der Hausmeister schaute betroffen und ordnete aus lauter Ratlosigkeit die eine Million verschiedenfarbiger Kugelschreiber in der Brusttasche seines Arbeitsmantels. Die Orden des kleinen Büezers.

»Kennen Sie Frau Gonzales eigentlich näher?«, fragte Wälti. »Soll ich Grüße ausrichten … sobald sie aufwacht?«

»Kennen … Mein Gott, so wie man sich halt kennt, wenn man sich ein paar Mal am Tag über den Weg läuft. Und sie ist ja erst seit etwa zwei Monaten bei uns. Armes Ding. Ja, bitte, bestellen Sie ihr beste Genesungswünsche von mir.«

»Mach ich gern«, sagte Wälti. »Sie wissen ja bestimmt, Frau Gonzales liegt im …«

»… Weidhofspital.«

»Genau.«

Wälti hatte große Mühe, sich auf den Verkehr zu konzentrieren.

Da war ein Gedanke in seinem Kopf, der von Minute zu Minute bleischwerer und schrecklicher wurde.

War er schuld?

Noch war völlig unklar, was Maria-Dolores Gonzales widerfahren war, und trotzdem fragte er sich: Habe ich die Frau gestern mit meinen unmissverständlichen Anspielungen und dem Vierundzwanzig-Stunden-Ultimatum so sehr in die Enge getrieben? Sie derart unter Druck gesetzt, dass sie … Ja, dass sie was?

Hatte sie versucht, sich das Leben zu nehmen?

Wälti spürte, wie ihm die Brust grad immer enger wurde. Wenn er sich vorstellte, in welch verzweifelter Lage sich die Frau befunden haben musste, wurde ihm richtig schlecht. Wie fürchterlich musste es in ihr drin getobt haben, dass sie entschieden hatte, mit allem Schluss zu machen? Besser ihrem Leben ein Ende zu setzen, als diese Demütigungen zu erleben. Zuerst gekündigt, bestraft und aus dem Gastland ausgewiesen zu werden, dann nach Hause zu kommen, nach Costa Rica, als Verbrecherin und Versagerin. *Da ist sie ja wieder, schaut sie euch an, Maria-Dolores, Schande hat sie über die ganze Familie Gonzales gebracht.*

War er schuld?

Oder hatte sich doch – woran er sich verzweifelt klammerte – alles ganz anders zugetragen? Hatte sie einen medizinischen Notfall erlitten? Oder einen Unfall gehabt? Was beides schlimm wäre – aber Wälti eine Riesenlast von der Seele nähme.

Er schickte ein Stoßgebet zum Himmel, gerichtet an den Schutzheiligen aller Reisenden und Chauffeure und Taxifahrer. Lieber Heiliger Christophorus, bitte mach, dass … Wenn Anni das wüsste. Sie würde sofort Hoffnung schöpfen, der verlorene Sohn, beziehungsweise Ehemann, kehre womöglich doch wieder in den Schoß der Kirche zurück.

Er musste das jetzt wissen. Was mit Maria-Dolores geschehen war. Sonst hätte er keine ruhige Sekunde mehr.

Das Weidhofspital war das zweitgrößte Krankenhaus in der Region. Ziemlich neu, ein Prestigebau, ein Politstreitobjekt, vom Stararchitekten-Kollektiv mit dem Künstlerfirmennamen Herr Zogg & Frau De Leron geplant und mit dreizehn Millionen über Budget fertiggestellt worden.

Wälti erkundigte sich am Frontdesk nach Maria-Dolores Gonzales.

Eine freundliche Frau befragte ihren Computer, zog dann die eine Augenbraue ein wenig in die Höhe und beide Mundwinkel nach unten. Und Wälti hörte zu atmen auf. Maria-Dolores, sie war doch nicht in der Zwischenzeit …

»Sind Sie ein Verwandter?«, fragte die freundliche Frau.

Wälti zeigte ihr seinen Hotelausweis und erklärte, Frau Gonzales sei aus Costa Rica und arbeite im Castello Cavallo, und darum gäbe es keine Verwandtschaft hier. Aber er habe eine Tasche mit Kleidern für die Patientin mitgebracht.

Die freundliche Frau am Desk schickte ihn in den sechsten Stock hoch, wo er sich am Eingang zur Intensivstation melden sollte.

Die Fahrt im Fahrstuhl kam ihm ewig vor. Intensivstation … Immerhin war Maria-Dolores noch am Leben.

Er wurde von einem bärtigen Pfleger mit himmelblauer Hose und himmelblauem Kasack erwartet. Seine Hände steckten in himmelblauen Einmalhandschuhen. Wälti fand die Farbwahl schon beinahe ein wenig makaber.

»Sind Sie der Großvater?« Der Pfleger streckte ihm zur Begrüßung einen Ellbogen hin. Auf seinem Namensschild stand etwas, das für Wälti arabisch klang, kompliziert und lang aussah und auf *hibi* endete.

Wälti schüttelte den Kopf und schluckte seinen kleinen Ärger herunter. Großvater? Warum nicht Vater? Warum denn automatisch die Greisenschublade?

»Aber Sie sind ein Verwandter von Frau Gonzales?«

Wälti zeigte wieder seinen Hotelausweis und leierte

die gleiche Erklärung herunter wie vorher gegenüber der freundlichen Frau am Desk.

»Dann darf ich Sie, so leid es mir tut, nicht zu ihr ins Zimmer lassen. Nur enge Angehörige sind erlaubt.«

»Von denen es, wie gesagt, keine in der Schweiz gibt. Frau Gonzales hat hier nur uns, ihre Kolleginnen und Kollegen vom Hotel. Wir sind so etwas … wie ihre Familie.« Wälti legte eine Extraportion Pathos in die »Familie«.

Was zu nützen schien. Der Pfleger spielte mit seiner Unterlippe und wägte offenbar Wältis Worte ab. Dann sagte er: »Okay, folgender Vorschlag. Falls sie aus dem Koma erwacht, dürfen Sie zu ihr.«

Das »falls« ließ Wälti zusammenzucken, doch er sagte nur: »Das ist sehr anständig von Ihnen.«

Der Pfleger nickte und nahm Wälti die Reisetasche ab.

»Darf ich wenigstens wissen, wie es unserer Kollegin geht?«

»Sie liegt im Koma, ihr Zustand ist kritisch.«

»Was hat sie denn genau?«

»Das darf ich Ihnen nicht sagen. Wie gesagt, Angehörigenrecht. Tut mir leid.«

»Dann verraten Sie mir halt wenigstens, was überhaupt passiert ist. Bitte.«

»Es war ein Unfall. Laut Polizeibericht wurde Maria-Dolores Gonzales beim Überqueren der Straße von einem Wagen in voller Fahrt erfasst und durch die Luft geschleudert.«

»Mein Gott.« Wälti schlug die Hände vors Gesicht. »Das ist ja furchtbar. Wie kann das sein? War der Fahrer betrunken?«

»Das weiß man nicht. Fahrerflucht.«

15

Sechs Monate zuvor

Er war dann doch nicht gestorben.
Der Häftling war zurück im Leben.

Vielleicht war es Zufall und somit Schicksal, zu wenig Pech oder eben vielmehr Glück, all die Krankheiten überlebt zu haben. Vielleicht lag es an der Pflege von Papa, den die Kidnapper aus dessen eigener Zelle herangeschleppt hatten und der elf Tage und Nächte nicht von der Seite seines todkranken Kindes gewichen war.

Vielleicht aber auch hatte dieser mysteriöse Pflanzensud Wunder gewirkt, den Jamiro, einer der Kidnapper mit indigenen Wurzeln, aus verschiedenen heilkräftigen Dschungelkräutern zusammengemörsert und dem Häftling eingeflößt hatte (seine Großmutter sei Schamanin und Geisterbeschwörerin gewesen, behauptete er). Mit größter Wahrscheinlichkeit aber waren alle drei Faktoren miteinander dafür verantwortlich, dass der Häftling knapp am Tod vorbeigeschrammt war.

Er lebte, er blühte wieder auf (wenn man das Dahinvegetieren in einem Bretterverschlag denn so nennen konnte), hatte kein Fieber mehr, keine Krämpfe mehr, keine Wahnvorstellungen mehr und meinte auch nicht länger, sich in eine Riesenkakerlake verwandelt zu haben.

Und ebendiese besuchte ihn nach wie vor täglich, *La Cucaracha*, noch immer da, gesund und munter, verfressen und großartig grottenhässlich wie eh und je. Seine allerbeste Freundin.

Der Häftling mochte nun auch wieder essen und trinken. Vermochte sich sogar an der täglichen Ration Panela zu erfreuen und fand die dünne Reissuppe plötzlich gar nicht mal so übel. Gewann wieder an Körpergewicht und Energie und Zuversicht – und Wut.

Wie lange die Geiselhaft denn noch dauern soll? Und wozu das eigentlich alles?, hatte der Häftling *Comandante* Ernesto angeschrien. »Ihr verdammten Banditen, ihr! Was wollt ihr eigentlich?«

No, eso no. Sie seien keine Kriminellen, sondern *Guerilleros*, hatte Ernesto sich verteidigt und beleidigt an seiner Che-Guevara-Mütze herumgezupft. Und dann von ihrem Kampf gebrabbelt, für eine edle, heilige Sache, einen gerechten Staat, ein besseres Leben und so weiter und so fort. Freiheit, Gleichheit, Brüderlichkeit, Friede auf Erden und Free-WLAN für alle – der übliche, kindsköpfige Schwachsinn aller Freiheitskämpfer, die mit angerosteter Knarre, rot-naivem Herzen und durchgeknallter Birne für die Revolution stritten.

Und doch war der Zank zwischen ihm und dem *Comandante* diesmal anders verlaufen. Der Häftling staunte. So redselig hatte er den Anführer noch nie erlebt. Entweder war Ernesto müde geworden – oder übermütig.

Und zwar – ja, genau, *genau*, das musste er sein – weil sich etwas tat, weil Bewegung in die Sache kam, die Dinge sich entwickelten, vielleicht sogar ein gutes Ende absehbar war. Aber was genau geschah denn eigentlich hier? Worauf lief das hinaus? Wem zum Teufel nützte ihre Gefangenschaft?

Und dann, ganz plötzlich und zum allerersten Mal überhaupt, hatte der *Comandante* vom Geld geredet. Der Grund, warum man die Familie gekidnappt hatte.

Lösegeld.

Ja, sie erpressten mit den Geiseln die Regierung. Deren Freilassung gegen einen Haufen Pesos (die genaue Summe verriet der *Comandante* nicht). Man sei in Kontakt mit Vertretern des Präsidenten, es gäbe Vermittler und Unterhändler. *Todo irá bien*, alles werde gut. Bald sei die Quälerei vorbei – für alle Beteiligten.

Heute war Tag 92 der Geiselhaft – und zum ersten Mal glaubte der Häftling, dass diese Hölle hier doch noch ein gutes, friedliches Ende finden könnte.

Ja, das glaubte er doch tatsächlich.

16

Wälti flunkerte Anni an.

Sehr ungern, aber seine seelische Not war gerade größer. Er sagte ihr am Telefon, da sei ganz überraschend noch ein wichtiger Fahrauftrag hereingekommen, reicher Großkunde, treuer Stammgast seit Jahren. »Warte mit dem Abendessen nicht auf mich. Ich wärme mir die Reste dann auf.«

Dann wolle sie ihm beim Aufwärmen und Essen gern zuschauen, das werde bestimmt interessant, stichelte Anni. Sie habe nämlich Birchermüesli gemacht.

Wälti wusste, dass Evita heute Spätschicht hatte. Als er die Taxizentrale betrat, telefonierte sie gerade auf Englisch. Sie saß am Dispo-Desk, den Kopf mit Headset und babyarmlangen pinken Weintraubenohrringen umkränzt, bei offenem Fenster, eingeschalteter Klimaanlage und angedrehtem Licht. Natürlich.

Die Idee war Wälti ganz spontan und von der wunden Seele gekommen. Nach dem Spitalbesuch musste er einfach dringend mit jemandem über diese schreckliche Sache reden. Und über seine Gewissensbisse. Und da Evita ihn sowieso um ein Update des Falls gebeten hatte …

»Schau da, der Wälti ist da. Willst du zu mir? Oder *muggst* heimlich Kaffeekapseln aus unserer Teeküche für daheim?«

»Aber nicht doch.« Ihr Verdacht trieb ihn auf die Zehenspitzen. »Ich würde niemals …« Er wippte entrüstet.

»Hey, ich veräpple dich doch nur. Solltest mich jetzt so

langsam kennen. Komm wieder runter. Und mach den Mund zu.«

Wälti stellte sich gerade hin und klappte den Mund zu. Er hatte das Gefühl, als rauchten demnächst Ärgerwölkchen aus seinen Ohren. Diese Frau war schon ein Möbel. Und dass er noch immer auf ihre Provokationen hereinfiel …

»Kummer?«, fragte sie.

»Sehen Sie mir das so gut an?«

»Du schaust drein wie ein erschossener Pudel.«

»Begossener heißt es. Nicht erschossener.«

»Egal ob tot oder nass, Pudel schauen so wie du jetzt. Nimm dir den Stuhl dort neben dem serbelnden Ficus, setzt dich zu mir und sprich dich aus.«

Wälti nahm sich den Stuhl, setzte sich neben Evitas Schreibtisch und begann zu erzählen. Wie er dank ihrem WC-Rollen-Computer-Suchprogramm die Diebin tatsächlich gefunden hatte. Maria-Dolores Gonzales. Wie er sie im Angestelltenhaus besucht, befragt und ihr angeboten hatte, sich bei ihren Vorgesetzten zu melden und das Vergehen zu gestehen.

»Du hast ihr einen Ausweg aufgezeigt, finde ich jetzt aber sehr anständig von dir. Bist ein netter Wälti.«

Er hüstelte verlegen. »Ich kann doch einen Menschen nicht einfach so mir nichts dir nichts in den Abgrund stürzen.«

»Kriegst dafür Extrapunkte auf dein Karmakonto. Und? Hat sie ihre Chance gepackt?«

Wälti schüttelte den Kopf und berichtete, was heute Nachmittag geschehen war. Vom Hausmeister, von der Reisetasche, seinem Spitalbesuch, und dass Frau Gonzales jetzt im Koma lag. Schwer verletzt, angefahren von einem Wagen, Fahrerflucht, Intensivstation.

»Dreckskerl«, zischte Evita.

»Oder Kerlin.«

»Stimmt, mein Fehler. Reiner Reflex. Gehe bei Bösem immer automatisch von Männern aus. Aber jetzt sag: Warum plagt dich das dermaßen?«

Wälti versuchte, ihr seine Schuldgefühle zu erklären.

Evita hörte sich alles geduldig an, ließ ihn in Ruhe berichten, redete auch nicht drein oder hakte nach und unterbrach ihn nur einmal, um einen Anruf anzunehmen und den Fahrauftrag an einen Täxeler weiterzugeben. Danach wandte sie sich wieder Wälti zu.

»Also mein Lieber, das mit deiner Befürchtung, Gonzales habe sich umzubringen versucht, fällt ja nun ganz sicher schon mal weg. Es war ein Verkehrsunfall, sie wurde angefahren, nix mit suizidaler Absicht. Ich verstehe darum nicht, warum du dir trotzdem noch immer einen Kopf machst?«

»Weil ich Maria-Dolores möglicherweise so durcheinandergebracht habe, dass sie auf der Straße unaufmerksam war. Der Druck, den ich auf sie ausgeübt habe, hat sie beinahe umgebracht.«

»So ein Mist, jetzt mal halblang, Wälti. Du bist doch nicht verantwortlich, wenn eine Frau kopflos über die Straße hühnert.«

»Ihr Kopf ist ja zum Glück noch dran. Aber sonst muss es sie übel erwischt haben. Keine Ahnung, ob sie je wieder auf die Beine kommt.«

»Trotzdem: Du bist nicht schuld.«

»Ach, Evita, Sie versuchen mich ja nur zu besänftigen. Aber hier drin« – er popperte mit der Faust auf die Brust – »rumort es bitter. Da wohnt nämlich mein Gewissen.«

Evita zupfte an ihren Weintraubenohrringen und starrte dabei Wälti an, als versuche sie ihn zu hypnotisieren. Unangenehm lange Sekunden lang. »Gut, dann überzeugen dich wohl nur harte Fakten«, sagte sie schließlich, griff unter den Schreibtisch nach ihrem pinken Tarnfleck-Rucksack und zog einen Laptop heraus.

»Wollen mal sehen.« Sie klappte den Rechner auf, und der Bildschirm erwachte zum Leben.

Etwas befremdlich fand Wälti den silberfarbenen Deckel des Laptops, der vollgepflastert mit Aufklebern war. Die meisten wirkten bedrohlich: Totenköpfe, Piratenschädel, gekreuzte Knochen, stilisierte Kapuzenmänner, Käfer, Bomben mit brennender Lunte und geknackte Vorhängeschlösser. Dazu eine Menge englische Wörter, die für Wälti nach Fachchinesisch klangen und irgendwie … cyberrebellisch.

Evitas Finger hetzten über die Tastatur.

»Sagen Sie, sind Sie eigentlich so eine Hackerin?« Wälti sprach das Wort deutsch aus, mit a.

»Ich will alles wissen, was ich wissen will«, sagte Evita, ohne dabei den Blick vom Screen zu lösen. »Und ich mag weder Grenzen noch Barrieren.«

»Und Sie bekommen immer alles, was Sie wollen?«

»Fast alles, fast immer. Die Leute haben ja keine Ahnung, was von ihnen im Netz zu finden ist. Vergiss die Privatsphäre, Wälti. Die kleinste Kleinigkeit über dich – ich finde sie.«

»Aber sicher. Wie beispielsweise meinen Vornamen.« Er bedachte sie mit einem Spitzmundschmunzler und hoffte, sein kleiner Seitenhieb lehre sie etwas Demut. Doch sie schien ihm gar nicht zuzuhören, sondern hypnotisierte weiter den Bildschirm. Wälti beobachtete ihre Füße, die sie keine Sekunde stillhalten konnte. Da war ständig ein Wippen oder Schaben oder Stampfen. Er fragte sich, ob in den roten Espadrilles wohl wieder Kirschkerne steckten.

»Warum benutzen Sie eigentlich nicht die Büro-Computer hier auf dem Tisch? Die sind doch viel größer.«

»Jetzt kommt wieder der Klassiker. Männer und die Größe.« Sie warf ihm einen mehr als mitleidigen Blick zu. »Die Dinger hier sind doch alte Traktoren. Zudem habe ich ein paar Spezialprogramme auf meinem Rechner.«

»Was tun Sie jetzt eigentlich?«

»Ich suche nach dem Wagen, der Gonzales überfahren hat.«

»Wo …? Wie soll das gehen?«

»Wir wollen uns die Akte anschauen. Dazu besuche ich jetzt gerade die Datenbank der Polizei.«

»Uiii, nein, Sie … Ist das denn erlaubt? Ich glaube nicht, oder? Das ist doch auch eine Art … Einbruch.«

Wieder ihr Mitleidsblick. »Sorry, kann ich etwas dafür, wenn deren Mauerwerk löchrig ist und die Türen sperrangelweit offen stehen?«

Wälti wollte gerade einen moralischen Konter platzieren, als Evita die Luft scharf zwischen den Zähnen einzog.

»Haben Sie etwas gefunden?«

Sie drehte den Laptop und zeigte ihm die Akte Maria-Dolores Gonzales. In Anbetracht der Tatsache, dass man praktisch nichts über den Verkehrsunfall, dessen Hergang und die Täterschaft wusste, war da ganz schön viel Material zusammengekommen. Seitenweise dicht beschriebene Berichte, Gutachten, Bilder, Tabellen, Skizzen.

Und ein Foto des Wagens.

»Zufällig aufgenommen von der Videoüberwachung eines Schmuckgeschäfts auf der gegenüberliegenden Straßenseite«, erklärte Evita. Sie spreizte Daumen und Zeigefinger auf dem Screen und zoomte in das Bild hinein. »Wollen doch mal sehen …«

»Das … das ist ein 3er BMW, älteres Modell, Farbe Perlmutt«, platzte Wälti los. »Kaiser Reisen hatte mal einen dieser Wagen im Fuhrpark. Und ich erinnere mich, wie der Herr Prager, einer der ehemaligen Täxeler hier – er hatte eine leichte Sehschwäche und ist mittlerweile längst pensioniert –, wie er unbedingt den BMW ...«

»Wälti!« Evitas Augenbrauenbüsche wuchsen wie Ausrufezeichen ihre Stirn hoch.

Er zog die Schultern hoch und machte wieder den Pudel. Begossen oder erschossen.

Evita studierte das Foto und las den der Bilddatei angehängten Bericht. Dann hob sie den Kopf und strahlte. »Kannst aufatmen, Herzwundwälti. Du bist definitiv nicht schuld am Unglück.«

»Weil?«

»Sieh selbst. Fällt dir am BWM etwas auf?«

»Nein, eigentlich nicht. Oder, doch. Das Nummernschild fehlt.«

Evitas Brauen tanzten. »Und was sagt uns das?«

»Der Fahrer oder die Fahrerin war ohne Nummernschild unterwegs. Das ist laut Straßenverkehrsordnung nicht erlaubt.«

Sie verdrehte die Augen. »Manchmal frage ich mich schon, ob du mich eigentlich die ganze Zeit über verarschst und mir den braven, ahnungslosen Löli vorspielst.«

»Siiie ... Also das mit dem Löli ...«

»Wälti, begreifst du denn nicht? Der Täter hat das Kennzeichen entfernt, bevor er losfuhr, weil er nicht identifiziert werden wollte – wenn er mit voller Absicht die Gonzales überfährt. Das war von Anfang an sein Plan.«

»Steht das so im Polizeibericht?«

»Nein, im Bericht wird vermutet, dass der Fahrzeugführer flüchtete, eben *weil* er ohne Kennzeichen unterwegs war. Vielleicht ein Mechaniker auf Kurztestfahrt oder jemand, der den Wagen bei den Behörden nicht angemeldet hat, aber ihn nur mal schnell ausfährt, um Standschäden zu vermeiden. Solche Dinge eben. Unsere Maria-Dolores – so die Vermutung der Polizei – war einfach nur ein zufälliges Opfer. Zur falschen Zeit am falschen Ort. Aber was die Polizei natürlich nicht weiß …«

Wälti schlug sich die Hände vor den Mund. »Jesses … dass Frau Gonzales selbst in eine Straftat verwickelt ist.«

»Exakt. Das weißt nämlich nur du. Und ich nun auch. Und jetzt zähle ich halt eins und eins zusammen und frage mich, wie groß der Zufall ist, dass ausgerechnet unsere Diebin umgefahren wird.«

»Sie glauben, das hat etwas mit Gonzales' Klauerei zu tun? Und der Fahrer hat nun versucht, die Frau zum Schweigen zu bringen? Er wollte sie … ermorden?«

»Genau das denke ich.«

»Aber warum?«

Evita zuckte mit den Schultern. »Weiß nicht. Noch nicht. Aber den Zeitpunkt des Mordversuchs finde ich schon noch bemerkenswert. Nämlich nur einen Tag – *einen Tag* –, nachdem du sie in die Zange genommen hast.«

»Also bin ich doch schuld an ihrem Zustand?«

Diesmal gab Evita keine Antwort.

Wälti atmete langsam aus. »Aber sie ist doch nur eine kleine, unbedeutende Hotelangestellte. Warum sie?«

Evitas Gesicht bekam einen gequälten Ausdruck, so als zupfe sie sich vor dem Badezimmerspiegel die allerbiestigsten Widerborsten ihrer Brauen aus. »Ich glaube, wir sollten uns dieses goldene Toilettenpapier mal genauer ansehen.«

17

Drogenschmugglern ist nichts heilig – nicht einmal die Heilige Schrift.

Der 21. Mai 2002 war ein Sonntag. Und wie immer am siebten Tag der Woche, dem Tag des Herrn, besuchten die Bürgerinnen und Bürger von El Tellimano, einer Kleinstadt mit fünftausend Einwohnern in der kolumbianischen Bergprovinz Antioquia, den Zehn-Uhr-Gottesdienst in der *Iglesia de Santa Gertrudis*.

Zur gleichen Zeit stürmte elf Kilometer westlich der Stadt, im nebligen, unwegsamen Dschungel, eine Spezialeinheit der Polizei, *Comandos Jungla* genannt, ein riesiges, gut verstecktes Camp, in dem Kokain hergestellt und zum Transport nach Europa verpackt wurde.

Es gab an dem Morgen aufseiten der Drogenhersteller vier Tote (darunter der Leiter des Camps), zwanzig Verletzte und über vierzig Festnahmen.

Kein einziger Polizist kam zu Schaden.

Siebzehn Tonnen reines, unverschnittenes Kokain wurden vor Ort mittels Phosphor-Sprengsätzen zerstört, ebenso die ganzen Gebäude, Gerätschaften, Laboreinrichtungen und Chemikalien.

Ganz zufällig stieß ein dreiundzwanzigjähriger Unteroffizier namens Luis Fernando Gomez (er trug die Rangabzeichen eines *Sargento Segundo*) etwa hundert Meter vom Drogencamp entfernt auf einen versteckten Bunker. Beim Austreten seiner Zigarette war ihm die seltsame Bodenbeschaffenheit aufgefallen. Der Raum von der Größe eines Schulzimmers war in drei Metern Tiefe ins Erdreich gegraben und mit Brettern, Holzbalken und Wellblech gestützt und ausgekleidet worden.

Gomez funkte seinen Vorgesetzten an, schilderte den Fund, bat um sofortige Verstärkung, knipste dann seine Taschenlampe an, stieg die Holzleiter hinunter und staunte nicht schlecht.

Der Bunker war voller Bücher. Große, schwere in Capra-Lederimitat gebundene Folianten.

Bibeln.

Insgesamt über achttausend Stück.

Die beiden Chemie-Spezialisten der *Comandos Jungla* untersuchten die Bücher an Ort und Stelle. Jedes Exemplar der *El Libro del Pueblo de Dios* umfasste tausendzweihundertvierzig Seiten. Und jede einzelne Seite war von den Drogenschmugglern zuvor herausgetrennt, in eine kokainhaltige Flüssigkeit getaucht, getrocknet und am Schluss wieder mit dem Ledereinband verklebt worden.

Die Bibeln hätten nach Spanien verschifft werden sollen.

Jede enthielt ein Kilo Kokain.

Das ergab acht Tonnen Kokain mit einem Straßenverkaufswert von einer halben Milliarde Euro.

Die Meldung dieses ungewöhnlichen Fundes ging damals um die Welt.

18

Wälti wollte unter keinen Umständen, dass Evita ihn ins Hotel begleitete. Aber sie ließ nicht locker.

Sie hatte ihm noch am gleichen Abend im Büro ihre Theorie dargelegt, das Hotel-Toilettenpapier mit dem Goldrand könnte möglicherweise etwas mit Drogen zu tun haben, und ihm erklärt, wie es technisch möglich war, ein Blatt Papier – oder eben eine ganze Rolle davon – als Träger von beispielsweise flüssigem Kokain oder LSD zu nutzen. Zur Veranschaulichung gab sie ihm eine Kurzfassung des weltberühmten Bibel-Falls aus Kolumbien, der vor gut zwanzig Jahren für Schlagzeilen gesorgt hatte.

Wälti hatte noch nie etwas von dieser Bibel-Koks-Sache gehört, aber Evita konnte sich an jedes Detail des Falls erinnern. Ihr Vater, sagte sie, habe sich für solche Drogenfälle interessiert. Darum wisse sie davon.

Wälti war erstaunt. So großmaulig Evita sich oftmals gab, so verschwiegen war sie doch, was ihr Privatleben und insbesondere die Familie anbelangte. Jetzt eben war das erste Mal überhaupt, dass er sie darüber hatte sprechen hören. Wertete Wälti als gutes Zeichen; Evita schien ihm immer mehr zu vertrauen.

Als sie dann aber partout verlangte, ihn anderntags ins Castello Cavallo zu begleiten und das Toilettenpapier zu kontrollieren, sagte er entschieden Nein.

»Ach komm schon, *bittibätti* Wälti. Du hast mich schon zu tief in diesen Fall hineingezogen, also mache ich gleich richtig mit.«

»Aber, ich kann Sie doch nicht einfach bei mir …«

»Doch, du kannst. Bist ja der Boss. Die Detektei *Überwältigend* gedeiht und wächst, da braucht es doch mehr Personal. Ist ein marktwirtschaftliches Gesetz, sollte dir als Kleinunternehmer eigentlich bekannt sein.«

»Also, ich weiß wirklich nicht … Das wird mir alles etwas zu viel.«

»Und genau darum bist du froh um eine Mitarbeiterin. Sind wir jetzt ein Team oder nicht?«

Wälti war schließlich eingeknickt und hatte eingewilligt, sie morgen ins Hotel mitzunehmen. Er musste erst am frühen Nachmittag zum Dienst, Evita hatte ihren freien Tag – somit blieb ihnen der ganze Morgen für Toilettenpapier-Ermittlungsarbeiten. Wälti anerbot sich, Evita von zu Hause abzuholen, was sie aber vehement ablehnte.

»Und, *gelled* Sie«, hatte er beim Verabschieden noch betont. »Einfach, damit Sie sich keine falschen Hoffnungen machen: Also Lohn zahlen kann ich Ihnen nicht.«

Er wartete Punkt acht vor der Taxizentrale auf Evita. Sie kam eine Viertelstunde zu spät.

Wälti verkniff sich einen Kommentar.

Kaum waren sie losgefahren, fragte sie nach einem Papiertaschentuch.

»Mittelkonsole, zweites Fach von rechts, linke Ecke.«

Sie fand die Packung, nahm sich ein Taschentuch und kramte dann, wenn sie schon mal in der Gegend war, sonst noch ein wenig in Wältis Autosachen herum.

»Echt jetzt?« Sie winkte mit einer CD-Hülle. »Westernfilmmusik?«

»Legen Sie die sofort zurück.«

»Hugh, großes Wälti befehlen Bleichgesicht Evita.«

»Finde ich nicht lustig.«

»Yes, Söööööör«, kaugummite sie wie John Wayne und blies imaginären Mündungsrauch von ihrer Fingerpistole. »Hey, ich mag Western sehr.«

»Ach, ja?«

»Vor allem die Lasso-Szenen. Fesselspiele und so. Was ist dein Lieblingswestern? Nein, *nein*, sag es nicht. Lass mich raten. *Spiel mir das Lied vom Wälti?* Oder *Der mit dem Wälti tanzt?* Oder noch besser: *Der Ölprinz* ... Obwohl du ja eigentlich eher sprödes Haar hast.«

»Hören Sie auf. Und bitte, legen Sie die CD zurück. Aber exakt wieder an den Ort, wo Sie sie herausgenommen haben. Sonst finde ich sie blind nicht mehr. Los jetzt.«

»Uh, ich mach ja schon. Wie großes Wälti befehlen. Warum so empfindlich?«

»Ich bin nicht empfindlich.«

Evita legte den Kopf in den Nacken und lachte laut und hemmungslos. Und als sie sich ausgeschüttelt hatte, höhnte sie: »Ausgerechnet ... Der Wälti und nicht empfindlich.«

»Bin ich wirklich nicht. Ich mag es einfach nur nicht, wenn Fremde in meinen Sachen herumschnüffeln.«

»Fremde? Bin ich eine Fremde für dich?«

»Schon ziemlich, ja.«

»Gar nicht wahr.«

»Also gut. Wo haben Sie gelebt, bevor Sie hierher gezogen sind?«

»Kleiner Ort, kennst du nicht.«

»Ihr extrem starkes Asthma. Woher kommt das?«

»Patientengeheimnis.«

»Und was bedeuten eigentlich die Kirschkerne in Ihren Schuhen?«

Die Temperatur im Taxi fiel schlagartig unter den Gefrierpunkt. Sie stierte ihn an, ihre Mordsbrauen scharf bis unter den Haaransatz hochgezogen, der Mund offen. Evita Mosimann – fassungslos, sprachlos.

Atemlos?

Im gleichen Moment bekam Wälti Angst. Was, wenn die jetzt wieder einen Anfall schob? Keine Luft kriegte? Krampfte? Hyperventilierte? In den Schock fiel, dann ins Koma … und starb. Hier drin.

Noch nie war jemand in Wältis Taxi gestorben.

Er fragte sich, wie viel Behördenkrieg und Formularterror ihn das wohl kosten würde? Und wie lange das Taxi blockiert bliebe für Untersuchungen der Polizei, Forensik und so? Und dann der Leichengeruch … Und blieben da eigentlich Flecken zurück?

Wältiiiii. Mein Gott, spinnst du! Was denkst du denn da bloß. Hör sofort auf damit. Er zuckte mehrmals heftig mit den Schultern, als könne er so seine vorauseilenden Post-mortem-Planungen abschütteln.

Dann wagte er einen Seitenblick. Evita war stumm, bleicher um die Nase als sonst, und Wälti fand, sie sei kleiner geworden. Als wäre sie … ja, geschrumpft.

»Geht's?«

Sie nickte so knapp und schnell und heftig, als breche gerade ihr Kopf vom Rumpf ab und falle nach vorne weg.

»Tschuldigung.«

Nochmals ihr Kopfwegfallnicken.

»Ich wollte nicht …«

»Ich auch nicht.« Ihre Stimme klang nach rissigem Glas.

»Wieder gut? Frieden?«

Sie drehte langsam den Kopf in seine Richtung. Wälti spürte ihren Laserblick, zog reflexartig den Kopf ein und hielt den Atem an.

»Das muss raus«, sagte sie mechanisch.

»Was meinen Sie?«

»Diese Wut eben, bei dir und bei mir. Die sich jetzt aufgestaut hat. Ist ungesund. Die muss raus.«

»Meinen Sie?«

»Jeder darf dem anderen jetzt ein Schimpfwort an den Kopf werfen. Die Wut rauslassen. Danach ist wieder gut.«

»Sie wollen, dass wir uns … anfluchen?«

»Und zwar deftig und heftig. Ich beginne.«

»Ich weiß nicht, ob das …«

»Du gottverdammter Vollidiot«, schrie sie ihn an. Atmete langsam aus, legte die Hände in den Schoß und schloss für einen Moment die Augen. Dann lächelte sie ihn an. »Tut gut. Bin wieder im Lot. Und jetzt du.«

»Meine Güte, also das eben war wirklich nicht schön. Ich finde …«

»Nun mach schon, labere nicht herum, oder ich fluche dich nochmals an.«

»Also gut. Ähm.« Er senkte den Kopf und dachte nach.

»Aber etwas Deftiges. Los.«

»Ja, drängen Sie mich doch nicht so.«

Wälti krallte seine Hände ums Lenkrad, sodass die Knöchel weiß anliefen, presste die Lippen zusammen und erhob die Stimme, als rufe er im Restaurant nach der Rechnung: »Sie, Sie ganz schlimmes Huhn Sie.«

Evita starrte ihn an. »Wow, das war wirklich extrem heftig.«

»Sehen Sie? Ich habe Sie ja gewarnt.«

Die nächsten fünf Minuten sprach keiner ein Wort. Bis die Temperatur im Wagen den Normalwert erreicht hatte. Und sie sich wieder ihrer Mission zuwenden konnten.

Noch gestern Abend im Büro hatten sie sich eine Vorgehensweise für ihren Hotel-Job zurechtgelegt, die sie jetzt noch mal durchgingen.

Ziel war, eine dieser goldenen Toilettenrollen sicherzustellen und mitzunehmen oder zumindest ein paar Blatt davon. Evita kannte da jemanden, der jemanden kannte, der einen Bekannten hatte, der chemische Analysen von Gegenständen durchführen konnte.

»Ich wette mit dir, Wälti, dieses Gold-wc-Papier birgt noch ganz andere Wertstoffe in sich. Drogenschmuggler können nämlich ganz schön kreativ sein. Und dann noch etwas anderes. Ist mir diese Nacht, als ich wach lag, eingefallen: Maria-Dolores Gonzales stammt aus Südamerika – wo bekanntlich der Großteil des Kokains herkommt. Glaub mir, die ist so eine Art Zwischenkurierin. Vielleicht ist es auch eine Verwandtensache; einer ihrer siebentausend Onkel ist dort drüben ein Riesentier im Drogenhandel und weiß die Tatsache auszunutzen, dass die kleine Nichte hier lebt, um nach Europa zu expandieren. Und dann der Mordversuch an ihr – finde ich ganz typisch. Man weiß ja, wie skrupellos und brutal Drogenkartelle mit ihren eigenen Leuten umgehen.«

»So, weiß man das?«

»Ich schon. Wie gesagt, mein Papa kannte sich sehr gut damit aus.«

»Auf welcher Seite stand er denn, Ihr Papa? Gesetz oder Kartell?«

Meinte er mehr im Scherz. Aber Evita starrte ihn an, als habe er eben etwas ganz Furchtbares gefragt.

»Was? Was schauen Sie mich so an?«

Sie schien nachzudenken oder Zeit schinden zu wollen. Dann sagte sie: »Nichts. Ist nichts. Vergiss es.«

»Natürlich habe ich von diesen Drogenkartellen schon in der Zeitung gelesen«, plapperte Wälti los, um die seltsame Situation von eben zu verscheuchen. »Aber es ist halt *schampar* weit weg dieses Südamerika.«

»Aber du hast doch sicher *Narcos* auf Netflix geschaut?«

Er runzelte die Stirn. »Ich glaube, dieser … verflixte TV-Sender ist nicht in unserem Abo-Paket enthalten.«

Wälti stellte das Taxi wieder auf dem Parkplatz hinter dem Hotel ab. Bei jedem seiner Besuche, so schien ihm, standen immer noch mehr von diesen schwarzen Regierungswagen herum. Jetzt reihten sie sich schon beidseits der Zufahrtsallee auf. »Hier soll demnächst ein wichtiges Gipfeltreffen von Politikern stattfinden«, erklärte er Evita. »Es musste unmittelbar bevorstehen. Darum das Park-Chaos.«.

Sie durchquerten die Gartenanlage und liefen dann über den Vorplatz zum Haupteingang.

»Aha, heute in charmanter Begleitung«, grüßte Stöckli Toni. Sein Tonfall war eine Nuance zu schlüpfrig. Und er zwinkerte Wälti zu.

»Ich bin seine uneheliche Tochter«, platzte Evita heraus und strahlte den Pförtner an. »Aber das weiß mein Vater auch erst seit gestern. Gell du, Wältipapi?«

Schwer zu sagen, wem der Unterkiefer weiter herunterklappte, Stöckli oder Wälti.

»Äh, Sali Toni«, würgte Wälti schließlich hervor. Dann lachte er übertrieben laut und lustig, so wie Leute es tun, die eine Situation alles andere als zum Lachen finden. »Musst entschuldigen, sie ist ein Scherzkeks. Neue Kollegin aus der Taxizentrale. Und weil wir doch so viele Gäste von euch befördern, wollt sie sich das Hotel mal ansehen. Darf ich vorstellen, Evita Mosimann.«

Sie lächelte und sagte: »Hallo.«

Stöckli tippte mit zwei Fingern an den Rand seines weinroten Zylinders und nickte Evita zu. Dann lachte er. »Hätte mich auch gewundert. So ein hässlicher Kerl und so eine hübsche Tochter.«

Eine Toilettenrolle mit Goldrand zu bekommen, stellte sich als problemloser heraus als erwartet. Wälti und Evita stiegen die marmorne Haupttreppe hoch bis zu den Stockwerken mit den Suiten. Der erstbesten Mitarbeiterin vom Housekeeping zeigte Wälti seinen Hotelsecurity-Ausweis und sagte, er benötige eine der WC-Rollen aus ihrem Zimmerservicewagen. Ohne ein Wort drückte ihm die Frau eine Rolle in die Hand.

Keine fünf Minuten später standen Wälti und Evita wieder vor dem Hotel.

»Das ging ja einfach«, sagte Wälti. »Und die hat nicht mal nachgefragt, wozu die Security eine Goldrolle benötigt.«

»Ist der Angestellten doch egal. Zudem schüchtert dein Ausweis ein, und dein Alter macht dich glaubwürdig. Aber das Tüpfelchen auf dem Wälti-i ist dein Seitenscheitel. Mit dem wirkst du top seriös.«

»Finden Sie?« Er versuchte, nicht allzu selbstzufrieden zu strahlen. Plötzlich fiel sein Lächeln in sich zusammen, und er schüttelte den Kopf. »Ich merke es einfach nie. Schon klar. Schon wieder. Sie verkaspern mich doch, oder?«

»Nein, Wälti, im Ernst. Siehst aus wie ein Mann von Welt, wältimännisch.«

»Da, jetzt, in dem Moment, Sie tun es schon wieder. *Wältimännisch.* Das ist doch eine Verulkung.«

Sie legte die Hände gekreuzt auf ihre Brust. »Ich schwöre es, keine Verarsche. War ernst gemeint.«

Er beobachtete sie, als warte er nur darauf, bis ein Lospruster oder Kicherer sie der Lüge überführte. Doch als nichts dergleichen geschah: »Also gut, dann will ich Ihnen mal glauben. Aber noch etwas. Könnten wir in Zukunft das Wort ›veräppeln‹ verwenden oder ›hereinlegen‹

oder ›in die Irre führen‹? Das andere finde ich doch sehr derb.«

»Okay, hast recht. Verarschen ist eine Scheißwortwahl von mir, sorry für den Kack.«

Diesmal merkte sogar Wälti auf Anhieb, dass sie ihn zum Narren hielt, und stimmte befreit in ihr Gelächter mit ein.

Dann wollte er zurückfahren. Und Evita sollte die Goldrolle möglichst schnell diesem Jemand übergeben, der jemanden kannte, der einen Bekannten hatte, der chemische Analysen von Gegenständen durchführen konnte.

»Du, Wälti, wo wir doch schon mal hier sind … Warum schauen wir uns nicht in Maria-Dolores' Zimmer um? Könnte doch sein, dass wir etwas Interessantes finden, das uns weiterhilft.«

Wollte Wälti eigentlich nicht. Wollte schleunigst weg von hier. Noch immer war ihm Evitas Anwesenheit auf dem Hotelareal nicht geheuer. Was, wenn plötzlich Securitychef Zweifel vor ihm stände? *Wer ist denn die Lady da in Ihrem Schlepptau?*

Andererseits hatte Evita nicht unrecht. Im Zimmer ließen sich vielleicht Dinge finden, die erklärten, was wirklich passiert war. Dinge, die der jungen Gonzales helfen konnten, sie möglicherweise entlasteten. Und da Wälti immer noch ein schlechtes Gewissen hatte, stimmte er Evitas Vorschlag zu.

Diesmal schlief der Hausmeister nicht. Er fing die beiden Besucher beim Betreten des Wohnheims ab.

»Ah, Sie schon wieder. Wie geht es der kleinen Gonzales?«

»Immer noch nicht bei Bewusstsein«, antwortete Wälti.

Der Hausmeister schüttelte den Kopf und schnalzte

mit der Zunge den typischen Aber-nein-auch-so-etwas-Rhythmus. »Armes Ding. Und übrigens: Nächstes Mal sprecht ihr euch dann ab. Ich stand schön blöd da, als Ihr Kollege von der HR die Tasche abholen wollte.«

»Ja, so etwas darf nicht passieren. Entschuldigen Sie, eine Organisationspanne.« Wälti hoffte jetzt einfach mal schwer, dass der Vorfall im allgemeinen Tohuwabohu, das im Hotel gerade herrschte, unterging.

Dann bat er den Hausmeister um den Schlüssel zu Gonzales' Zimmer. Allfällige Wertgegenstände müssten gesichert und aufgelistet werden, sei Standardprozedur in solchen Fällen, gab er vor.

Der Hausmeister kaufte ihm den Mist zwar ab, sagte aber: »Ich muss Sie begleiten. Ist Vorschrift. Keiner allein in einem fremden Zimmer. Nicht mal ihr von der Haus-Stasi. Hähähäää.«

Wer Evita war, schien ihn nicht zu interessieren. Er ging wohl von einer Hinterunternebenassistentin der Security-Abteilung aus. Was Wälti ganz recht war, brauchte er sich nicht noch eine Lüge mehr auszudenken.

Der Hausmeister holte aus seinem Kabuff den Zweit-schlüssel von Zimmer fünf sieben neun und hieß die beiden Securitaner mitkommen. Vor dem Fahrstuhl blieb er stehen, öffnete die Tür und machte eine Hereinspaziert-Geste.

Wälti betrat den Fahrstuhl.

»Ich nehme die Treppe«, sagte Evita.

Der Hausmeister schaute sie an, als sei sie nicht bei Trost. »Wir müssen aber in den fünften Stock hoch.«

»Wunderbar, viel Fitness, tut mir gut. Wer zuerst oben ankommt …« Und schon rannte sie los.

Diesmal schnalzte der Hausmeister einen Verstehe-einer-die-Girlies-Rhythmus.

Natürlich war der Fahrstuhl schneller. Der Hausmeister drehte eben den Schlüssel im Türschloss von Zimmer fünf sieben neun, als Evita keuchend zu ihnen stieß. Ihr T-Shirt – heute war es ein lila Nirvana-Teil – war voller Schweißflecken.

Im Zimmer sah es noch genauso aus wie bei Wältis erstem Besuch. Nur das Handy lag nicht mehr auf dem Nachttisch, und das Bett war diesmal gemacht.

Der Hausmeister blieb auf der Schwelle stehen. Ganz der stille Beobachter, der pflichtbewusste Aufseher, nichts und niemanden aus dem Auge lassend. Nach etwa zehn Sekunden gähnte er ausgiebig, zog aus der Seitentasche seines Arbeitskittels sein Handy hervor und begann darauf herumzustreicheln.

Wälti und Evita warfen sich einen Blick zu – und legten los.

Viel gab es nicht zu durchsuchen. Sie konzentrierten sich vor allem auch auf mögliche Verstecke. Ritzen oder Hohlräume in den Holzmöbeln, die Unterseite der Schreibtischschublade, die Rückseite der Nachtgardine.

Nichts.

Sie schauten unter das Bett, hoben die Matratze hoch, tasteten Kissen, Laken und Decke ab.

Nichts.

Sie suchten den ganzen Schrank ab, die Schrankbodenunterseite, die Schrankdeckenoberseite, die Schrankwandrückseite.

Nichts.

Zum Schluss kontrollierten sie sogar den winzigen Spalt zwischen Sockelleisten und Zimmerwänden.

Weniger als nichts.

»Was gefunden?« Der Hausmeister steckte sein Handy in die Tasche zurück. »Sind Sie fertig? *Gömmär?*«

Evita bestand erneut darauf, die Treppe zu benutzen.

Runter war sie noch langsamer als rauf. Sie kam mit beinahe zwei Minuten Verspätung im Eingangsbereich an und hatte beim Rennen die Arme vor dem Bauch verschränkt, was irgendwie komisch aussah, total unbeholfen, fand Wälti. Wahrscheinlich waren ihr die Schweißflecke auf dem T-Shirt peinlich. Und er fragte sich, ob er heute wohl noch den Innenraum-Spray (Duftnote *Neuwagen*) aus dem Handschuhfach benötigen würde. Natürlich erst, nachdem er Evita wieder abgesetzt hatte. Manche Taxikollegen hatte ja Dufttännchen am Rückspiegel hängen, fand Wälti aber Bubizeugs. Er war Fahrer, nicht Förster.

Sie müffelte dann zum Glück nicht – oder nur ganz wenig, völlig erträglich. Jedenfalls nicht mehr als Frau Notters Simba. Die Notter war eine alte Stammkundin von Wälti, weit über achtzig. Simba ihr Rauhaardackel.

Kaum saßen sie im Taxi, griff Evita unter ihr T-Shirt und zog einen kleinen transparenten Plastiksack hervor. Zwanzig Liter Volumen schätzte Wälti, mit gelbem Zuziehband, wie man ihn für Papierkörbe in Büros verwendete – und der offenbar knapp (und zusammengepresst) unter ein Frauen-T-Shirt passte. Wälti erkannte darin Papierchen von Schokoriegeln, kleine aufgerissene Bonbonverpackungen aus Halbkarton und ganz, ganz viel Papier – gefaltet, zerrissen, zerknüllt, zerfetzt. Sowie eine zerdrückte Coladose, die da sicher nicht mit ins Papier gehörte.

»Meine Güte, der Sack ist ja voller Müll.« Er legte bewusst eine Portion Ekel in seine Worte.

»Was wohl primär daran liegt, dass es sich um einen Müllsack handelt.«

»Sie verpesten mir ja noch den ganzen Wagen. Ich habe in einer Stunde meinen ersten Fahrgast.«

»Reg dich ab, Wälti. Das hier ist unsere letzte Chance, etwas aus dem Leben der Maria-Dolores zu erfahren.«

Evita hatte draußen auf dem Flur des Wohnheims, auf Gonzales' Etage, drei Abfalleimer entdeckt. Einen mehr oder weniger leeren für PET-Flaschen, einen großen halb vollen für den Alltagsmüll und einen kleinen beinahe überquellenden für Papierabfälle.

»Ist dir aufgefallen, dass es in Gonzales' Zimmer weder Mülleimer noch Papierkorb gab?«

War Wälti nicht.

»Also, habe ich mir gesagt, landet aller Müll auf dem Flur. Der große Eimer mit den großen Abfällen wird wohl täglich geleert, sonst beginnt es zu stinken. Der kleine Eimer für Papier hingegen vielleicht einmal die Woche, vielleicht aber auch nur alle vierzehn Tage, vielleicht noch weniger oft. Solange er nicht überquillt, bleibt er stehen. Der Hausmeister scheint mir nicht gerade von einem Burn-out bedroht.«

»Und Sie denken, Maria-Dolores …«

»Hat all ihren Papiermüll in den kleinen Eimer geworfen. Gewissermaßen ihre niedergeschriebenen Gedanken der letzten zehn bis zwanzig Tage. Wenn wir Glück haben, auch ihre entsorgten Sorgen. Ich würde mal sagen, wir haben hier eine kleine Goldgrube vor uns.«

Wälti musste zugeben, dass Evitas Vorgehen und Schlussfolgerung genial waren. Und trotzdem wollte er den Müll nicht im Wagen drin haben. Er hielt auf einem Rastplatz an, wo sie den Inhalt des Plastiksacks auf einem Picknicktisch aus Beton ausleerte.

Ein ganzer Haufen Papierabfälle aller Art, die meisten in Fetzen zerrissen oder zu Kugeln zerknüllt. Briefe, Briefumschläge, Werbeflyer, Postkarten, Notizzettel, Quittungen, Kassenzettel, Einzahlungsscheine, To-do-

Listen, Papiertaschentücher (die zu untersuchen weigerte sich Wälti, komme, was wolle), Einkaufslisten und eine Riesenmenge ausgedrucktes A4-Zeugs zu was weiß denn ich für Themen.

Während sie beide ein Papier nach dem anderen auffalteten, glatt strichen und zu entziffern versuchten, fragte Evita plötzlich und ohne jeden Zusammenhang: »Du, sag mal, Herr Wälti: Wie gut kennst du eigentlich diesen Fabio?«

»Den Caprez? So gut wie gar nicht.«

»Aber der hat dich doch letzthin im Büro besucht.«

»Ach das ... Er hat mir ein paar Briefe überbracht, die ich einer Kollegin von mir in die Staaten weiterschicken muss. Jäso, von der habe ich Ihnen doch erzählt. Eliza Roth-Schild, bei deren Firma Business Research ich mitmachen durfte.«

Dann gab er Evita eine Kurzzusammenfassung der Dreiecksbeziehung Eliza-Fabio-Wälti. »Ich habe mit ihm immer mal wieder kurz geplaudert, wenn ich Frau Roth-Schild im Jagdschlössli abholte oder hinbrachte. Aber es wäre übertrieben, wenn ich sagen würde, dass ich diesen Bündner kenne. Warum interessieren Sie sich für ihn, wenn ich fragen darf? Hatten Sie Ärger mit ihm?«

»Darfst nicht.«

»Was?«

»Fragen.«

»Aber dieser Caprez hat ...«

»Bingo«, rief Evita in dem Moment und knallte vor Wälti ein knittriges gelbes Post-it sowie ein A4-Papier auf den Betontisch.

»Schau hier, zuerst das große Blatt.«

Auf der leeren Rückseite eines Werbebriefs für irgendwelche Busreisen in den Schwarzwald hatte jemand mit blaum Kugelschreiber und sorgfältiger Grundschulschrift fünf Dinge notiert. Fünf Posten, jeder mit einem kleinen Strich eingeleitet. Eine Einkaufsliste.

– *Chocolate*
– *Cola*
– *Pan*
– *Pasta de dientes*
– *Toallas higiénicas*

»Das ist spanisch«, sagte Wälti und übersetzte. »Schokolade, Cola, Brot und das zweitunterste heißt meines Wissens … Zahnpasta. Aber das letzte Produkt verstehe ich nicht.«

»Musst du auch nicht, brauchst du nicht. Nie. Frauensache.« Evita drehte den Einkaufszettel um. »Und jetzt schau mal, an wen der Werbemist adressiert ist.«

Er war für Maria-Dolores Gonzales.

»Und jetzt das gelbe Post-it hier. Siehst du? Da hat genau die gleiche Hand etwas notiert. Das ist eindeutig Maria-Dolores' Schrift.«

Es waren vier Angaben: eine Zahl, zwei Wörter und ein Schrägstrich.

5000 Franken / Birdman

19

Am gleichen Abend trafen sich Evita und Fabio erneut zum Essen.

»Einmal ist keinmal«, hatte sie gemeint. »Und erst ab zweimal wird es einmalig.«

Er hatte einige Sekunden gebraucht, um ihre Loopingphilosophie zu erfassen, dann aber sofort und freudig zugestimmt.

Diesmal dürfe er aber das Lokal bestimmen, hatte Fabio verlangt und Evita für zwanzig Uhr in den Röstigraben eingeladen, ein Bistro im siebten Bezirk, das für seine kurlig-kreative Käseküche bekannt war. Und wie um ihr zu beweisen, dass er lernfähig und achtsam war, reservierte er diesmal einen Tisch im Freien, im mit Seekieseln ausgelegten und von Kastanienbäumen beschatteten Innenhof. Der Sandsteinbrunnen in der Mitte hatte einen Wasserspeier, der angeblich den beliebtbeleibten Wirt des Röstigraben darstellte.

Evita kam nonchalante fünfunddreißig Minuten zu spät. Sie trug schwarze Culotte-Jeans, eine rote Carmen-Bluse und die gleichen Ballerinas wie bei ihrem ersten Date. An den Ohren schaukelten die altbekannten Papageien. Und sie schleppte wieder diesen Rucksack aus peinlichpinkem Tarnfleckstoff mit sich herum. Design und Farbgestaltung fand Fabio ganz schauderhaft. Er traute Evita zu, dass sie das Teil genau deswegen ausgewählt hatte, um ihr Umfeld damit herauszufordern.

Sie strahlten beide, umarmten sich und hauchten sich

gegenseitig drei Küsschen auf die Wangen. Taten dies weniger mechanisch als beim ersten Date, diesmal langsamer und bewusster. Und genüsslicher. Jedem Gast, der ihnen dabei zusah, musste klar sein, dass da etwas zu laufen begann.

Fabio bestellte zwei Gläser Prosecco.

»Wunderbar, dass du Zeit hast«, sagte er.

»Ich habe heute frei.«

»Und? Etwas Schönes unternommen?«

»Müll entsorgt.«

»Ja, muss halt manchmal auch sein.«

Die Bedienung brachte den Prosecco. Sie stießen an, tranken einen Schluck, und Fabio wollte gerade etwas wunderbar Banales sagen, als Evita aus heiterem Himmel fragte: »Du, sag mal, wie findest du eigentlich diesen Wälti?«

»Wieso fragst du?« Er hielt das Glas vor seine Augen und betrachtete es so hingebungsvoll, als zähle er die Bläschen darin.

»Sag jetzt.«

Er erzählte ihr exakt die gleiche Dreiecksgeschichte Fabio-Eliza-Wälti, wie eben Letzterer das heute Morgen schon getan hatte.

»Das sind die Fakten. Aber jetzt dein persönliches Urteil?«

»Über Wälti? Also gut. Stock im Arsch, Staub im Hirn. Und er gurgelt wahrscheinlich mit Rosenwasser, so gestelzt wie der immer daherredet. Der Alte ist so was von vorgestern. Zudem halte ich ihn für einen Bünzli. Wälti ist der Typ Mann, der seine Bleistifte zu Hause mit einer Spitzmaschine schärft.«

»So eine aus Metall? Mit Handkurbel? Wie früher in der Schule?«

»Genau die.«

»Du magst Wälti wohl nicht besonders?«

»Du hast gefragt, ich bin ehrlich. Aber sag, warum willst du das wissen?« Fabio nippte wieder am Glas.

»Er scheint mir eine gute Partie zu sein. Männer in seinem Alter haben meist Vermögen und leben idealerweise auch nicht mehr allzu lange. Ich suche mir nämlich einen Sugardaddy.«

Fabio prustete den Prosecco durch die Nase aus – und schien dann auch gleich noch seine Lungenlappen hinterherschicken zu wollen. Erst lange Hustminuten und zwei Stoffservietten später war er wieder in der Lage, normal zu atmen.

»Sterben noch vor dem Bezahlen«, spottete Evita. »Da wollte sich einer wohl um die Rechnung drücken.«

Fabio hob die Hand wie in der Schule. »Moment. Halt. Noch mal zurück. Ich muss das jetzt wissen. Du suchst dir allen Ernstes einen Sugardaddy? Und hast dabei an Wälti gedacht?«

»Wäre das denn so abwegig?«

Wenn Fabio etwas meisterhaft beherrschte, dann war es seine Guck-Theatralik. Mit seinen eh schon staunbraunen Jungstieraugen zelebrierte er jetzt gerade einen »Ich bitte dich!«-Dramablick sondergleichen.

Funktionierte bei Evita augenblicklich. »Okay, dann streiche ich den Taximann halt von meiner Liste. Wie alt bist du eigentlich?«

»Oha«, sagte Fabio.

»Ja, ich bin beim Sugar flexibel.«

Er wurde rot im Gesicht, senkte den Blick und begann mit dem Daumennagel ein Schachbrett ins Stofftischtuch zu ritzen.

»Hey, ich verarsche dich doch nur«, sagte sie.

Er brach die Schachpartieritzerei ab, griff in die Innentasche seines Wildlederblousons und streckte Evita etwas Kleines, Buntes entgegen.

»Für dich. Ein Geschenk.«

Es war ein in Regenbogenpapier eingewickeltes Schächtelchen, so groß und flach wie ein Stempelkissen.

»Aha, beim ersten Date wurde ich beschnuppert, heute beginnt die Bezirz- und Bestechungsphase«, meinte sie und nestelte am Knoten des Goldkräuselbands herum.

Fabio fuchtelte mit den Händen. »Nein, nein, so ist das nicht gemeint. Ich möchte dir einfach nur eine Freude machen.«

»Du findest also, ich lächle zu wenig?«

Er verzog das Gesicht. »Dreh mir doch nicht immer alles im Mund rum.«

Sie versuchte mit den Fingernägeln die winzigen Klebestreifen am Geschenkpapier aufzukratzen. Und plötzlich wieder so ein Überraschungsangriff von ihr: »Fabio, findest du, ich sei komisch?«

Er war alarmiert. War das eine … Fangfrage? »Äh, nein, doch nicht komisch.«

»Sondern?«

»Du bist …«

»Trau dich!«

»Anders.« Er sprach das »anders« so vorsichtig aus, als sei es eine Kostbarkeit aus Glas, die aber bereits zahlreiche Haarrisse aufwies und jeden Moment bersten konnte.

Sie schaute ihn streng an. »Anders, hm?« Dann verzog sie den Mund zu einem Grinsen. »Anders ist gut. Besser geht nämlich nicht … ohne anders.« Sie knübelte noch immer an den biestigen Klebestreifen herum. »Und ein klein wenig Dachschaden finde ich noch ganz praktisch. Gibt mir den Blick direkt auf die Sterne frei.«

Sie verlor die Geduld mit den Klebestreifen und fetzte das Papier weg. Ein Schächtelchen aus blauer Pappe mit Deckel.

Darin lag, auf Watte gebettet, ein Plektrum.

In der Musikerszene auch Pick genannt. Solche Plastikplättchen verwendeten die Gitarristen zum Zupfen und Schrummen der Saiten. Dieses hier war münzgroß, tropfenförmig, orangefarben. Und sah schwer gebraucht aus. Angejahrt, angegitarrt.

Jemand hatte mit schwarzem Marker und wackliger Grundschülerschrift ein Datum darauf geschrieben, auf Englisch: *May 1991*

Evitas pechschwarze Augenbrauenhecken zogen sich zusammen wie Nacktschnecken auf dem heißen Asphalt. Sie runzelte abwechselnd die Stirn zu Fabio hinüber und dann wieder in die Schachtel hinein.

Dialog-Domina Evita für einmal derart sprachlos zu erleben, bereitete Fabio Vergnügen. »Nimm es heraus«, forderte er sie auf.

Sie nahm es heraus.

»Und dreh es um.«

Sie drehte es um.

Auf der Rückseite hatte die gleiche Zitterhand mit dem gleichen Marker ein paar ungelenke Buchstaben gekritzelt. Zwei Worte, ein Name.

Kurdt Kobain

Sie sagte noch immer kein Wort. Drehte das Plektrum hin und her, las immer und immer wieder und nochmals, flüsterte das Datum, flüsterte den Namen, wie eine Geisterbeschwörerin.

»Gefällt es dir?«

»Ist das wirklich sein …?« Ihre Stimme klang belegt. Erkältet oder ergriffen.

»Ja, das ist *sein* Plektrum. Sagt dir das Datum etwas?«

»Ja, logo. Im Mai 1991 nahm Nirvana ihr zweites Studioalbum auf, *Nevermind*. Das weltberühmte Cover mit dem nackten Baby unter Wasser.«

»Du kennst dich aus.«

»Hey, vor dir sitzt Kurt Cobains größter Fan.«

»Dann weißt du sicher auch, warum er immer mal wieder seinen Namen absichtlich falsch auf die Plektren geschrieben hat?«

»Weil er sich oft nicht wie sich selbst fühlte. Oder wie ein Roboter, fremdgesteuert vom Management: Geh auf die Bühne, spiel die Show, gib Interviews, posier für den Fotografen, tu dies und das …«

Fabio nickte. »Wow. Du weißt tatsächlich alles über ihn.«

Sie rutschte nervös auf dem Stuhl herum. »Aber jetzt mal im Ernst. Ist das Teil wirklich echt?«

»Schau in die Schachtel. Da liegt ein zusammengefalteter Zettel.«

Sie klaubte den heraus, klappte die Teile auf und las. »Ein Echtheitszertifikat. Ausgestellt von den – wow – Sound City Studios in Van Nuys, Kalifornien.«

»Sagt dir der was, der Ort?«

»Ja, aber hallo. Dort hat Nirvana *Nevermind* aufgenommen. Wo hast du Schlawiner das Plektrum nur her?«

Ja, das sei jetzt noch schwierig zu erklären, schusselte Fabio herum. Habe etwas zu tun mit seinem Job beim Schauspielhaus, gutes Netzwerk in der Künstlerwelt insbesondere zur Theater- und Musikszene, prima Beziehungen zur internationalen Sammlergilde und auf Künstler-Kultgegenstände spezialisierte Auktionshäuser. Solche Sachen halt, flunkerte er sie an.

Das fabrikneue Plektrum hatte er gestern in Röbi's

Soundlädeli im siebten Bezirk gekauft. Es dann in seiner Fälscherwerkstatt, einer umgebauten Scheune im hinteren Teil der Schlössliparkanlage, mit dem Micro-Sandstrahler behandelt, und es während der ganzen Nacht mit UV-Licht beleuchtet, um den gewünschten künstlichen Alterungsprozess zu beschleunigen. Ein Hauch Bleiche sowie zum Abschluss eine Stunde Thermoverfahren bei zweihundert Grad ... und fertig war das abgeschrummte Plektrum von neunzehneinundneunzig. Über Nacht mal so um die dreißig Jahre gealtert. Jetzt musste es nur noch Kurt Cobain gehören.

Heute Morgen dann, zwischen der dritten und der vierten Tasse Frühstückskaffee (als das viele Koffein sein Hände so richtig schön zittern ließ), hatte er es mit schwarzem Acrylmarker beschriftete (im Internet gab es Handschriftproben des Musikgottes, die abzukupfern für Fabio ein Fingerspiel war). Und vor erst zwei Stunden schließlich – nach einer Dusche und der Kleiderauswahl für das Date mit Evita – hatte er noch huschhusch ein Echtheitszertifikat gefaked. Derlei Beglaubigungen (inklusive passender Papierqualität und Druckerschwärze aus der jeweils richtigen Weltregion sowie Stempel oder Siegel oder Gutachter-Unterschrift) verfasste Fabio mittlerweile so flott und routiniert wie andere Leute WhatsApp-Nachrichten.

Alles in allem: ein Kinderspiel – wenn auch illegal. Eine nette kleine Fälscherei. Ein frisiertes Original.

Evita jedenfalls schmolz dahin. »Das ist ja ... fan-tastisch. Nein, das kann ich unmöglich annehmen. Das ist zu wundervoll und wertvoll.«

»Also absolut passend zu dir«, wagte er sich vor.

»Du bist so ein Schatz.« Sie stand vom Tisch auf und fiel ihm um den Hals.

Später beim Essen – Alpenkäseschnitten für Evita, Fondue-Pizza für Fabio, dazu ein charmanter Weißer aus dem Solothurner Schwarzbubenland – sprachen sie über Musik im Allgemeinen, Nirvana im Speziellen und natürlich über das abartige Leben und viel zu frühe Ableben von Kurt Cobain. Sie waren beide glühende Fans seiner Songs und verehrten die Selbstzerstörstimme des blonden Schreigottes, die aus kaputtem Herzen, vollem Hals und zugeschnürter Kehle kam.

Fabio war gerade sehr glücklich. Evita war eine prima Erzählerin, eine furchtbare Zuhörerin, aber hey, überhaupt hier jetzt heute Abend mit ihr zusammenzusein, fand Fabio ganz wunderbar.

Sie war wunderbar.

Aber verschwiegen.

Obwohl Evita an diesem Abend plauderte, sprudelte und ungewöhnlich viel von ihrem ätz-flapsigen Charme versprühte, erfuhr Fabio nur wenig über sie. Oder eigentlich … rein gar nichts. Wann immer er das Gespräch auf Familie, Herkunft, Jugend, Leben oder Liebe lenkte, wurde sie schmallippig wie ein Schweizer Bankier und zeigte auch dessen Auskunftsfreudigkeit.

Zugegeben, Fabio hatte ja auch nicht wirklich Lust, von seiner verkorksten Familie im Graubündner Schlumbin und seiner Flucht mit zwanzig hinunter ins Mittelland zu erzählen, wo er seither für seinen stinkreichen Patenonkel Rico (der die meiste Zeit über in Paraguay lebte) dessen pseudoaltes Jagdschlösschen samt Parkanlage hüten durfte. Und all seine unglücklichen Liebschaften und glücklosen Schwärmereien mochte er hier und jetzt erst recht nicht vor ihr auslegen.

Wie gesagt, er gab ja selbst auch nur wenig von sich preis. Evita aber bunkerte ihr Privatleben regelrecht ein.

Dabei hätte Fabio ganz dringend gern gewusst, wie sie beziehungstechnisch unterwegs war. Außer den Mordsohrringen trug sie keine anderen Ringe, schon gar nicht an den Fingern. Erst recht nicht am Ringfinger. Weder am rechten noch am linken. Was schon mal nicht so schlecht war. Andererseits, wer trug heutzutage noch Fangeisen – Freundschafts-, Verlobungs- oder Ehering? Der Beziehungsfingerring war wie das Festnetztelefon: besaß doch keiner mehr. Festes war out, man war mobil unterwegs, im Senden wie im Lieben.

Sein Gefühl sagte ihm, dass sie nicht verheiratet war. Und verlobt war noch nicht mal mehr out, das war Mittelalter. Aber verpartnert vielleicht? Frag sie doch. Ohne Hemmungen. Voll drauflos. So, wie sie das auch immer bei dir tut.

»Wohnst du eigentlich allein?« Fabios Herz stolperte, und er vergaß zu atmen.

Zuerst schaute sie ihn an, als frage er nach ihrer BH-Farbe. Dann kniff sie die Augen etwas zusammen, als müsse sie nachdenken.

Sie überlegte lange, zu lange, fand er. Und sagte dann endlich: »Nicht ganz.«

»Nicht ganz was?«

»Allein. Ich lebe nicht ganz allein.«

»Also mit jemandem zusammen?«

»Jaaa … irgendwie schon.«

Das zögerfädige »Ja« und das »irgendwie« machten Fabio fertig. Konnte alles oder nichts bedeuten. »Irgendwie« klang so nach weiß nicht recht. Nach On-off-Beziehung. Nach einer Unverbindlichbeziehung.

Er nickte Evita stumm zu und setzte seine Jungstieraugen ein, in der Hoffnung, dass da noch was komme.

Kam aber nichts mehr.

»Okay«, sagte er, obwohl es das überhaupt nicht war. Und weil sie jetzt nichts mehr sagte, einfach dasaß und schwieg, und er das Gefühl hatte, die Situation nicht mehr in den Griff zu kriegen, entschuldigte er sich in Richtung Toilette.

Er hockte und brütete und justierte Mumm und Gemüt etwa zehn Minuten lang, ehe er den Waschraum verließ und an den Tisch im Innenhof zurückkehrte.

Und *es* mitbekam.

Weil Evita ihm den Rücken zudrehte, sah sie ihn nicht kommen – und machte darum weiter. Legte nichts rasch beiseite, brach keine Aktion sofort ab, verpasste daher die Möglichkeit, im letzten Moment etwas vor Fabio zu verheimlichen. Auf ihrem Schoß lag der Rucksack mit offenem Reißverschluss, vor sich auf dem Tisch ihr Handy. Sie hatte den Oberkörper leicht vornübergebeugt und schien in das Telefon zu sprechen. Fabio bekam gerade noch die letzten Wortfetzen mit.

»… ist alles gut, Pablo. Mein lieber, lieber Pablo. Ich muss wieder. Bis später.«

Fabio wartete noch fünf Sekunden, dann schlurfte er übertrieben laut über den Kiesboden und hüstelte kurz, um seine Rückkehr anzukündigen.

Evita warf ihr Handy in den Rucksack, zog den Reißverschluss zu und hängte das Pinktarnteil an einem Riemen über die Rückenlehne des Stuhls.

Sie zeigte Fabio übertrieben viele Zähne, so wie Übergeschnappte, Dauerkiffer und Synchronschwimmerinnen das tun. Plus frisch ertappte Evitas.

Sie wedelte mit der Speisekarte und rief: »Hey, die ziehen das mit dem Käse hier wirklich durch. Sogar beim Dessert. Was meinst du zu einer mit Stracchino-Frischkäse zubereiteten süß-sauer-salzigen Crème brûlée?«

Der Rest des Abends war dann ähnlich zähfädig und seltsam wie die Nachspeise. Fabio war am Boden zerstört. Ihr Date, so schön und vielversprechend es begonnen hatte, war vorbei, versaut, verdorben – verpablot sozusagen.

Fabio hasste Pablos. Hatte er gerade eben beschlossen.

Er konnte ihn sich förmlich vorstellen. Im Sage-mir-wie-du-heißt-und-ich-sage-dir-wie-du-bist-Kosmos waren Pablos stets die Supertypen, die Gewinner und Alleskönner. Kam einem Naturgesetz gleich.

Pablos gehörte die Welt. Sie besaßen Hirn, Charme, Bildung, Muskeln. Hatten schmeichelnde Gesichtszüge, Loftwohnungen, italienische Espressomaschinen und englische Oldtimer-Cabriolets. Pablos konnten Schach und Gitarre spielen, scheuten keine Keilerei und gewannen jede. Besaßen einen riesigen Freundeskreis, beherrschten verschiedene Sportarten und Sprachen, konnten dreckige Witze erzählen, und jeder lachte mit. Pablos konnten zuschlagen, um die Liebste zu beschützen, ihr aber auch ein Sonett von Shakespeare darbieten.

So ein Pablo-Prototyp war eine Mischung aus Kinderarzt, Kunstbuchgrafiker und Bergführer, der ehrenamtlich Hundewelpen betreute, seiner Amoremia die verspannte Nackenmuskulatur lockerknetete und Spinnen aus der Wohnung spedierte, ohne ihnen auch nur ein Bein zu krümmen.

Pablos fanden für die Liebste am frühen Morgen die richtige Kaffeemischung, mittags ihre entlaufene Katze, abends den Grund für den nervtötend tropfenden Wasserhahn und des Nachts mit kleinfingertödlicher Sicherheit ihren G-Punkt.

Fabio hasste Pablos. Und den von Evita ganz besonders.

»Ist was?«, fragte sie.

»Was soll denn sein?«

»Du bist plötzlich so still.«

»Müde.«

»Okay.«

»Möchtest du noch etwas?«, fragte Fabio.

»Die Hebefigur aus *Dirty Dancing* würde ich gern mal probieren.«

»Ich glaube, dazu brauchst du einen stärkeren Kerl als mich. Du kennst bestimmt einen?«

»Irgendetwas stimmt mit dir nicht.«

»Mein Dialekt vielleicht?«

Sie gab auf, und er verlangte die Rechnung. Zahlte mit Karte und legte ein derart unerhört hohes Trinkgeld in bar auf den Silberteller, dass die junge Bedienung sich beinahe überschlug vor Dankbarkeit. Und er sie anlächelte und ganz bewusst auf ihren Busen starrte. Seine Art von Ich-mache-dich-eifersüchtig-Rache.

Er war ein Idiot. War Fabio schon klar. Aber er funktionierte nun mal so.

Sie umarmten und küssten sich zum Abschied wie Verwandte, die es halt nun mal gab im Leben. Und jedem Gast, der ihnen dabei zusah, musste klar sein, dass das, was da zwischen den beiden lief, heute Abend nicht ganz so gelaufen war, wie es hätte laufen sollen.

Vor dem Eingang zum Röstigraben wünschten sie sich eine gute Nacht. Jeder lief in eine andere Richtung davon.

»Fabio.«

Er und sein Herz blieben gleichzeitig stehen. Fabio drehte sich um. »Evita?«

»Ich wollte dich unbedingt noch etwas fragen.«

Er lief zu ihr zurück. Voller Erleichterung, voller Glück, voller Hoffnung. Jetzt also doch noch … Er würde zugeben, dass er ein Esel gewesen war. Weil eifersüchtig. Weil verliebt. *Ja, verliebt.* Er würde ihr jetzt alles erzählen und gestehen und ...

»Du weißt nicht zufällig, wie der Wälti mit Vornamen heißt?«

20

Evita hatte den digitalen Wochen-Einsatzplan der Taxifahrer nachträglich so frisiert, dass sie und Wälti
die kommenden Tage zur gleichen Zeit dienstfrei hatten
und zusammen am Fall arbeiten konnten. Es gab eine
Menge zu tun in der Angelegenheit »Gold-Toilettenpapier / Gonzales«, wie sie die Krimikiste nun offiziell
betitelten.

Doch es gab ein logistisches Problem: die inexisten-
ten Büroräumlichkeiten von Wältis Privatdetektei. Also
mussten sie improvisieren. Eine Lagebesprechung bei
Kaiser Reisen, etwa in der Kaffeeküche oder am Dispo-
Desk im Büro, war ganz ausgeschlossen. Das hätte bei
der Belegschaft für Fragen gesorgt und Tuscheleien. Und
Grinser.

»Am Ende heißt es noch, du würdest neu angestellten
Lolita-Evitas nachstellen«, hatte sie geflapst, woraufhin
Wälti Krateraugen und rotheiße Ohren bekommen hatte,
wie ein Schulbub, der nach dem Sportunterricht heimlich
in die Mädchenumkleide spannert und mit dem Ergebnis
völlig überfordert ist.

Ein Restaurant oder Café als Treffpunkt wäre unprak-
tisch, weil lärmig, je nach Tageszeit hektisch und voller
Pensionierter mit Tageslangeweile und darum neugieri-
gen Ohren …

Bei ihnen zu Hause ging auch nicht. Wollte Evita ganz
gewiss nicht, wollte Wälti ganz und gar nicht.

»Obwohl euer Haus ja nun wirklich groß genug wäre«,

hatte sie mit leicht vorwurfsvollem Gesichtsausdruck gemeint. »Und am südlichen Ende eures manikürten Rasens habt ihr ein Gartenhäuschen, das sich ja geradezu anböte für unsere Besprechungen.«

»Sie ... Sie waren bei mir daheim?« Wälti machte einen auf frischgeangelter Karpfen auf dem Trockenen.

»Klar doch. Letzthin nach Feierabend. Man informiert sich halt gern.«

»Was in aller Welt ...«

»Hab die Schilder an eurem Briefkasten und bei der Klingel gecheckt.«

Wälti brauchte noch zwei Sekunden, ehe er begriff. Und grinste. »Sie sind extra wegen ... Ha, schöner Reinfall. Da steht leider nur *Wälti* drauf.«

»Hab's auch gemerkt, du Vornamenkneifer. Sogar deine Frau ruft dich beim Nachnamen; *das* finde ich dann schon etwas abartig.« Evita hob ihr Kinn in affektierter Art und sprach mit gespitzten Lippen und höherer Stimmlage weiter: »Du, Wälti, soll ich zum Znacht eine Apfelwähe backen oder den Nudelauflauf vom Sonntag aufwärmen?«

Wältis Gesichtszüge wurden hart. »Das ist jetzt aber nicht wahr? Sie haben Anni und mich belauscht?«

»Was kann ich denn dafür, wenn ihr da so laut und ungeniert im Garten sitzt und herumplappert. Ich habe zwanzig Meter entfernt versteckt im Tujawaldgestrüpp eures Nachbarn gekauert.«

»Jesses, beim Krummenacher. Ich hoffe, er hat Sie nicht gesehen.«

»Natürlich nicht. Dafür ich dich. In voller Pracht. Du trugst einen kurzen Freizeitdress, eine Art Mäntelchen, sah zum Schreien komisch aus, erinnerte mich ein wenig an einen Babystrampler ...«

»Also wirklich.« Wälti prustete entrüstet. »Sie haben ja keine Ahnung. Das ist ein Original aus den Sechzigern, habe ich eigens aus den USA kommen lassen. Ein Frottee-Einteiler, kurzarm, kurzbein, Farbe Himmelblau, mit Taillengürtelchen und goldener Flaschenöffnerschnalle. Das Teil ist berühmt und Kult. Genau den gleichen Mantel trug nämlich Sean Connery als James Bond in *Goldfinger* in der berühmten Pool-Szene.«

»So so, James Bond, aha. Aber was ich mich noch gefragt habe: Rasierst du dir eigentlich die Beine?«

Sie trafen sich morgens um acht. Über Nacht hatte das Wetter umgeschlagen, es regnete ununterbrochen in dicken Schnüren. Die Scheibenwischer von Wältis Taxi arbeiteten auf Höchststufe.

Nicht in der Taxizentrale, nicht in einem Café oder Restaurant, nicht daheim – blieb nur ein Ort übrig, an dem sie sich ungestört und ungehört besprechen konnten.

Diesmal war Evita auf die Minute pünktlich. Wälti gabelte sie beim grünspanigen Denkmal zu Ehren Mutter Helvetia am Morgarten-Platz auf. Sie fuhren zu einer wenig frequentierten Ecke beim Stadtgarten, parkten, stiegen aus dem Taxi und nahmen auf der Rückbank Platz.

»Ist erst noch abhörsicher hier drin«, erklärte Wälti.

»Im Ernst? Ach so, wegen deiner Managerkundschaft, stimmt's? Würde mich jetzt noch interessieren: Was kosten eigentlich so ein Störsender?«

Wälti legte das Kinn auf die Brust und gluckste. »Ich veräppele Sie doch nur.«

Evita warf den Kopf in den Nacken und atmete geräuschvoll aus. »Okay, das war jetzt die Retourkutsche. Ist dir gelungen. Prima Verarschungsboomerang, Wälti.«

Dieser zog scharf die Luft ein. »Uuu, wir waren uns doch einig wegen der Wortwahl.«

»*Du* warst dir einig. Bei ›veräppeln‹ muss ich an Boskopkompott denken, oder an kackende Pferde oder Mac-Computer. Klingt so geziert prinzessinnenhaft, nach abgespreiztem Teetassentrink-Kleinfinger. Nein, du, dann lieber Klartext. Aber, hey, Wälti, der mit dem Störsender eben war wirklich gut. Bin für einen Moment tatsächlich darauf reingefallen.«

»Danke für das Kompliment, sehr freundlich. Sie sehen, ich lerne von Ihnen dazu.«

Der Regen trommelte auf das Wagendach, als applaudierten Hunderte Bauarbeiterpranken. Sie ließen die Klapptische von den Vordersitzen herunter, was ihnen eine passable Arbeitsfläche bot. Beide hatten ihre privaten Laptops mitgebracht. Wälti sah wohl Evitas spöttisches Lippenzittern, aber sie verkniff sich jeglichen Kommentar über seinen alten Schlepptop.

Punkt eins auf ihrer heutigen To-do-Liste betraf das Gold-Toilettenpapier, beziehungsweise dessen vermutete illegalen inneren Werte. Evita erwartete eigentlich jede Minute eine Antwort-E-Mail von diesem Jemand, der jemanden kannte, der einen Bekannten hatte, der chemische Analysen von Gegenständen durchführen konnte. Also vorerst Stand-by.

Punkt zwei betraf die ominöse handschriftliche Notiz von Maria-Dolores Gonzales:

5000 Franken / Birdman

Wälti legte den Zettel auf den Klapptisch und plättete ihn vorsichtig mit der Handkante, wie ein Archäologe, der mit dem Pinsel die Inschrift einer Grabplatte freistaubte.

Zuerst zur Summe.

5000 Franken.

Sie waren sich einig, dass der Geldbetrag für jemanden wie Gonzales eine Riesensumme darstellen musste, war sie doch weit mehr als ein Monatslohn für sie. Gab es in ihrem Niedrigjobsegment allerhöchstens, wenn sie zur Teamchefin aufstieg oder als Bonus zum tausendjährigen Arbeitsjubiläum – oder für sehr besondere Einsätze. Gefährliche Einsätze. Illegale Einsätze, bei denen Gonzales Kopf und Kragen riskierte – wie etwa das Klauen besonderer Toilettenpapier-Rollen im Auftrag.

Sowohl Evita wie Wälti tippten auf eine Drogen-Geschichte. Weil derzeit die einzig plausible Erklärung.

Dann nahmen sie sich den Namen vor.

Birdman. Vogelmann.

Sah ganz so aus, als könnte er derjenige sein, der Gonzales die fünftausend Franken versprochen oder bereits gegeben hatte. Es konnte natürlich auch den Übergabeort des Geldes bedeuten: *Birdman*, im Zoo vielleicht, bei der großen Vogelvoliere. Oder aber es handelte sich um ein Codewort. *Gonzales, sobald Parole ›Birdman‹ ausgelöst wird, tun Sie dies und das.*

Was auffiel: *Birdman* war englisch, Gonzales' Muttersprache aber spanisch. Hätte sie einfach nur für sich den »Vogelmann« notiert, hätte sie das in ihrer Sprache getan. *Hombre pájaro*, das hatte Wälti gegoogelt, und Evita stimmte ihm in dem Punkt zu. »Birdman« musste demzufolge ein fixer Begriff sein, ein tatsächlicher Name; entweder ein Spitzname, oder die Person existierte tatsächlich – und trug möglicherweise den Namen eines Vogels.

Sie habe letzte Nacht nicht einschlafen können, eröffnet Evita ihm, und darum noch etwas recherchiert. In der Liste aller Hotelmitarbeitenden, die Wälti zu Beginn seines Auftrags vom Securitychef erhalten hatte, hatte sie tatsächlich einige Vögel entdeckt.

Es gab einen einundsechzigjährigen Kellner mit Nachnamen Amsler.

Eine stark sehbehinderte Küchenhilfe hieß Storch.

Der Leiter der hauseigenen Gärtnerei trug den Namen Specht.

Und ein Herr Águila betreute seit über zwanzig Jahren den Wagenpark des Hotels.

»Águila?«, fragte Wälti.

»Adler auf Spanisch.«

Evita hatte sich die Dossiers sämtlicher Vogelpersonen angesehen, aber nichts Auffälliges dabei entdecken können. Allesamt unverdächtige, langjährige, gewissenhafte und darum brave Mitarbeiter, denen beim Stichwort Drogen wohl allerhöchstens Zigaretten, Alkohol und Ziegenkäse aus dem Jura in den Sinn kam. Aber ganz sicher nichts Härteres, geschweige denn Illegales.

»Ganz im Gegensatz zu unserer Maria-Dolores«, sagte Evita in verschwörerischem Tonfall.

»Wie jetzt?« Wälti war verblüfft. »Hat sie …«

»Ja, sie hat. Mit einundzwanzig wurde sie in San José wegen Besitzes kleiner Mengen Haschisch zu einer Geldstrafe verurteilt.«

»Woher haben Sie diese Information?«

»Willst du Wälti gar nicht wissen.« Sie zog wieder einmal ihre Buschbrauen die Stirn hoch und klapperte gleichzeitig mit den Fingern auf einer imaginären Computertastatur herum.

»Jesses. Sie sind … Sie haben … Bei denen dort drüben? In Costa Rica? Aber das ist doch sicher strafbar?«

»Strafbar ist allerhöchstens das sträflich vernachlässigte Server-Sicherheitssystem der costa-ricanischen Behörden. Und zudem surfe ich immer anonym und benutze zig Umleitungen auf der ganzen Welt. Glaub mir, Wälti, die finden mich nie. Aber ich finde alles, was ich wissen will.« Dann warf sie ihm einen triumphierenden Blick zu.

»Sie ... haben noch mehr gefunden?«

Mit ein paar Klicks ließ sie ein Dokument auf ihrem Bildschirm aufploppen. »Hier, schau dir das mal an. Dieser Mann ist Maria-Dolores' Onkel väterlicherseits, Alejandro Gonzales. Er sitzt seit vier Jahren im Gefängnis wegen ... Na?«

»Etwas mit Drogen?«

»Bingowälti. Der liebe Onkel hat als Lastwagen-Chauffeur für ein Drogenkartell gearbeitet.«

»Glauben Sie, er hat zu seiner Nichte in Europa Kontakt aufgenommen, um hier etwas Illegales aufzuziehen?«

Evita zuckte mit den Schultern. Dann griff sie nach ihrem Pinktarnfleckrucksack, der im Fußraum lag, und hievte ihn auf den Schoß. Zog eine Papiertüte heraus, raschelte sie auf und hielt zwischen spitzen Fingern ein Croissant.

Wälti riss die Augen auf.

»Ist was?«, fragte sie.

»Essen?«

»Nicht isst, sondern *ist* was?« Und nach einem Moment: »Oh, jäso. Sorry, wie unhöflich von mir. Ich hätte dir auch eins mitbringen sollen. Wo hatte ich nur meinen Kopf? Komm, wir teilen.« Sie machte Anstalten, das Croissant in der Mitte auseinanderzuzupfen.

»Haaalt!«, rief Wälti und schien gerade einen halben Meter zu wachsen. »Tun Sie das ja nicht.«

»Magst du keine Croissants?«

»Nicht. Hier. Drin.« Er betonte jedes Wort.

»Was ist kaputt?«

»In meinem Taxi wird nicht gegessen. Und schon gar keine Sachen aus Blätterteig.«

»Spinnst du jetzt?«

»Allein der Name prophezeit ja schon die schlimmste anzunehmende Sauerei: Blätterteig, Teig, der blättert. Und nachher ist hier drin alles voller Brösmeli.«

Sie schaute ihn perplex an – und lachte dann. »Ach so, jetzt kapier ich: Du verarschst mich. Schon wieder. Hey, du kommst ja langsam richtig auf den Geschmack, was?«

»Nein, ich meine es todernst. Wenn Sie dieses Stück Gebäck hier drin essen, verunreinigen Sie Sitzbank und Fußteppich. Und Letzterer ist leicht statisch geladen; können Sie sich überhaupt vorstellen, wie da die Brösmeli haften bleiben? Die kriegen Sie nur einzeln und mit der Pinzette wieder raus.«

»Wälti, du machst Witze, gell?«

»Ist eine eiserne Regel von mir: Im Taxi wird weder gegessen noch getrunken. Meine Kunden haben das Recht auf einen picobello sauberen und wohlfeil duftenden Innenraum.«

»Ich muss jetzt aber etwas essen«, sagte sie trotzig. »Wenn ich Hunger habe, kann ich nicht denken.«

»Dann aber bitte draußen.«

»Bist du irre?«

»Nein, konsequent.«

»Ich stell mich doch nicht in den Regen und verdrücke ein Croissant.«

»Ich leihe Ihnen gern meinen Schirm.«

»Sturer Bock.«

»Ich nenne es: gefestigte Meinung.«

Sie funkelte ihn gehässig an. »Entweder ich darf hier drin essen, oder ich packe sofort zusammen und bin weg.«

»Kein Essen.« Er verrenkte das Kinn wie ein altersgichtiger englischer Adliger.

»Gut. Wie du willst. Dann bin ich hier fertig. Und zwar

endgültig. Kannst ab jetzt selbst schauen, wie du deinen Fall lösen willst. Ohne Essen keine Evita, keine Unterstützung, keine Computerkünste.«

»Sie erpressen mich?«

»Wälti, wir sind hier nicht bei der TV-Sendung *Wünsch dir was,* sondern bei: *So ist es.*«

Er schnaubte höhnisch. »Werden Sie ja dann sehen, wenn ich den Fall ganz allein gelöst habe. Das wird Sie schön wurmen. Ich sage ja immer: Wer zuletzt lacht …«

»… hat es nicht eher begriffen.«

Er schaute sie verdattert an. Alles – diese Frau brachte aber auch wirklich *alles* in seiner Wältiwelt ins Wanken. Nichts schien der heilig. Verhunzte selbst seine guten alten Sprichwörter. Und dickköpfig war sie. Oder hartnäckig, wenn man es positiv betrachtete. Was wiederum eine gute Detektivin ja ausmachte. Es gärte in ihm. Er überlegte, brummte, wand sich, während sein Kopf langsam zwischen den Schultern einsank. Ja, jaaa, *Sternefoifi,* schon klar, er *brauchte* Evita Mosimann. Ohne sie kam er im Fall Gonzales nicht weiter. Also biss er sich auf die Lippen und knurrte eingeschnappt. »Sie wissen ganz genau, dass ich auf Ihre Dienste nicht verzichten kann.«

»Dann gibst du also nach? Jetzt doch Essen im Taxi?«

»Machen wir einen Kompromiss.«

»Du isst mit?«

»Nein, aber ich putze während Ihrer Mahlzeit. In Echtzeit.«

Evitas Brauen schrumpften verständnislos.

»Ich erlaube Ihnen, das Croissant im Wagen zu essen, aber ich darf Vorkehrungen treffen, damit Sie nicht alles vollkrümeln?«

»Wie bitte soll das gehen? Legst du alles mit Selbstklebefolie aus? Oder steckst mich während des Kauens in einen Leichensack?«

»Lassen Sie sich halt überraschen. Also, was jetzt?«

Allein schon der Neugierde wegen willigte Evita ein.

Unversehens öffnete Wälti die Wagentür und stieg aus. Im strömenden Regen beinelte er zum Kofferraum, öffnete ihn, kramte darin herum, schlug den Deckel wieder zu und kam ins Taxi zurück. Er keuchte etwas, sein grauer Scheitel klebte ihm am Schädel, und an Nase und Kinnspitze hingen Wassertropfen.

Und in seiner rechten Hand hielt er einen Akku-Handstaubsauger.

»Dann wollen wir mal«, sagte er. »Den Trick habe ich aus einem Magazin für Heimhandwerker. Hilft, wenn man mit der Bohrmaschine ein Loch in die Wand macht und keinen Mauer- und Verputzdreck will. Also, Sie dürfen jetzt losessen.«

Was hier gerade abging, fand Evita so total absurd, dass sie baff brav tat, was er wollte.

Sie biss in ihr Croissant, Wälti schaltete den Handstaubsauger ein, positionierte die Düsennase knapp unter Evitas Kinn und saugte alle Blätterteigteilchen ein, die von ihren Lippen rieselten. Blitzschnell bewegte er die Düse mal zu ihrem linken Mundwinkel, mal zum rechten Mundwinkel, wie ein rasender Reporter mit Mikrofon und zwei Interviewpartnern gleichzeitig. Und Wälti erwischte sie alle – nicht ein einziges Krümelchen schneite auf die Sitzbank, geschweige denn auf die statisch aufgeladene Fußmatte.

Als die Nummer gegessen war, guckten Wälti und Evita sich an, als wüssten sie gerade nicht, ob sie zusammen lachen, vor Scham im Boden versinken oder sich gleich selbst im Duo in die Geschlossene einweisen sollten.

In dem Moment machte Evitas Laptop ein Geräusch, als würden Comicfiguren in Trickfilmen auf einer Bananenschale ausrutschen. Eine neue Nachricht in ihrem E-Mail-Eingang. Endlich. Von diesem Jemand, der jemanden kannte, der einen Bekannten hatte, der chemische Analysen von Gegenständen durchführen konnte.

Evita las stumm. Wälti deponierte den Staubsauger im Fußraum und knetete seine Finger.

»Nun sagen Sie schon. Kokain? LSD? Oder ist es dieses neue synthetische Zeugs, das die Jungen an der Street Parade ...«

»Nichts.«

»Wie nichts?«

»Keine Drogen im Toilettenpapier.«

»Ach was. Da muss doch etwas drin sein?«

Evita ratterte los. »Ja, sicher: Zellulose, gewonnen aus Fichten, Birken und spanischen Eukalyptusbäumen, per- und polyfluorierte Alkylverbindungen, optische Aufheller, R2Z-Duftstoffe, Polyfluoralkylphosphate, Chlordioxid ... Soll ich weitermachen?«

Wälti machte ein dummes Gesicht. »Keine Drogen?«

»Keine Drogen. Das Toilettenpapier ist sauber wie ein Babyfüdeli.«

»Damit heißt es für uns: Wieder zurück auf Feld 1.«

»*Birdman.*« Evita spitze die Lippen. »Wir müssen *Birdman* finden. Eine Person oder ein Ort oder ein Code für irgendetwas. Aber der Vogelmann ist der Schlüssel zu allem.«

Sie saßen dann beide lange Minuten da, machten noch längere Gesichter, versuchten Ordnung in ihre Gedanken zu bringen und den Anfang eines roten Fadens zu finden. Aber da war nichts. Nur Wirrwarr im Kopf, endlos lang und unordentlich wie die dreißig Meter lange, abgewickelte, konfus verdrehte und heillos verwickelte Papierbahn einer Toilettenrolle.

Schließlich war ihre Zeit abgelaufen, sie mussten beide zur Arbeit. Evita telefonierbefehlte am Dispo-Desk in der Zentrale, Wälti fuhr den ganzen Nachmittag Stammgäste, die vorreserviert hatten. Sie würden sich morgen um die gleiche Zeit erneut treffen. Wieder im mobilen Office der Privatdetektei.

»Hoffentlich mit einer Idee, wer oder was *Birdman* sein könnte«, sagte Evita.

»Und hoffentlich diesmal ohne Hunger«, meinte Wälti.

Nach Feierabend fuhr Wälti ins Krankenhaus.

Der Pfleger auf der Intensivstation war wieder der Bärtige mit dem arabisch klingenden Namensschild, das auf *hibi* endete. Er erkannte Wälti sofort.

»Sie haben Frau Gonzales doch die Tasche mit den Kleidern gebracht.«

»Genau der bin ich. Ist sie …«

»Leider noch immer nicht bei Bewusstsein. Möchten Sie sie besuchen? Sich einen Moment zu ihr setzen?«

»Ja, darf ich das denn?«

»Ja, ausdrückliche Sonderregelung der Chefärztin. Frau Gonzales' Angehörige befinden sich am anderen Ende der Welt. Sie hat hier niemanden, der sie besuchen könnte. Darum dürfen ausnahmsweise ihre Arbeitskolleginnen und -kollegen vom Hotel zu ihr. Und das sind Sie ja. Oder?«

»Was?«

»Ein Arbeitskollege.«

»Oh, äh, ja, bin ich. Aber ja doch.« Wälti fand die Beschaffenheit des Spitalflurbodens gerade wahnsinnig interessant.

Der Pfleger reichte ihm eine mintgrüne Schutzausrüstung. Schuhüberzieher, hauchdünner Foliodress bis über die Knie, Einweghandschuhe, Vlieshaube. Dann führte er den Besucher in das Zimmer, wo Maria-Dolores lag. Es war unangenehm warm im Raum, Wälti begann augenblicklich zu schwitzen, und es roch nach Sterilium, Putzmittel und süßem erwärmten Metall. Die Fensterjalousie war zugekippt und die Rasterleuchte an der Decke stark heruntergedimmt.

Drei »Weihnachtsbäume«, vollbestückt mit lämpelnden Apparaturen, Infusionsbeuteln und Monitoren, auf denen Zahlen zählten, Sinuskurven wellten und Dolomitenketten zackten, standen zu beiden Seiten des Intensivbettes. Von den Bäumen mäanderten eine Million Schläuche und bunte Kabel zur Patientin.

Es gab keine Bettdecke. Maria-Dolores trug ein kurzes Nachthemd aus gelb-weißem extradünnen Material. Ihre Augen waren mit Pflasterstreifen zugeklebt. Das Gesicht war ein einziger schwarzblauer Bluterguss. Auf ihrer linken Wange entdeckte Wälti dieses Muttermal in Form eines Halbmondes, das ihm erstmals auf dem Überwachungsvideo aufgefallen war. In dem Moment ploppte in seinem Kopf ein Bild auf … gegen das er sich vehement wehrte. Schien ihm doch absolut unangemessen in der Situation – und trotzdem kam ihm Maria-Dolores' geschundenes Gesicht gerade vor wie das Fingerfarbengemälde eines Kindergärtners. Halbmond am Nachthimmel.

Auch Hals und Brustansatz sowie Arme und Beine waren übel zugerichtet. Als wären sie mit blau-gelb-grünem Batikstoff überzogen – alles voller Hämatome. Laut Polizeibericht hatte der Wagen das Opfer mit Tempo einundneunzig frontal erfasst; ein Wunder, dass die Frau noch lebte.

Am linken Bein entdeckte Wälti zwei Narben, so groß und hühnerleiterig, dass sie ihn an Schienenstränge einer Modelleisenbahn erinnerten. Ihre Stirn war einbandagiert, nur das oberste Stück Schädeldecke war zu sehen; es schimmerte rosa-stoppelschwarz. Das schöne, volle lange Haar hatte man der Patientin abrasiert. Und in ihrem Mund steckte ein Tubus. Alle sechs Sekunden (Wälti zählte mit) ertönte das »Sssss-Tock-Tschsch«-Geräusch der Beatmungsmaschine. Trocken, metallen, beklemmend. Als hole ein mechanisches Gespenst Luft.

Wälti presste die Hände vor den Mund und kämpfte mit den Tränen.

Maria-Dolores Gonzales.

Der Pfleger stellte ihm einen Stuhl neben das Bett und sagte, er ließe sie beide nun für ein paar Minuten allein.

Wälti setzte sich.

Sollte er die Hand der Frau berühren? Sie gar halten? Durfte er das? Wollte er? Schnell verschränkte er seine Hände im Schoß.

»Liebe Frau Gonzales«, er flüsterte, als hätte er Angst, sie aufzuwecken. »Es ... tut mir so leid, was passiert ist. Obwohl ich eben nicht weiß, was genau passiert ist. Ich versuche es herauszufinden. Ich ... ich möchte Ihnen helfen. Aber bitte, werden Sie jetzt zuerst gesund.«

»Sssss-Tock-Tschsch«, antwortete die Beatmungsmaschine.

Wälti dachte an die Angehörigen der jungen Frau, ihre Liebsten daheim. So weit weg.

Jetzt berührte er ihre Hand doch noch. Mit den Fingerkuppen fuhr er über ihren Handrücken. Die Haut fühlte sich warm, aber seltsam weich und blasig an, wie roher Brotteig.

Erst vierundzwanzig Jahre alt war Maria-Dolores

Gonzales – und machte gerade so viel durch. Etwas Entsetzlicheres hatte die junge Frau in ihrem jungen Leben bestimmt noch nie erlitten. Nahm Wälti an.

21

Fünf Monate zuvor

Der Häftling träumte.

Da war Licht und Musik und so viel Freude – eine Party. Und der Häftling nicht länger schmutzig, ausgehungert, kränklich und in Lumpen – sondern wieder die junge schöne Frau von einst. Ja, sie war auf einer Party und tanzte mit Fernando.

Er war ihr Schulschatz gewesen, damals in der Grundschule, fünf Jahre lang. Sie hatte ihn vergöttert, angehimmelt und ihm jeden Tag die Hälfte ihres Pausenbrotes und den ganzen Schokoriegel geschenkt. Später dann, als sie beide auf die Oberstufe wechselten, war Fernando erst schlaksig, dann picklig, dann komisch, dann ihr fremd und schließlich ein Arschloch geworden.

Und trotzdem tanzte sie im Traum gerade mit ihm.

Sie schwebte über das Parkett in diesem langen hellblauen Kleid – Chiffon mit Blumenmuster und Spitze –, das sie sich letzten Herbst für die große Party ihrer Eltern gekauft hatte. Über hundert Gäste waren gekommen, um die drei Jubiläen zu feiern: Mama wurde fünfzig, Papa sechzig, und sie hatten silberne Hochzeit.

Im Traum trug Fernando einen schwarzen Anzug, glitzerndes Haargel in seiner Travoltafrisur und einen sorgfältig gestutzten Schnauzer. Gut sah er aus, sehr gut sogar, adrett und schneidig; galant wirbelte er seine Tanzpartnerin herum, schneller und schneller, als wollte er sie zum Abheben bringen.

Die Musik wurde immer lauter, die bunten Scheinwerfer kreiselten geschwinder und blinkten wilder. Die anderen Paare blieben stehen, bildeten einen Kreis um Fernando und sie, schauten ihnen zu, feuerten sie an und klatschten Beifall.

Dann kam das Ende der Welt.

Alles um sie herum explodierte. Blitze, Detonationen, Schüsse, Schreie und Unmengen beißender Rauch. Und Hitze, da war plötzlich so viel Hitze überall.

Fernando ließ ihre Hand los, die Geisel hustete, taumelte, stolperte, verlor ihren rechten roten Tanzschuh, stürzte aufs Parkett, stürzte wie in Zeitlupe und fiel tief, immer tiefer, endlos lang ins schwarze Dunkel – und erwachte auf dem ziegelroten festgestampften Erdboden ihrer Zelle.

Es musste früher Morgen sein, sehr früher Morgen, weit vor Sonnenaufgang. Das Licht war noch dünn und flüchtig und ohne Kraft.

Rund um die Hütte tobte ein Inferno. Die Explosionen, die Schüsse und Schreie vorhin im Traum … waren Wirklichkeit.

In dem Moment wurde die Tür ihrer Bretterzelle eingetreten, und drei Männer stürmten herein. Sie hatten alle die gleiche Tarnfleckuniform, schwere Stiefel, lange Waffen, geschwärzte Gesichter und seltsame klobige Brillen auf, deren Okulare einen grünen Lichtschimmer auf ihre Gesichter warfen.

Die Männer schrien *»Policía«* und *»todo bien«* – alles sei gut. Sie packten die Geisel an den Armen, zogen sie vom Boden hoch und schleiften sie zur Hütte hinaus.

Draußen rannten noch viel mehr Uniformierte herum; es wurde geschrien, befohlen, geschossen. Und getötet. So schrien nur Menschen, die nicht sterben wollten.

Die Geisel wurde *rápido, rápido* weggebracht. Etwa dreihundert Meter vom Camp entfernt stand eine Art Zelt mit Sanitätern, die sich um die junge Frau kümmerten. Man legte sie auf eine Trage, hüllte sie in Decken, maß die Herzfrequenz, fühlte den Puls, kontrollierte mit Lämpchen die Kontraktion der Pupillen, verabreichte drei Spritzen und gaben ihr Wasser zu trinken sowie ein Powergel in einem langen, schmalen Tütchen. Das Zeug war viel zu süß, schmeckte widerlich künstlich nach Papaya – und war doch das Beste, was die Geisel je gekostet hatte.

Bei allem, was die Sanitäter taten, wiederholten sie mantramäßig »*todo bien, todo bien*«. Als könnte die Frau erst dann an das Gute glauben, wenn sie es tausend Mal gehört hatte.

Später, viel später, als es taghell war und feucht und heiß, führte sie ein grauhaariger Zwei-Meter-Hüne mit drei dicken gelben Streifen auf den Achselschlaufen seiner Uniform zurück ins Camp.

Da lagen Leichen am Boden, nebeneinander aufgereiht wie Buntstifte in einer Schachtel. Ihre Köpfe und Oberkörper waren mit weißen Plastikplanen zugedeckt, aber die Geisel erkannte sie dennoch. An ihrer Hose. Oder den Schuhen.

Diego, Jamiro, Ernesto, Armando, Santiago, Tomas, Franco, Valentin, Juan …

Beinahe wäre die Geisel auf ein Stück Stoff getreten, das im Schlamm lag. Es war die Che-Guevara-Mütze des *Comandante*. Mit einem ausgefransten Einschussloch im Stirnteil.

Sie hätten alle Entführer erwischt und erschossen, keiner sei entkommen, erklärte der Hüne mit den drei dicken gelben Streifen. Insgesamt siebzehn Mann, allesamt gesuchte Verbrecher, Kriminelle, Abschaum. Er nannte sie »*bastardos*« und spuckte dabei auf den Boden.

Dann führte er die Geisel zu einer der Bretterhütten, legte seine Pranke auf ihre zierliche Schulter und sagte, sie müsse jetzt stark sein und tapfer.

In der Hütte am Boden lag ihr Papa. Er war tot.

Seine Augen waren geschlossen, das Gesicht wie mitten im Schmerz verzerrt eingefroren. Sein schmutziges Oberhemd war voller blutiger Löcher. Der Grauhaarige sagte nicht, wer ihren Vater erschossen hatte. Ob absichtlich der Feind oder unabsichtlich der Freund. Eine große *confusión* sei das halt vorhin gewesen, meinte er, als seine Männer das Camp gestürmt hatten. Es klang nicht wie eine Rechtfertigung, geschweige denn wie eine Entschuldigung, sondern mehr wie eine Fußnote im Gefechtsprotokoll, das er über diese Operation zuhanden des Innenministeriums würde verfassen müssen.

Dann wollte man die Geisel endgültig wegbringen, mit einem Geländefahrzeug bis zum Rande des Dschungels und von dort mit einem Armeehelikopter zur nächstgrößten Stadt in ein Krankenhaus. Aber sie verlangte, nochmals ihre Zelle besuchen zu dürfen. Wollte unbedingt noch einmal zurück in dieses zusammengeschusterte Gefängnis aus modrigen Palmholzbrettern, Tarnfleckplanen und Wellblechpolyester.

Als Andenken nahm sie die Spiegelscherbe mit, die Emailletasse und den gelben Plastikteller.

Dann schaute sie sich um.

Ob sie noch etwas suche, fragte der Militärmann.

Die Geisel schüttelte den Kopf und streckte dann die Hand wie beiläufig in eine Ritze an der Bretterwand. Da, wo ihre Freundin wohnte. Die Kakerlake war zu Hause, die Geisel konnte mit den Fingerkuppen ihren Panzer ertasten, und die Fühler des Insektes kitzelten ihren Handrücken.

Heute war Tag 112 der Gefangenschaft – und der Häftling, die Geisel, die schöne junge Frau war befreit. Und jetzt mutterseelenallein auf dieser Welt.

22

Evita schlief nie mehr als vier Stunden jede Nacht. Mehr schaffte sie nicht. Mehr ließen ihre Geister sie nicht.

Mit viel Kaffee (die Halbliterhenkeltasse hatte sie in einer Sturbacks Coffeebar mitgehen lassen) setzte sie sich im Schneidersitz auf das Sofa (das im ausgeklappten Zustand auch ihr Bett war) in ihrem kleinen Wohnzimmer (das ihr einziges Zimmer war), platzierte den Laptop auf ihrem Schoss und ging online.

Zu arbeiten, wenn normale Menschen schliefen, brachte eine Menge Vorteile mit sich. Weder laute Musik noch Kindergeschrei noch Partnerschaftskrisengetöse aus den angrenzenden Nachbarwohnungen. Auch keine Irren oder Bekifften oder Besoffenen im hellhörigen Treppenhaus, und selbst die bei Tage dauerkläffenden Hunde des jungen Albaners im siebten Stock hielten nachts ihre Schnauze. Und … das WLAN-Signal war stabiler, stärker und schneller, weil der eritreische Nachbar und seine Großfamilienmitglieder um die Zeit im Bett lagen. Evita loggte sich in deren Netz ein, natürlich ungefragt. Tat sie primär aus Kostengründen, aber auch um ihre digitalen Spuren noch mehr zu vernebeln.

Sie suchte nach dem *Birdman*.

Vorhin beim Aufwachen war ihr dieser Geistesblitz gekommen. Wie elektrisiert hatte sie im Halbmondlicht dagelegen und an die wasserfleckige Decke gestarrt. Ja, doch, *das* könnte eine heiße Spur sein.

Folgende Ausgangslage:

Natürlich konnte *Birdman* wer weiß wer sein. Ein für Maria-Dolores gänzlich unbekannter Krimineller aus der Stadt oder dem Umland, oder sogar eigens für dieses Verbrechen aus dem Ausland angereist. War theoretisch möglich – aber doch sehr unwahrscheinlich. Wie hätte so jemand ausgerechnet auf die kleine Gonzales stoßen sollen? Nein, es sprach eigentlich alles dafür, dass *Birdman* ein Insider war. Jemand aus dem Hotel, der Job-Abläufe, Personal und Räumlichkeiten kannte. Und natürlich vom Gold-Toilettenpapier wusste.

Womit Evita bei ihrem Geistesblitz von heute Nacht war: Mal angenommen, das Fünftausend-Franken-Angebot mit dem Toilettenpapier-Klau hatte Maria-Dolores von einem Kerl aus dem Umfeld des Hotels erhalten. Im Castello Cavallo arbeiteten rund siebenhundert Angestellte, da war es unmöglich, jeden und jede persönlich zu kennen, noch dazu, weil die Costa Ricanerin erst seit wenigen Wochen hier angestellt war.

Logischerweise hätte sich der Kerl ihr nicht mit seinem richtigen Namen vorgestellt, wäre für ihn ja ein unnötiges Risiko gewesen. Vielleicht verwendete er stattdessen einen Decknamen, ein Alias, oder aber, und das schien Evita noch plausibler, gar keinen. Also musste Maria-Dolores improvisieren, kreativ werden, den Kerl für sich irgendwie benennen. Herr Niemand, Mister Unbekannt, Señor Gold-Toilettenpapier.

Oder aber – und jetzt kam die Evita-Theorie: Maria-Dolores gab ihm einen Namen aufgrund seines Äußeren.

Birdman – weil er sie an einen Vogel erinnerte.

Evita besaß auf ihrem Laptop noch immer eine Kopie von Wältis Hotel-Personalliste, und durch die klickte sie sich jetzt hindurch. Siebenhundert Halbkörperfotos minus alle Frauen. Welcher Typ hatte etwas Vogelmäßiges an sich?

Sie stieß auf einen Mitarbeiter der Gärtnerei, dessen Punker-Haarschopf an einen Wiedehopf erinnerte.

Das spitze Mündchen eines Lehrlings vom Front Office Management hatte was von einem Sperling.

Ein im Lohnbüro tätiger Buchhalter besaß den träg-klug-blasierten Blick einer Schleiereule.

Ein Sechzigjähriger aus der Wäscherei machte mit seinem schlaffen Kinnfleisch dem Kehlsack eines Pelikans Konkurrenz.

Und ein Angestellter vom IT-Support zeigte Statur, Körperhaltung, Fettverteilung und sogar Kleiderfarbwahl (weißer Rollkragenpullover, schwarze Hose, schwarze Weste) eines Pinguins. Evita schmunzelte, als sie dessen Namen las: Isidor Kalt. Manche Menschen hatten es wirklich nicht leicht im Leben.

Zwar alles komische Vögel, mitunter schräge Kauze, aber keine Aasgeier oder diebische Elstern oder schmarotzende Kuckucke. Keine einzige Biographie in den Dossiers der potenziellen Verdächtigen deutete auf einen möglichen *Birdman* hin. Keine Brüche im Lebenslauf, keine Unstimmigkeiten, keine Vorstrafen oder andere Augenfälligkeiten. Kein einziger Hinweis. Zurück auf Feld 1.

Es musste etwas anderes sein. Was sonst noch könnte Maria-Dolores dazu veranlasst haben, einen Kerl als Vogel zu bezeichnen?

Evita legte den Laptop beiseite, entknotete ihre Beine und schlurfte in die winzige Küchennische des Zimmers, wo sie sich auf der mobilen Einzelkochplatte (die nur zwei Stufen kannte – pipiwarm oder verbrannt) neuen Kaffee brühte.

Zurück auf der Couch googelte sie – mehr so aus

einer verzweifelten Banal-Laune heraus – die Suchwör-
ter-Kombi *Mensch* und *Vogel* und wählte die Bilder-
Darstellung.

Bild Nummer eins war eine Fotomontage – halb
Mensch, halb Tier – und zeigte einen habichtigköpfigen
Manager mit Anzug und Krawatte. Sollte wohl die Gilde
der Banker oder Erbsenzähler oder Gier-Tier-Kapitalis-
ten karikieren.

Bild Nummer zwei. Zeigte eine Rötel-Zeichnung des
abstürzenden Vogelmenschen Ikarus aus der griechischen
Mythologie.

Bild drei. War das Foto eines jungen Falkners, auf dessen riesigem Lederhandschuh gerade ein riesiger Greifvogel landete.

Bild vier. Ein Comic, ein Witz, der Klassiker: Ein Klapperstorch hält in seinem Schnabel ein Tuch mit einem
Neugeborenen drin.

Bild fünf. Stellte einen Ornithologen dar, der …

Evita stutzte – und war schlagartig hellwach.

Da meldete sich etwas in ihr, eine winzige Irritation nur,
ein Konfusionsmolekül bloß, nicht mal ein halber Mü-
ckenpupser. Tief in ihrem Kopf drin, in der hintersten
Ecke, im spinnwebigsten Gehirnwinkel, dort wo ein ru-
dimentäres Restchen Urmensch-Instinkt verstaubte, wo
ein letzter, verkümmerter Strang Echsen-DNA lagerte, wo
die vom modernen *Homoffice sapiens* längst vergessene
und eingemottete Gebrauchsanleitung für Bauchgefühl
und siebter Sinn archiviert war – dort sprühten gerade
die Funken.

Eines der Fotos hatte etwas in ihr ausgelöst. Un- und
unterbewusst. Evita schaute sich die Bilder nochmals an.
Der Gier-Tier-Kapitalist, Ikarus, Falkner, Klapperstorch
mit Baby …

Halt. Nochmals zurück.

Der Falkner.

Auf dem Farbfoto posierte ein junger Kerl in einem schwarzen Muskelshirt. Bestimmt noch keine dreißig, kahl geschorener Schädel, finsterer Blick (er versuchte wohl cool zu wirken: *Huaa, ich bin der Herr der Raubvögel!*), schwarze Tunnelohrringe, in der linken Augenbraue ein doppeltes Kügelchenpiercing aus Silber oder Titan, mehrere farbige Tattoos auf Finger- und Handrücken, auf den Unterarmen und seitlich am Hals. Er trug einen übergroßen dicken Lederhandschuh, auf dem eben ein Greifvogel landete, die geflashten Jagdpupillen weit aufgerissen, die gelben Krallen ausgefahren, die metrigen Schwingen ausgefächert.

Aber es war nicht der Kerl, nicht der Falkner und auch nicht der Vogel.

Sondern ein Detail. Eine Verzierung. Am Menschen.

Ein Tattoo.

Das am Hals. Eine Art Collage bestehend aus drei Adlern, zwei kleine und ein großer, im Sturzflug ineinander verheddert, aufeinander einhackend, wundpickend, als befänden sie sich im Luftkampf. Wie drei Jagdflugzeuge, zwei MIGs und eine F-16. Top Gun, aber auf Bio. Feder statt Flieger.

Das war die Lösung. Evita wusste es sofort. Fühlte sich in ihrem Kopf drin an wie eine Wunderkerze in stockdunkler Nacht: *Birdman* musste ein Vogel-Tattoo haben!

Ein sehr auffälliges, womöglich übergroßes. Deswegen wurde er von seinen Kumpels auch so genannt. War sein Spitzname. Und Englisch klang alleweil alles cooler. Vogel klang nach Ornithologe, Bird nach Desperado.

Abermals klickte Evita die Dossiers sämtlicher Angestellten durch. Wieder siebenhundert minus die Frauen.

Schon wieder siebenhundert minus die Frauen. Das würde wieder dauern. Einen Moment lang überlegte sie, ein Programmchen hierfür zu schreiben, eine Art Erkennungssoftware, wie damals für Wältis Toilettenpapier, nur jetzt für Vogeltätowierungen. Doch auch das hätte seine Zeit gebraucht. Dann doch lieber Handarbeit. Durchblätterübung. Fleißsichtung. Aschenbrödeljob – die schlechten ins Kröpfchen, die guten ins Töpfchen …

Draußen dämmerte es dann gerade – ein neuer Tag schälte sich aus dem Dunkel und bekam langsam Farbe, Form und Tiefenschärfe –, als Evita den Töpfchen-Treffer verzeichnete.

Sie war in überraschend vielen Dossiers auf Tattoos gestoßen. Hätte sie nicht gedacht, dass sich heutzutage so viele Menschen mit Tinte markieren ließen. Die Hotelangestellten zeigten sich mit Kreuzen, Stacheldraht, Gesichtern, Blumen, Sternen, Wörtern, Verliebtenherzen, Slogans in allerlei Sprachen, Fabelwesen, Glückssymbolen, Totenreichsujets und einer ganzen Menge Tiere aller Art (wieso bloß waren Schlangen und Spinnen so beliebt?).

Aber nur in einem Fall gab es Vögel.

Eine einzige Person präsentierte auf ihrem Halbkörperfoto einen regelrechten Adlerschwarm. Drei Tiere auf dem rechten, fünf auf dem linken Unterarm. Und Evita ging jede Wette ein, dass – hätte man dem Kerl die Kleider vom Leib gerissen – noch ein paar Vögel mehr erschienen wären.

Er hieß Diego Armando Vischer. Vischer mit V.

Der Mann war zweiunddreißig, hatte die Schweizer Staatsbürgerschaft und bei dem Vornamen ziemlich sicher einen fußballverrückten Vater gehabt. Vischer war gelernter Möbelschreiner, unverpartnert (soweit das die

HR überhaupt wusste oder was anging), kinderlos und – Evita vergaß zu atmen – vorbestraft.

Wegen Einbruchs hatte der Kerl achtzehn Monate im Gefängnis gesessen. Nach seiner Haftentlassung – das war vor zwei Jahren gewesen – hatte er im Zuge eines Wiedereingliederungsprogramms einen Job in den Werkstätten des Castello Cavallo gekriegt. Laut Personalabteilung hatte Vischer mit V sich seither nichts zuschulden kommen lassen und galt als tüchtiger, loyaler Mitarbeiter.

Und dann fand Evita noch ein Zückerchen: Diego Armando Vischer mit V war nach Abschluss seiner Lehre für ein Jahr nach Südamerika gegangen, wo er verschiedene Länder bereist und sporadisch (und wohl schwarz) als Handwerker gearbeitet hatte. Was bedeutete, dass er zumindest halbwegs Spanisch sprach. Was wiederum bedeutete, dass er sich mit Maria-Dolores Gonzales in deren Muttersprache unterhalten konnte, was ihr wohl Vertrauen gegeben, ein wenig Heimatgefühl beschert und sie zur leicht manipulierbaren Helferin gemacht hatte.

Das musste er sein. *Birdman.* Schweinekerl der.

Evita war sich sicher, den Richtigen gefunden zu haben. Den Rest würde sie auch noch herauskriegen. Zum Beispiel, was Vischer mit dem Gold-Toilettenpapier vorhatte, warum er Maria-Dolores zum Diebstahl angestiftet und sie später bei einem fingierten Verkehrsunfall versucht hatte umzubringen.

Evita zog sich aus und stieg in ihre winzige Eckdusche mit Falttür (die der Vermieter in die gleiche Ecke gequetscht hatte wie die Miniküche), blieb dort aber keine Minute, weil der verfluchte Boiler wieder einmal kaputt schien. Fröstelnd frottierte sie Körper und Haar, entschied sich für Jeans und T-Shirt (heute gelb mit blauem

Nirvana-Schriftzug) und montierte die Papageien an ihre Ohrläppchen.

Um acht wollten sie und Wälti sich wieder treffen. Im Taxibüro.

Um zwanzig nach sieben rief er an.

»Guten Morgen, Evita. Hören Sie, ich kann heute …«

»Wälti, ich habe den Kerl«, platzte sie heraus.

»Was, wen?«

»*Birdman*. Ich weiß, wer er ist.« Im Telegramm-Stil berichtete sie von ihrer Theorie und der Entdeckung. Nannte die wichtigsten Fakten, sprach über die Sache mit dem Tattoo, dem Adler, und servierte Wälti den Namen des Täters. »Na, wie findest du das? Schnappen wir uns heute diesen Vischer mit V noch vor dem Mittagessen?«

»Das ist schön, sehr schön. Gut gemacht, saubere Detektivarbeit. Gratulation. Aber ich kann heute nicht.«

»Wie jetzt?«

»Ich muss mit meiner Frau ins Spital. Ist ein Notfall.«

»Meine Güte. Schlimm?«

»Nein, nein, mit Anni ist nichts. Es geht um ihre ältere Schwester, Rosalie. Die ist heute Morgen in der Dusche ausgerutscht. Halt nicht mehr die jüngste – dafür immer noch die lauteste. Eine Dramaqueen, sage ich Ihnen. Zuerst Notarzt, dann Ambulanz, und jetzt liegt sie im Spital. Wundert mich eigentlich, dass sie keinen Rettungshubschrauber angefordert hat. Und vorhin hat sie meiner Anni am Telefon diktiert, welche Organe sie im Todesfall spenden wolle.«

»So schlimm?«

»I wo. Ich sagte doch: Dramaqueen. Den Unterarm hat sie sich gebrochen, sonst ist alles heil geblieben. Den Verstand einer Irren hatte sie schon vorher. Aber sie verlangt jetzt dennoch nach Anni und mir. Will uns an ihrem

Sterbebett haben, hat sie wortwörtlich gesagt. Jetzt und sofort. Saublöd, ausgerechnet heute, entschuldigen Sie bitte.«

»Okay, verstehe, du musst bei Tante Rosalie den letzten Öler spielen.«

»So ähnlich.« Wälti machte ein Geräusch, das wie ein verschluckter Gluckser klang.

»Wenn das so ist«, sagte Evita, »ziehe ich halt solo los und knöpfe mir den *Birdman* vor.«

Stille in der Leitung.

»Wälti?«

Weiter Stille in der Leitung.

»Bist du noch …«

»Das. Tun. Sie. Nicht.«

Evita hatte Wälti bisher nur in zwei Situationen mit ähnlich energischer, beinah gebieterischer Stimme erlebt: Einmal, als sie in seinem Taxi drin ihr Croissant essen wollte, und dann gestern erst, als sie seine rasierten Beine erwähnt hatte.

»Wo denken Sie auch hin?«, kanzelte er weiter. »So ein Alleingang ist viel zu gefährlich. Dieser Kerl hat Maria-Dolores umgefahren. Das ist ein Beinahe-Mörder. Mit solchen Leuten ist nicht zu spaßen. Ich denke sowieso, der Fall wird jetzt so langsam eine Nummer zu groß für uns. Wir sollten wohl Zweifel von der Hotelsecurity informieren und der wiederum die Polizei. Aber ganz sicher – ich will darauf Ihr Wort, Evita – ganz sicher wagen Sie sich nicht allein dorthin. Haben wir uns verstanden?«

Sie knurrte etwas.

»Sehr gut, sehr vernünftig von Ihnen. Hören Sie, ich muss … Anni ruft. Ich melde mich wieder. Schönen Tag noch.«

Diesmal machte Evita Tee anstelle von Kaffee – sie war

schon flatterig genug. Bestimmt eine halbe Stunde lang saß sie mit der Tasse in der Hand auf der Couch und starrte aus dem Fenster bis zum Horizont – was bei der Billigwohnlage die drei Meter entfernte Abblätterfassade der nächsten Wohnsiedlung bedeutete.

Am Ende wusste sie, was sie zu tun hatte. Weil *sie* es so wollte.

Es hatte eine Zeit gegeben in ihrem Leben – und die war noch nicht einmal lange her –, da hätte sie befolgt, was Wälti ihr gesagt hatte. Doch die Zeiten waren vorbei, genauso vorbei wie das Leben, das sie einst geführt hatte.

Ja, doch, sie würde das Ding allein durchziehen. Wälti-warnworte hin oder her.

Und Evita Mosimann machte sich einsatzbereit. Für einen weiteren bösen Tag. Alle ihre Tage waren böse zu ihr, manche mehr, manche weniger. Doch der hier könnte noch böser werden als die üblen üblichen. Also musste sie noch mehr Vorkehrungen treffen als sonst – um im Extremfall nicht auszuticken. Zu hyperventilieren. Oder gar den Verstand zu verlieren.

Sie griff nach dem Pinktarnfleckrucksack und kontrollierte ihr Standart-Notfallequipment, das sie tagsüber immer mit sich führte. Die kleine ovale Blechdose mit den getrockneten Kirschkernen (ein paar davon kippte sie jetzt schon in ihre Sneakers) sowie das Schächtelchen mit den Chili-Bonbons.

An einem stinknormalbösen Evita-Tag hätten die beiden Erste-Hilfe-Präparate gereicht. Aber nicht heute. Wenn sie allein Jagd auf Vischer mit V machen wollte, benötigte sie noch mehr Unterstützung.

Aus dem Wandschrank mit der abgeplatzten Holzimitat-Folie holte sie einen silbermetallenen Hartschalentrolley in Handgepäckgröße heraus. Mit wasserfestem roten

Filzstift hatte sie *Flashback-Bremsen* auf den Deckel geschrieben. Evita klappte den Koffer auf und suchte sich
zusätzliche Gegenmittel aus. Wählte ein fleischfarbenes
Gummiband, das sie über ihr linkes Handgelenk streifte
(bei Negativstress ließ es sich positiv fletschen), und
steckte dann auch noch ein Riechfläschchen mit Ammo-
niak in die Außentasche des Rucksacks.

Nachdenklich betrachtete sie die verbliebenen Utensi-
lien im Koffer – Igelball, Federstahlarmband, Therapie-
knete, Beiß-Halskette, Center-Shock-Kaugummis in den
Geschmacksrichtungen Cola, Apfel und Kirsche sowie
ein Nagelbrettchen – und klappte dann den Deckel wieder zu.

Übertreiben Sie es nicht, hatten die Therapeuten ihr geraten.

Aufs Beste hoffen, fürs Schlimmste planen – darum das
hilfreich-radikalste an Flashback-Bremsen einpacken.
Vischer mit V könnte ziemlich heftig reagieren. Und sie
dann eben auch.

Evita Mosimann zog los. Band ihr Haar zum Pferdeschwanz zusammen, hängte den Rucksack über ihre linke
Schulter … und blieb dann auf der Türschwelle stehen.
Urplötzlich und wie aus dem Nichts kamen ihr riesige
Zweifel. Sie wankte. War verunsichert. Vielleicht war ihr
geplanter Alleingang doch keine so gute Idee? Zu ris-
kant? Weil unprofessionell? Was, wenn sie an ihre Grenzen kam – oder gar darüber hinaus? Ihr Problem war,
dass sie heute mit sich allein war. Die rotzfreche Version
der Evita funktionierte nur mit einem Sparringspartner.
Sich selbst konnte sie mit ihren sarkastischen Sprüchen,
beißenden Bemerkungen und unverblümten Fragen nicht
beeindrucken. Darum war so ein Wälti an ihrer Seite halt
schon wahnsinnig praktisch. Aber solo …

Und wenn sie jetzt statt Wälti … Pablo fragte, ob er sie begleitete?

Minutenlang überlegte sie hin und her. War mal knapp davor, einzuknicken und aufzugeben, riss sich dann aber wieder zusammen, wägte wieder und wieder und nochmals Pro und Contra ab – und entschied sich schließlich und endgültig, den Soloeinsatz zu wagen. Verdammt, Sie schaffte das! Sie wollte das schaffen. War … ja, war wie ein Test. Sich selbst zu beweisen, dass sie auch solche Schwierigsteinsätze im Griff hatte. Wieder im Griff hatte. Endlich wieder.

Alles wird gut, redete sie sich selbst gut zu. Und am Ende des Tages hätte sie bestimmt eine Menge Abenteuerliches erlebt.

Oh, Pablo würde Augen machen, wenn sie ihm davon erzählte.

23

Mit einem geliehenen Citybike (Asim, der Schnarchsack aus dem vierten Stock, würde nicht mal bemerken, dass es für ein paar Stunden aus dem Fahrradkeller verschwunden war) fuhr Evita zum Castello Cavallo.

Wältis Schulkollege, der Pförtner, dieser Oberschnorri, fing sie diesmal bereits in der Auffahrt ab. Er stellte sich ihr einfach in den Weg und hob beide Hände wie ein Hohepriester. Evita bremste so brüsk, dass das Hinterrad ausbrach und eine fette Schwarzspur in den Asphalt reinkreischte.

Der Pförtner baute sich vor ihr auf. »*Gopferdeckel*, das solltet ihr Sattelrowdys doch jetzt so langsam wissen: Fahrradkuriere benützen die hintere Hotelzufahrt. Lieferanteneingang. Ist das denn so schwer zu begreifen?«

Evita stieg demonstrativ langsam vom Rad. »Der Herr Stöckli.«

Sie konnte förmlich sehen, wie die Rädchen im Archivabteil seines Kopfes drehten. Dann hatte er die richtige Schublade gefunden: »Ah, Sie sind's. Wältis neue Kollegin.«

»Sie haben es erfasst.«

»*Momoll*, das ist ja prima Werbung: Wenn jetzt schon ihr Taxileute mit dem Fahrrad kommt. Frau … Mosimann, stimmt's? Wältis uneheliche Tochter, gell.« Er hähähäte so laut über seinen Scherz, als habe er sich den eben zum ersten Mal selbst erzählt.

»Exakt, Mosimann.«

»Wo haben Sie denn meinen alten Kollegen gelassen?«

»Wälti ist mit wichtiger Kundschaft unterwegs. Und ich habe heute nochmals etwas im Hotel zu erledigen. Und weil gerade kein Wagen in unserer Taxiflotte frei war ...« Sie deutete auf ihr Bike.

»Jäso. Aha. Und ist erst noch gesünder, gell. Und ihr jungen Klimaleute macht ja gern einen auf Grün. Soll mir recht sein: Solange Sie sich hier nicht mit Sekundenkleber in der Auffahrt auf den Boden pappen ...« Diesmal stoppte erst ein feuchter Hustenanfall seine Flachlachsalven.

»Übrigens, gut, dass Sie jetzt noch herfahren«, krächzte er und wischte sich die Tränen aus den Augen. »Morgen ist dann hier überhaupt kein Durchkommen mehr.«

»Wegen des Gipfeltreffens?«

Stöckli Toni schaute sauer. »*Gopferdeckel*, ich habe dem Wälti doch gesagt, das sei geheim. Hat er sein Maul wieder nicht halten können, diese alte Plapperlise.«

»Er hat mir fast nichts verraten.«

»Würde ich ihm auch nicht raten. Hab ihn noch gemahnt, die Informationen seien streng vertraulich.«

»Wen erwarten Sie denn nun eigentlich?«, fragte Evita. Nicht, dass es sie wirklich interessiert hätte. Sie tat es vielmehr, um den Mann so abzulenken, dass er nicht etwa auf die Idee kam, sich näher für ihr heutiges Erscheinen zu interessieren. Der Herr Obergeheimniskrämer würde ihre Frage ohnehin nicht beantworten, sondern sich hinter den strengen Stillschweige-Richtlinien des Hotels verschanzen.

Doch bei Stöckli Toni brach gerade irgendein Damm. »Die Präsidenten der Länder Los Rivalora Sur und Los Rivalora Norte werden samt Ministern und Entourage im Hotel tagen«, plapperte er los. »Wissen Sie, das sind zwei Zwergstaaten in Südamerika. Musste selbst auch zuerst googeln, wo die überhaupt liegen. Wirklich zwei Winzlinge. Die Länder sind seit Jahrzehnten verfeindet miteinander; ab und zu wurde in der Grenzregion sogar geschossen. Aber jetzt wollen sie Frieden. Und genau der soll hier im Hotel auf neutralem Boden ausgehandelt und besiegelt werden. Aber mehr darf ich wirklich nicht sagen, Security-Order von ganz oben.« Er deutete mit dem Zeigefinger himmelwärts und schloss etwas gar salbungsvoll die Augen, als berate der Herrgott persönlich das Management des Hotels.

»Verstehe ich gut«, meinte Evita. »Dann dürfen Sie natürlich auch keine weiteren Interna ausplaudern.«

»Unter keinen Umständen. Und daran halte ich mich auch. In solchen Dingen bin ich sauber, wirklich. Da gibt es bei mir nichts. Übrigens: Habe ich schon erwähnt, dass jedes der beiden Länder eine ganze Hoteletage für sich erhält? Los Rivalora Sur bewohnt die gesamte sechste, Los Rivalora Norte gleich darüber die siebte Etage. Sie können sich ja gar nicht vorstellen, was das kostet. Das sind unsere Luxusstockwerke, alles Suiten, Service vom Feinsten.«

Evita war sich sicher, dass Stöckli Toni ihr ungefragt auch noch sämtliche Zutrittscodes im Hause verraten hätte. Stattdessen nutzte sie ihren Lauf und seine Hemmungslosigkeit und wollte von ihm wissen, ob er einen Hotelangestellten namens Diego Armando Vischer kenne? Nicht mit F, sondern mit V.

Der Pförtner überlegte so offensichtlich gekünstelt (inklusive Brummellauten und Intellektuellen-Kratzen an der gerunzelten Denkerstirn), wie Leute es tun, die die Antwort längst wissen, diese aber – um sich wichtig zu machen – noch etwas hinauszögern.

»Hm«, sagte der schlechte Schauspieler endlich. »Ich

glaube, wir haben da in der Schreinerei einen mit diesem Namen.«

»Genau den meine ich.« Evita spürte ein Kribbeln im Nacken.

»Meines Wissens wohnt der sogar auf dem Gelände.«

»Im Angestelltenhaus?«

Stöckli Toni nickte. »Ich sehe ihn auch ab und zu, wenn er Rauchpause macht. Steht dann mit seinen Kumpels bei der Marlboro-Eiche. So nennen wir den Ort hinter dem Komplex, wo die Süchtigen sich treffen.«

Evita wusste genug. Noch mehr nachfragen würde den Pförtner womöglich zu neugierig machen. Sie bedankte sich, wünschte einen schönen Tag und stieg wieder auf ihr Bike, als ihr noch etwas in den Sinn kam.

»Sie sind doch mit dem Wälti zur Schule gegangen, stimmt's?«

»Ja, wir beide kennen uns seit ein paar hundert Jahren.«

»Wie heißt er denn eigentlich mit Vornamen?«

Stöckli Toni gaffte sie an, als habe sie ihm eben ein gemeinsames Weekend in der Bilitis-Suite eines Lovehotels angeboten. Dann wurde er sehr verlegen.

»Äh, das ist jetzt wirklich noch blöd.« Diesmal schien das Kratzen an der Stirn echt. »Ich kann mich gerade beim besten Willen nicht erinnern. Für uns war er einfach immer nur ›der Wälti‹. Aber sein Vorname … Tschuldigung. Nein. Herrje, ich werde wohl alt.«

Hinter dem Hotel gab es für das Personal einen Fahrradunterstand, den Evita für ihr Leih-Bike benutzte.

Sie hatte eigentlich vorgehabt, schnurstracks zum Angestelltenhaus zu laufen, als ihr ein Duft in die Nase stach. Herb, stark und süßlich warm zugleich. Blaudunstaroma. Unverkennbar typisch. Zigarettenrauch.

Der Nase nach lief sie los, um ein paar Ecken, bis zur Rückseite des Hotelwestflügels, wo sich einer der Personaleingänge befand. Dort, vielleicht zwanzig Meter von der Pforte entfernt, stand ein Grüppchen Leute unter einem Baum und paffte. Das musste die Marlboro-Eiche sein, von der Stöckli Toni gesprochen hatte. Wo die Süchtigen Pause machten.

Evita zählte neun Personen. Sieben Männer, zwei Frauen. Drei trugen weiße Schürzen und kleinkarierte Hosen, wie es in Großküchen üblich ist. Zwei junge Männer hatten Slim-Fit-Anzüge und ebenso schmale Krawatten und Schuhe, eine der Frauen war in die Damenversion mit Businesskostüm gewandet. Und ein Maronenaugen-Typ in schwarzer Hose hatte die Ärmel seines weißen Hemds auf solche Weise hochgekrempelt, wie es Evita bei Barkeepern schon öfter gesehen hatte. Die restlichen Leute hatten die typischen Handwerker-Klamotten am Leib oder Serveruniformen oder waren in Zivil, weil wohl gerade am Ende ihrer Schicht oder kurz vor deren Beginn.

Nichts bringt wildfremde Menschen schneller miteinander in Kontakt, wie wenn sie sich zusammen vergiften.

Evita trat zur Gruppe und schnorrte eine Zigarette. Der Barkeeper bot ihr seine aufgeklappte Schachtel an und gab ihr Feuer.

Ob sie hier neu sei, wurde Evita gefragt.

Sie wich mit dem Allerweltswort »Praktikum« aus. Niemand war flüchtiger, unwichtiger, unterbezahlter und schneller wieder weg als Praktikeusen, das Kanonenfutter der modernen Arbeitswelt. Darum fragte auch niemand nach Evitas Namen. Warum ihn sich merken, wenn die Trulla mit den komischen Ohrringen in ein paar Tagen bereits wieder vom nächsten Menschenmaterial abgelöst wurde?

Es wurde geraucht und geplappert. Small Smoke Talk.

Dann mussten die Küchenleute gehen, die Business-anzügler ein paar Minuten später auch, schließlich die Handwerker.

Irgendwann war Evita mit dem Barkeeper allein.

Seine Augen, fand Evita, hatten tatsächlich die Farbe von Maronen. Er flirtete ein ganz klein wenig mit ihr, nur ein bisschen, nicht aufdringlich, nicht anzüglich, bloß so, dass sie es noch ganz angenehm fand. Er arbeitete tatsächlich in der Hotelbar und hieß Gabriel. Seine Hand fühlte sich stark und warm an. Evita war sich nicht ganz sicher: Er sprach zwar lupenreines Deutsch, und doch war da ein Hauch fremdländische Färbung mit drin.

Später, viel später, noch Monate später, würde sich Evita immer wieder fragen und vorwerfen, wie sie nur so leichtsinnig hatte sein können. So naiv. So unbedarft. Und doof.

Sie fragte Gabriel, ob er Diego Armando Vischer kenne. Vischer mit V.

»Diego – ja, klar. Der raucht manchmal auch mit uns. Was willst du von ihm?«

Später, viel später, noch Monate später, würde Evita sich fragen, ob wohl eine Art Biochemie-Cocktail in ihrem Blutkreislauf und Nervensystem drin gewesen war, der sie derart leichtfertig hatte werden lassen. Ein fataler Mix aus Neurotransmittern und Hormonen, aufgeköchelt wegen des Jagdfiebers nach diesem Vischer, angefacht von ihrer Nervosität, Angespanntheit und Sprungbe-reitschaft. Eine Menge Dopamin, Noradrenalin und En-dorphin, dazu Adrenalin und Cortisol. Und alles dann hochgeputscht und aufgeheizt durch das Nikotin dieser einen Zigarette, die sie inhalierte. War das alles zusammen schuld an ihrem fatalen Fehler?

Später, viel später, noch Monate später, würde Evita sich fragen, welcher Teufel sie geritten hatte, dass sie Gabriel fragte, ob er vielleicht schon einmal beobachtet hätte, wie besagter Vischer mit V ein paar Rollen des Hotel-Toilettenpapiers bei sich gehabt hatte. »Du weißt schon, diese exklusive Abwischware für die Suiten, die mit dem Goldrand.«

»Hey, jetzt, wo du es sagst …« Der Barkeeper sog den letzten Rest Nikotin aus der Zigarette, warf den Stummel auf den Kiesboden und zerdrückte ihn mit dem Schuhabsatz. »Ich habe Diego tatsächlich erst vor Kurzem beobachtet. Warte mal … ist vielleicht eine Woche her. Wir standen genau hier und rauchten, und da hetzte Diego vorbei mit einer Einkaufstüte in der Hand. So eine aus Papier, wie man sie beim Discounter an der Kasse für fünfzehn Rappen bekommt. Ja, und da haben wir ihm zugerufen, ob er eine mitpaffe. Er aber war im Stress, winkte ab, schaute kurz zu uns hin und war wohl einen Moment lang abgelenkt … Jedenfalls ist er gestrauchelt und konnte sich gerade noch so fangen, aber seine Tüte fiel zu Boden. Und da kullerten Toilettenpapierrollen heraus. Eben solche vom Hotel, die scheißteuren mit dem Gold. Vielleicht drei oder vier waren es.«

Hinter Evitas Brustbein brach ein Vulkan aus. »Wie reagierte Vischer auf sein Malheur? Sagte er etwas? Wo ging er danach hin?«

Der Barkeeper grinste frech und zwinkerte ihr zu. »Was sagtest du noch gleich? In welcher Hotel-Abteilung machst du ein Praktikum?«

Evita lenkte ab, indem sie einen Direktangriff startete. »Du weißt nicht zufällig, wo Vischer wohnt?«

»Na, dort drüben, im Personalhaus. Da haben viele von

uns ein Zimmer. Ich übrigens auch. Vielleicht darf ich dich ja mal einladen zu …«

»Kennst du seine Zimmernummer?«

»Warum willst du das wissen?«

»Ist privat.« Sie schaute zu Boden, schaukelte mit den Schultern und hoffte, er schlucke ihre Verliebt-Verlegen-Nummer.

Tat er. »Hoppla. Da hat es eine aber bös erwischt. So verknallt? Also wenn du mich fragst, ist Diego doch zwei Nummern zu klein für dich, ich wüsste da einen viel besseren.« Er lachte, breitete die Arme aus und präsentierte sich selbst. »*Moi.* Hey, ich bin wirklich nett.«

Evita versuchte zu lächeln, aber es geriet ihr wohl zur Fratze. Sie war jetzt extrem zappelig. Zu viel Nervosität, viel zu viel. Nicht gut. Kriegte sie das nicht gestoppt, würde das Hyperventilieren einsetzen. Sie musste schnellstens runterkommen. Mit dem Trick. Ganz bewusst ließ sie ihr Körpergewicht auf die Sneakers sacken – und spürte augenblicklich den stechenden Schmerz, als die Kirschkerne die Fußsohlen piesackten. Der extreme Reiz machte wach, weckte auf, bremste die Situation, reduzierte den Stress. So, wie es sein sollte. Wie sie es trainiert hatte. Wie die Therapeuten es ihr gezeigt hatten.

»Wer weiß, vielleicht komme ich später auf dein Angebot zurück. Du scheinst mir tatsächlich ein flotter Netter zu sein.« Sie versuchte es mit gönnerhaftem Augenzwinkern.

»Nett, flott – und gut aussehend dazu. Man nennt mich auch den George Clooney der Barkeeper.« Gabriel lachte jetzt auf diese ganz bestimmte lockere Weise, wie Männer es tun, die ihr Abblitzen bei Damen sportlich-elegant wegstecken können.

Evita lachte mit. Kirschkernpein und die humorvolle

Art des Mannes halfen ihr gerade sehr beim Herunter-
kommen.

»Soll ich dich hinbringen?«, fragte Gabriel plötzlich.
»Macht mir nichts aus. Hab noch zehn Minuten, bis
meine Schicht losgeht.«

»Wohin?«

»Na, zu Diegos Zimmer. Ich weiß, wo er wohnt. Ist
nicht ganz einfach zu finden.«

Später, viel später, noch Monate später, würde Evita
nachsinnen, warum sie spätestens in dem Moment nichts
bemerkt hatte. Warum zum Teufel ihr Instinkt nicht
Alarm geschlagen hatte. Sic stattdessen einwilligte und
dem Barkeeper folgte. Wie ein dummes, blindes Huhn.
Und baldiges Grillhähnchen.

»Diego hat ein spezielles Zimmer«, sagte Gabriel. »Er
wohnt im Soussol.«

»Wo?«

»Im Soussol, das Untergeschoß. Oder im Klartext: Die
haben dem armen Kerl einen Raum im Keller angedreht.
Na ja, selbst schuld, er hätte sich ja wehren können und
beim HR reklamieren.«

Der Barkeeper war dann auch noch ein Gentleman.
Beim Betreten des Wohnheims hielt er Evita die Tür auf.
Sie durchschritten den Eingangsbereich; vom kauzigen
Hausmeister war diesmal nichts zu sehen. Er saß auch
nicht in seinem Kabuff.

»Hier jetzt die Treppe hinunter.« Gabriel ging voraus
und knipste einen Lichtschalter an. »Gleich sind wir da.
Dass Diego hier unten hausen kann ... Also mir wäre das
definitiv zu muffelig und düster. Ist doch voll Scheiße –
ha, vielleicht hat er ja darum so viel Toilettenpapier ge-
bunkert.« Der Barkeeper hatte ein faszinierendes Lachen,
fand Evita. Dreckiger Bass mit etwas Timbre, als würde

Clint Eastwood den Batman spielen. Gefiel ihr. Fand sie sexy. Und sexy Männer machten frau halt nun mal schwach. Sie vertraute ihm. Warum auch nicht?

»Dort vorne, am Ende des Ganges ist sein Zimmer. Wir sind gleich da.«

Die Treppe war steil und schmal, der Gang sehr lang. Es kam Evita vor, als steige sie einen Stollen hinab, immer weiter ins Erdreich. Immer tiefer in die Unterwelt.

Es endete dann direkt in der Hölle.

24

Wältis rechter grauer Seitenscheitel war der Zeiger seines Daseinszustands.

In neunundneunzig Prozent seiner Tageswachzeit verlief die Frisurlinie wie mit dem Lineal gerichtet, und selbst beim Aufwachen am Morgen (Rückenschläferei sei Dank) wich der Scheitel nur minimal von der Idealkammlinie ab. Lediglich bei hochsportlichen Einlagen (Gartenarbeiten etwa, Unterhosenhausputzaktionen, Kleinstzwists mit Anni, wenn er sein frisch gewaschenes Taxi mit zwei Schichten Wachs einmassierte oder auf der Bühne seiner Quartier-Theatergruppe Shakes-Bier den feurigen Liebhaber mimte) konnte es passieren, dass einzelne Strähnen aus der Haupthaargruppe herausrebellierten.

Doch jetzt gerade hing ihm der gesamte Scheitel ins Gesicht.

Einige Stränge klebten an der schweißnassen Stirn, andere fransten wirr über Brauen, Nasenwurzel oder verdeckten gar die Augen.

Wälti sah aus wie ein Verrückter. Oder wie ein Langstreckenschwimmer ohne Badekappe. Oder wie Hitler im Führerbunker mit Wutanfall im Film *Der Untergang*.

Evita war weg. Verschwunden. Unauffindbar. Und er darum außer sich.

Gestern Abend spät noch und endlich wieder zu Hause – nachdem er sich einen ganzen Tag lang im Krankenhaus Schwägerinnensterbefantasienschwachsinn anhören musste – hatte er Evita zu kontaktieren versucht.

Seine SMS waren nicht beantwortet worden. Bei Whats-App kamen die Nachrichten erst gar nicht an – keine zwei Häkchen und blau schon gar nicht. Also rief er sie an. Doch es ertönte noch nicht mal ein Rufzeichen, stattdessen wurde sofort umgeleitet, und eine Frauenautomatenstimme blechelte, der gewünschte Mobilteilnehmer sei momentan nicht erreichbar.

Schon da hatte sich der Wältiwächter in ihm gemeldet. Zwar noch keine Sturmwarnung herausgegeben, aber doch schon mal eine Wetterverschlechterung angekündigt.

Heute Morgen dann hatte Wälti es erneut versucht. Ab unhöflich frühen sechs Uhr. Zuerst viertelstündlich, dann alle zehn, schließlich alle fünf Minuten. Erfolglos. Sie ging nicht ans Telefon. Wollte nicht. Mochte nicht. Oder – schlimmstmögliche Möglichkeit – sie konnte nicht.

Am Dispo-Desk in der Zentrale der Täxeler war auch keine Evita. Sie war nicht, wie gemäß Dienstplan, zur Morgenschicht erschienen, hatte auch nicht angerufen und sich entschuldigen lassen, sie sei verspätet oder krank oder Weltuntergang oder andere Ausrede. Kaiser junior war stinkesauer gewesen, hatte etwas von »Probezeit bestehen« und »Verantwortungsgefühl der Generation Y« lamentiert und dann die noch anwesende Frau Neeser bekniet, ihre Nachtschicht doch bitte noch ein wenig tagen zu lassen.

Wälti machte sich gigantische Sorgen. Weil er so eine Ahnung hatte.

Der Wältiwächter in ihm schlug nun definitiv Großalarm. Er musste handeln. Sofort. Meine Güte, war die unvernünftige *Gumslä* nun doch alleine losgezogen. Es ging um Leben und ... ja, schlimmstenfalls Tod.

Birdman hatte es bei Maria-Dolores schon mal versucht.

Und zum allerersten Mal in seinen dreiundvierzig Jahren Chauffeurleben log Wälti der Firma seine Unpässlichkeit vor. Verletzte wissentlich die Dienstpflicht. Missachtete das Taxifahrerethos. Sprang über seinen hochkorrekten Schatten – und machte einen auf plötzliche Grippesymptome. Er müsse schleunigst nach Hause ins Bett, jammerte er, nahm die Genesungswünsche der Belegschaft entgegen und legte den Rückwärtsgang ein.

Auf der Fahrt zum Castello Cavallo hörte er in den Radionachrichten, heute fände in der Stadt eine Friedenskonferenz statt. Bislang streng geheim gehalten, seien jetzt doch erste Informationen durchgesickert, und auf Anfrage habe die zuständige Bundesbehörde das Treffen bestätigt.

Von den beiden teilnehmenden Staaten – Los Rivalora Norte und Los Rivalora Sur – hatte Wälti noch nie gehört. Klang für ihn aber schwer nach Mittel- oder Südamerika. Oder doch eher Region Karibik? Der genau Austragungsort der Konferenz wurde im Radio nicht genannt.

Wälti verdrehte die Augen und dachte an Stöckli Toni.

Und genau der stoppte ihn heute bereits auf der Hauptstraße unten.

»Horror gerade hier, Wälti. Nicht mal die Auffahrt hochfahren darfst du. Alles abgesperrt.« Stöckli Toni schaute auf seine Armbanduhr. »Der Konvoi mit den Staatsmännern kommt in dreißig Minuten hier an.«

»Hab es vorhin im Radio gehört.«

»Ja, es gibt scheinbar Mitarbeiter bei uns, die einfach ihren Mund nicht halten können.«

Wälti vernahm weder Selbstironie, geschweige denn Selbstkritik in Stöckli Tonis Tonfall. »Wo bitte schön soll ich denn parken?«

Ein gemähtes Stück Wiesland, beinahe einen halben Kilometer vom Hotel entfernt, war zum provisorischen Abstellplatz für Wagen umfunktioniert worden. Dorthin schickte Stöckli Toni ihn jetzt.

Bevor Wälti losfuhr, fragte er: »Hast du gestern unsere neue Mitarbeiterin hier auf dem Areal gesehen?«

»Dein Neo-Töchterchen?«

»Nicht jetzt, Toni, bitte. Also, war sie hier?«

»Ja, und dann erst noch mit einem Velo. Wir haben uns unterhalten über …«

»Wohin wollte sie?«

»Weiß ich doch nicht.« Stöckli Toni schien ein wenig verschnupft ob Wältis brüsker Fragenstellerei.

»Hat sie sonst etwas gesagt oder gefragt?«

»Nach einem Hotel-Mitarbeiter hat sie sich erkundigt.«

»Vischer mit V?«

»Mit V – genau.«

»Und dann?«

»Nichts und dann. Dann ist sie gegangen.«

»Wieder weg?«

»Nein, zum Hotel hoch. Ich gab ihr den Tipp, dieser Vischer mache dort öfters Rauchpause, bei der Marlboro-Eiche.«

»Und sonst noch?«

»Nichts sonst noch. Oder doch … Sie wollte wissen, wie du eigentlich mit Vornamen heißt.«

»Ich muss los. Ist dringend. Tschüss Toni.«

Trotz seines Ausweises als temporärer Security-Mitarbeiter des Hotels hatte Wälti größte Schwierigkeiten, nur schon in die Nähe der Lobby zu gelangen. Da waren überall Absperrgitter und Plastikbänder und Männer in schwarzen Uniformen mit Ray-Ban-Sonnenbrillen und weißen Spiralkabeln um die Ohren. An mehreren Check-points musste er sich ausweisen, erklären, rechtfertigen und die Hosen herunterlassen, also sprichwörtlich, nicht buchstäblich. Durch einen Metalldetektor wurde er geschickt, und ein Deutscher Schäferhund beschnüffelte ihn. Sogar im Schritt.

Securitychef Zweifel wetzte in seinem Büro herum und brüllte etwas in sein Handy. Er sah aus, als stünde er kurz vor einem Nervenzusammenbruch. Rod-Steward-Frisur, das Augenweiß gerötet, die vorher schon dunklen Schatten unter den Augen waren jetzt finstere Höhlen, und selbst die blütenweißen Sneakers schienen Wälti heute hellgrau.

Als er Wälti in der Tür stehen sah, beendete er sein Brülltelefonat. »Oh Gott. Nicht Sie jetzt auch noch. Nicht heute.«

»Ich muss Sie aber ganz dringend ...«

»Keine Zeit.«

»Es geht um den Toilettenpapierdieb.«

»Scheiß drauf. Hab jetzt Wichtigeres zu tun. Sie sehen ja, was hier los ist.«

»Aber meine Kollegin ist verschw...«

»Raus!«

»Aber es ist wichtig. Ich kann ...«

»Raus! Wältiweg!«

»Ich möchte ...«

»Zwingen Sie mich nicht, die bösen Sonnenbrillenjungs zu holen.«

»Ich ...«

»Rausss!«

Wälti machte rechtsumkehrt. So, wie Zweifel gerade drauf war ... Er hatte keine Lust, bei dem Kerl eine Reanimation durchführen zu müssen. Herzmassage wäre ja noch gegangen, aber der Teil mit der Beatmung ...

In der Lobby fragte er einen Gepäckburschen nach dieser Camel-Eiche. Der schaute ihn nur verständnislos an – und fragte einen Kollegen, der aber ebenfalls keine Ahnung hatte, wovon Wälti sprach.

Im hinteren Teil der Halle wurde ein großes Willkommensbuffet eingedeckt. Es gab Getränke aller Art sowie kalte Häppchen auf Silbertabletts. Wälti fragte eine Service-Mitarbeiterin, die Champagnergläser auffüllte, nach dem Raucherplatz der Angestellten.

»Mann, doch nicht Camel«, antwortete sie und lachte Wälti an. Oder aus. »Marlboro heißt das. Die Marlboro-Eiche.«

Selbst, wenn man das Hotel verlassen wollte, wurde man gefilzt. Beim Hinterausgang musste Wälti erneut mehrere Leibesvisitationen, Bodyscanner, Sonnenbrillensoldaten und Schäferhunde über sich ergehen lassen.

Er roch die Eiche sofort. Etwa ein Dutzend Leute standen da und rauchten. Selbst hier herrschte Nervosität, wie Wälti beobachten konnte. An den Zigaretten wurde so hastig gezogen, als gelte es, sie binnen Sekunden auszusaugen. Und alle waren sie in Bewegung, wippten, tänzelten, scharrten im Kies. Wie Windhunde im Starthäuschen.

Wälti gesellte sich dazu und machte einen kapitalen Fehler.

Er zeigte seinen Ausweis.

Schlagartig brach das Geplapper ab, und alle starrten den Störenfried an. Die Blicke der Raucher nuancierten von angesäuert über vorwurfsvoll bis hin zu hasserfüllt.

»Nicht mal fünf Minuten Pause gönnt ihr uns«, blaffte ein krawattierter Blonder.

»Was will denn die Hotel-Stasi jetzt schon wieder von uns?«, haute einer mit Gärtnerschürze noch eins drauf.

Oh, er wolle sie keinesfalls beim Rauchen stören, entschuldigte sich Wälti. Nein, nein, die Damen und Herren hätten selbstverständlich ihre wohlverdiente Pause verdient. Bloß eine klitzekleine Frage. Er sei auf der Suche nach Diego Armando Vischer. Mit V.

»Diego?«, echote eine pickelgesichtige Rothaarige in Kochkluft. »Ist der denn frühzeitig zurückgekommen?«

Wälti verstand nicht. »Zurück?«

»Na, von seiner Weltreise. Ich dachte, der kommt erst Ende des Jahres wieder. Sagte er uns jedenfalls beim Abschiedsbier.«

»Der Herr Vischer ist also gar nicht anwesend?«

»Sag ich doch.« Die Köchin warf ihren Rauchgspändli einen genervten Blick zu.

»Und wie lange … ist er schon auf Reisen?«

»Seit drei Monaten.«

»Er ist also seit drei Monaten gar nicht hier?«

»Hast du was an den Ohren, alter Mann?«

In dem Moment trat ein Herr mit Frack und weißen Handschuhen aus der Hintertür. Sein Gesicht war voller Runzeln, er sah aus wie eine Walnuss und sprach wie ein Vorgesetzter. »Meine Damen und Herren.« Er klatschte in die Hände. »Es geht los. Der Konvoi ist in fünf Minuten hier. Bisschen hopphopp, wenn ich bitten darf.«

Ein Dutzend qualmende Kippen flogen synchron zu Boden, sah aus wie ein koordinierter Granatbeschuss für Ameisen. Die Leute murrten und stöhnten – aber gehorchten. Wer sein Jobglück bei Hotellerie & Gastro suchte, wusste nach kurzer Zeit, dass er auf einer Galeere angeheuert hatte.

Sie reihten sich vor dem Checkpoint ein und ließen Sonnenbrillenmänner und Schäferhund über sich ergehen.

Wälti blieb allein zurück. Neben ihm die Eiche. Über ihm eine sich verflüchtigende Schwade aus blauem Dunst.

Und ihm rauchte es gerade aus den Ohren. Vischer mit V war definitiv nicht *Birdman*. Konnte er unmöglich sein. Weil gar nicht hier. Schon seit Langem nicht mehr hier.

Warum war Evita dann trotzdem verschwunden?

Es gab nur eine Antwort, raunte der Wältiwächter in ihm. Sie war auf den richtigen *Birdman* gestoßen. Ohne es zu wissen. Und zu merken.

Jesses. Wälti schloss die Augen.

Er musste nochmals zurück zu Zweifel. Jetzt, sofort. Auch wenn der Securitychef ausflippen würde. *Wältiiiiii. Raussssss!* Gab keine andere Möglichkeit. Er musste ihm die ganze Geschichte erzählen, anders ging es nicht. Wälti brauchte hier gerade ganz dringend eine Großfahndung nach Evita. Und das ging nun mal nur mit Zweifels Segen und Hilfe und Gefluche.

Er lief zurück zum Hintereingang und wollte eben den Checkpoint passieren, als mehrere Angestellte aus dem Hotel kamen und sich vor der Sicherheitskontrolle anstellten.

Gegenverkehr. Wälti musste warten.

Die Hotelleute ließen die Prozedur stoisch über sich ergehen. Sie plapperten derweil weiter miteinander, machten Späßchen, sprachen dem Schäferhund zu, lachten, kasperten herum.

Und in dem Moment erkannte Wälti, wer *Birdman* war.

25

Der Häftling erwachte.

Evita lag am Boden. Die Knie zum Bauch gezogen, die gefalteten Hände ebenso. Wie ein Eichhörnchen. Oder ein Embryo. Ihr Kopf wollte platzen, übel war ihr auch. Und schwindlig.

Sie konnte sich nur noch erinnern, wie sie von Gabriel, dem Barkeeper – »so, hier sind wir. Das ist Vischers Zimmer« – vollkommen überraschend und brutal von hinten einen Schlag mit der Faust gegen ihre rechte Schläfe abgekriegt hatte. Ab da ... Filmriss.

Evita hatte keine Ahnung, wo sie sich befand.

Hatte sie am Ende alles bloß geträumt? War sie denn noch immer im Dschungel? Lag in ihrer Zelle, diesem zusammengeschusterten Gefängnis aus modrigen Palmholzbrettern, Tarnfleckplanen und Wellblechpolyester?

Aber nein, es roch hier drin ganz anders als im kolumbianischen Regenwald. Nicht dieser feucht-schwere Geruch, der an Kresse und Schimmelpilz erinnerte, an Matsch und Schmodder und mürbes Holz. Nein, hier drin roch es nach ... ja, genau: nach altem, kaltem Keller.

Sie war an Händen und Füßen fixiert, hart und dünn und scharfkantig fühlten sich die Fesseln an. Ziemlich sicher Kabelbinder.

Sie schlug die Augen auf. Um sie herum nur Finsternis.

Enge, Dunkelheit, Gefangenschaft und Ungewissheit – Evita drehte augenblicklich im roten Bereich. Pure Panik. Ihr Herz wollte aus der Brust springen, der Puls galoppierte, sie bekam Schweißausbrüche und die Atemfrequenz eines Kolibris.

Wieder. Genau. Wie. Damals!

Und alles kehrte schlagartig zurück. Eine schwarze, schwere Walze aus Gefühlen und Erinnerungen überrollte sie. Das hier war ein schwerer Anfall. Ein Rückfall, schon klar, der heftigste Flashback seit ihrer Befreiung.

Trotz Fesselung versuchte sie, ihre Schuhe mit aller Kraft gegen den Steinboden zu stemmen. Sie musste unbedingt die Kirschkerne spüren, wie die sich in ihre Fußsohlen bohrten. Anti-Angst-Akupressur.

Schmerz half. Schmerz beruhigte. Schmerz war der Schockgeber für ihren Restart. Darum bitte noch mehr davon.

Obwohl ihre Handgelenke vom Kabelbinder straff zusammengepresst wurden, gelang es ihr mit Zeigefinger und Daumen der rechten Hand, das Gummiband am anderen Handgelenk in die Länge zu ziehen und zurückfletschen zu lassen. Einmal, zweimal, wieder und wieder und noch einmal. Fletsch und klatsch. Gummi auf nackte Haut. Fletsch und klatsch. Und jedes Mal ein Kick-Schmerz, der ihren negativen Gedankenfluss für eine Millisekunde unterbrach – und sie nicht wahnsinnig werden ließ.

So hatte Evita es gelernt und trainiert, um bereit zu sein, wenn sie wieder im normalen Leben draußen war und urplötzlich ein Flashback kommen sollte und sie überrollen wollte.

So hatten es ihr die Therapeuten beigebracht. In dieser Reha-Spezialklinik in Kolumbiens Hauptstadt Bogotá.

Nachdem sie befreit worden war.

26

Neun Monate zuvor

Und dann kam endlich der Tag, von dem Evitas Papa immer gesprochen hatte. Auf den er hingefiebert hatte.

Paul Mosimann ging in Frühpension.

Sobald er dann Rentner sei, hatte er seiner Frau und der Tochter immer wieder versprochen, würden sie diese Reise machen, von der sie schon so lange träumten: Eine Expedition zu den *Los Ángeles de Piedra* – den legendären Engeln aus Stein.

Vor über zwei Jahrzehnten hatten die Schweizer Behörden Paul Mosimann, hoch dekorierter Bundespolizist und Spezialist für Betäubungsmittel, nach Bogotá entsandt. Es existierte damals eine intensive internationale Zusammenarbeit zwischen den meisten Ländern Europas und Kolumbien. Man bekämpfte gemeinsam die unvorstellbaren Mengen an Drogen, die von Südamerika in die alte Welt geschmuggelt wurden. Das Programm trug den Namen PAD – *Programa AntiDroga*. Da die Schweizer Städte beim Kokainkonsum im europäischen Vergleich einen Spitzenplatz einnahmen (praktisch gleichauf mit Amsterdam und Antwerpen), sah sich die Regierung in der Pflicht, das PAD mit einer beträchtlichen Summe zu unterstützen. Sowie einen Fachmann zu entsenden.

Der käsebleiche Mosimann – die Kolumbianer nannten ihn darum *Swiss Cheesyman* – machte sich vor Ort erstaunlich schnell einen Namen. Seine Arbeit galt als hervorragend, effektiv und äußerst erfolgreich. Eine Vielzahl Drogenlabore (die meisten im Urwald versteckt), auf Kokaintransport spezialisierte Organisationen sowie mehrere mittelgroße Kartelle in den Städten Villavicencio, Valledupar und Cúcuta flogen nicht zuletzt dank Mosimanns unermüdlichem Einsatz auf. Im Übrigen galt er als absolut unbestechlich.

Als vier Jahre später die Schweizer Behörden, angeblich aus Spargründen, ihre finanzielle Beteiligung am PAD einstellten und den ausgeliehenen Experten zurück in die Heimat beorderten, kündigte Mosimann seinen Job beim Bund, gründete seine eigene Firma in Bogotá, mietete Büroräumlichkeiten, stellte eine Sekretärin ein und beriet die Regierung Kolumbiens weiterhin im Kampf gegen Drogen.

Mosimann hatte beschlossen, hierzubleiben. Land und Leute gefielen ihm. Aber am allermeisten faszinierte ihn Isabella Vélez.

Die junge kolumbianische Mathematiklehrerin und er heirateten und bekamen eineinhalb Jahre später ein Kind. Es sollte ihr einziges Kind bleiben. Ein Mädchen. Evita.

Einmal im Jahr reiste die ganze Familie für zehn Tage in die Schweiz, wo sie Skiurlaub machten und Pauls Familie und Freunde besuchten. Ihre Heimat aber blieb Kolumbien, und nur im absoluten Notfall – das versicherte Paul seiner Familie immer und immer wieder – käme eine Rückkehr in die Schweiz infrage.

Nach ihrer Schulzeit an einem Spanisch-Deutschen-Gymnasium kombinierte Evita die von ihren Eltern geerbten Talente miteinander – Knallhartlogik und Mathematik von der Mama, systematische Informationsverarbeitung und Einfühlungsvermögen in alles Illegale vom Papa –

und begann an der *Universidad Nacional de Colombia* mit dem Studium der Informatik.

Sie war jetzt im neunten und letzten Semester und würde nach den langen Ferien ihren Abschluss machen. Es waren die Ferien, in denen ihr Papa pensioniert wurde. Die Ferien, in denen die Familie ihren Dschungeltrip plante. Oh, es würde ein unvergessliches Abenteuer werden.

Die *Los Ángeles de Piedra* waren erst vor drei Jahren von der UNESCO auf die Weltkulturerbe-Liste gesetzt worden, was ehrenvoll klingt, aber heutzutage angesichts der inflationär gehandhabten Titelvergabepraxis der UNESCO nicht mehr viel zu bedeuten hatte (die Auszeichnung wurde mittlerweile jedem in die Jahre gekommenen Straßenkreisel zuteil).

Bei der Sehenswürdigkeit handelte es sich um eine prähistorische Ansammlung von achtzehn Engelsfiguren aus Sandstein, jeder beflügelt, über zehn Meter hoch und von Menschenhand gehauen. Noch immer rätselten Archäologen über Ursprung und Machart der Monumente.

Vieles war unklar, einiges Mythos, manches Hokuspokus.

Die plausibelste Erklärung der Wissenschaft lautete, die Yamboduni, ein längst ausgestorbenes indigenes Urwaldvolk, hätten die Riesenengel aus Stein zur gleichen Zeit erbaut wie die Ägypter ihre Pyramiden. Nicht wenige Menschen im streng katholischen Kolumbien glaubten jedoch, Gott persönlich habe die Engel auf die Erde gesandt und im Dschungel Aufstellung nehmen lassen. Und ein berühmter US-Bestsellerautor, ein Anhänger der pseudowissenschaftlichen Prä-Astronautik, schrieb in seinem millionenfach verkauften Sachbuch, die *Los Ángeles de Piedra* seien die Hinterlassenschaft einer außerirdischen Intelligenz.

Im Gegensatz zu vielen anderen uralten Kultstätten in Südamerika – etwa die Ruinenstadt Machu Picchu in den Anden Perus oder Tiahuanaco im Westen Boliviens – wurden die Steinengel nur von wenigen Touristen heimgesucht. Der Grund dafür war ihr Standort. Weit ab jeder Zivilisation in einem Regenwaldgebiet, das als sehr unwegsam und schwer zugänglich galt. Keine einzige befestigte Straße führte dorthin, es existierten bloß Trampelpfade durch den Dschungel. Wer die Kultstätte besuchen wollte, musste einen strapaziösen Fußmarsch auf sich nehmen. Drei Tage hin, drei Tage zurück.

Genau das hatten sich die Mosimanns vorgenommen – obwohl der Ausflug als nicht ganz ungefährlich galt. Zum einen war der Dschungel in jenem Gebiet besonders dicht, heiß und feucht und voller seltsamer kreuchender Kreaturen, zum anderen trieben dort noch ein paar andere Blutsauger ihr Unwesen – die *Guerilleros*.

Jahrzehntelang hatten verschiedene paramilitärische Gruppierungen gegen die Regierung gekämpft. Offiziell herrschte in Kolumbien seit dem Jahre 2016 Frieden, doch ein paar Rebellen glaubten weiterhin an die blutige Revolution und eine marxistisch-leninistische Zukunft. Es kam in jenem Gebiet immer mal wieder zu *pinchazos*, wie die Regierung sie betitelten – Nadelstichen. Es gab kleine, kurze Scharmützel zwischen Aufständischen und dem Militär oder der Polizei, ein paar Verletzte, zwei oder drei Tote, danach die aufgeblasene Pressekonferenz eines wichtigtuerischen Verteidigungsministers und riesige Schlagzeilen in der Presse.

Und in ganz seltenen Fällen wurden Touristen von den Rebellen gekidnappt und gegen Lösegeld freigelassen.

Der letzte Entführungsfall war allerding über fünf Jahre her.

Von daher hielt Familie Mosimann ihre Expedition für verantwortbar.

In der zweiten Nacht wurden sie von einem wilden Haufen bewaffneter *Guerilleros* überfallen, aus ihrem Zelt verschleppt und entführt. Nach einem fünftägigen, äußerst strapaziösen Marsch erreichten sie ein von den Kidnappern betriebenes, verstecktes Camp im Dschungel. Die Geiseln wurden in winzigen Holzhütten eingesperrt: Je eine Zelle für die Eltern Paul und Isabelle und eine für Evita.

Nach vierundfünfzig Tagen in Gefangenschaft starb die Mama. Irgendeine Krankheit wahrscheinlich, meinte der Chef der Kämpfer lapidar. Oder eine Blutvergiftung. Vielleicht auch das Herz oder ein anderes Organ. Oder ihre Lebensuhr sei ganz einfach abgelaufen gewesen.

Isabella Mosimann-Vélez wurde im Dschungel beigesetzt. Ohne Priester. Ohne Sarg. In einem kaum ein Meter tief geschaufelten Erdloch. Der Ehemann sprach ein paar Worte und rezitierte ihr Lieblingsgedicht vom kolumbianischen Lyriker Rafael Pombo. Und Evita sang ihrer Mama zum Abschied das Gute-Nacht-Lied, mit dem sie selbst als Kind in den Schlaf begleitet worden war: *Arroró mi niño*. Isabellas Grab wurde mit einem Holzkreuz markiert, auf dem ihr Name eingekerbt war.

Sie war zweiundfünfzig Jahre alt geworden.

Nach 112 Tagen Gefangenschaft stürmte eine Sondereinheit der Polizei das Camp und befreit die Geiseln. Paul Mosimann kam während des Schusswechsels ums Leben.

Nach einem elftägigen Spitalaufenthalt im *Centro Médico de la Sabana* in Bogota, wo man sich primär um ihre körperlichen Wunden kümmerte, wurde Evita in eine Spezialklinik überführt. Dort lernte sie in einer dreiwöchigen Therapie, mit ihren Ängsten und Traumata umzugehen. Und allerlei Tricks für den Alltag, um gegen ihre Dämonen anzukämpfen.

Wieder zurück in ihrer angestammten Umgebung, ihrem Alltag, dem Elternhaus in Bogotá, realisierte Evita, dass die schrecklichen Erlebnisse sie hier nie mehr in Ruhe lassen würden. Sie musste fort, so weit weg es nur ging. Also reiste sie in die Heimat ihres Vaters, in seine Geburtsstadt, auf der Suche nach Frieden und einem Neuanfang.

Vielleicht würde sie irgendwann ihr Informatikstudium an einer Schweizer Universität wieder aufnehmen. Vorerst aber wollte sie einfach nur Ordnung, Regelmäßigkeit und wohlige Banalität in ihr Leben bringen.

Und Ruhe. Weswegen sie eine Arbeitsstelle suchte, die möglichst friedvoll, geregelt und nur ja nicht ambitiös war. Was am ehesten in nostalgisch anmutenden Berufsbranchen zu finden war.

So stieß Evita Mosimann auf das gute alte Taxigewerbe.

Via Internet-Jobbörse fand sie eine Anstellung als Disponentin. Sie hatte zwar keine Ahnung, was genau sie da zu tun hatte, begriff aber immerhin, dass sie die Fahrer möglichst effizient und gewinnbringend herumdirigieren musste. Das fand sie easy, hörte sich einfach und machbar an. Zumal die meisten Chauffeure Männer nahe dem Pensionsalter waren. Von A nach B musste sie die Täxeler schicken, dann wieder zurück nach A, und wenn es hochkam via C. Und im Ausnahmefall kam mal noch ein D dazu. Mehr Stress gäbe es nicht. Eine unspektakulärere Tätigkeit konnte sich Evita schwerlich vorstellen. Der Job war perfekt für sie – weil wunderbar reizlos. Genau, was sie suchte. Was sie brauchte – wenn sie zurück in die Spur finden wollte.

Herrlich heilsam langweilig.

27

Er war es. Ganz ohne Zweifel. Irrtum ausgeschlossen. Und er war tatsächlich – oh, ja, und wie – ein Vogelmann.

Wälti hatte den *Birdman* vor sich.

Allerdings so ganz anders, als er und Evita gemutmaßt hatten. Der Mann hier hatte äußerlich absolut gar nichts Federviehmäßiges an sich. Weder Tattoos, noch Schmuck noch Frisuren- oder Gesichtsverwandtschaften erinnerten an einen Vogel, keine ähnlichen Körper- oder Kopfbewegungen oder Ticks, es war auch nicht die Gangart oder sein Blick.

Aber es waren seine Laute. Die Töne, die er von sich gab.

Er imitierte Vogelstimmen.

Der Kerl gehörte zur Gruppe der Hotelangestellten, die eben aus dem Hinterausgang gekommen waren und jetzt beim Checkpoint warteten, bis sie an der Reihe waren.

Wälti stand einfach nur da, erschlagen von der Offenbarung, paralysiert von der Erkenntnis, und starrte den *Birdman* aus der Ferne an.

Er schätzte ihn auf Anfang, höchstens Mitte dreißig. Während Statur und Frisur absolut unauffällig durchschnittlich waren, stachen seine dunkelbraunen Augen aus einem durchaus attraktiven und freundlichen Gesicht hervor. Irritierte Wälti stets kolossal, wenn Bösewichte wie Nettewichte ausschauten. Halunken hatten gefälligst Fratzen zu zeigen.

Zu einer schwarzen Anzughose mit Bügelfalten trug er ein weißes Hemd, dessen Ärmel er bis knapp unter die Ellbogen hochgekrempelt hatte. Wälti vermutete ihn im Service des Hotelrestaurants.

Während *Birdman* mit seinen Arbeitskollegen plauderte und lachte, pfiff er dazwischen immer mal wieder eine Piepmelodie. War wohl so eine Art Tick von ihm. Er konnte nicht anders. Flötete, zwitscherte, trillerte, zirpte. Gab ein ganzes Vogelkonzert.

Und absolut täuschend echt, das konnte Wälti weiß der Kuckuck beurteilen. Wusste er aus jahrzehntelanger Schulung. Seit seiner Hochzeit hatte er sich, nicht ganz freiwillig, zum Hobby-Ornithologen gemausert.

Wie oft hatte Anni ihn an Wochenenden zu gemeinsamen Waldspaziergängen mitgeschleppt, ihn dort auf Vogelgesänge aufmerksam gemacht und genötigt still zu stehen, zu lauschen, genau hinzuhören und ihm dann einen Vortrag gehalten, es handle sich um diese oder jene Vogelart. Sie hatte ihrem Gatten die Nuancen des Geträllers erklärt – »jetzt lausch doch genau hin, Wälti, man vernimmt ganz deutlich das zwei- oder dreisilbige Tonmotiv der Kohlmeise« –, ihn darüber hinaus auch noch gleich über die Verhaltensart dieses Vogels aufgeklärt, über dessen bevorzugte Nahrung (inklusive Abstecher in die Welt der Insekten), seine natürlichen Feinde, wo er sich am liebsten aufhalte, wie er seine Jungen aufziehe, und in welchen südlichen Gefilden er überwinterte. Halt genau so, wie Fräulein Zimmerli (bevor sie Frau Wälti wurde) das früher im Naturkundeunterricht ihren Grundschulkindern eingetrichtert hatte.

Von daher musste man einem Wälti nicht erklären, was da gerade alles an menschgemachten Vogelstimmen erklang.

Er beobachtete *Birdman* ganz genau, achtete auf dessen Mundhandwerk und Lippenakrobatik. Wie er Ober- und / oder Unterlippe spitzte, verzog, kräuselte, einstülpte oder vibrieren ließ und so die Töne modulierte. Mal rund und warm, mal aus tiefster Krächzkehle oder dann überscharf in den Konturen, wie eine singende Säge.

Wälti sah die Vögel quasi vor sich.

Da erklang das fünfsilbige Gurren einer Ringeltaube, die mittlere Silbe in typischer Manier betont und länger gezogen.

Dann der metallische Klang der Kohlmeise, als schlage ein Hämmerchen auf einen winzigen Amboss.

Voll im Ton, ein melodisch getragenes Pfeifen, sehr feierlich – typisch Amsel.

Der Spatz mit seinem kurzen, scharfen Tschirpen.

Vielfältige Triller, unterbrochen von lang gezogenen, wohlklingenden Tönen … wie es nur die Nachtigall fertigbrachte.

Und finalmente bot *Birdman* gar eine kleine Vogeloperette. Ließ ein Rotkehlchen auftreten. Beginnend mit einer Reihe hoher, klarer, feiner Töne, um dann in eine schnellere, perlende Strophe mit melodischem Klang überzugehen. Dann plötzlich … Gefahr im Verzug, eine Hauskatze womöglich? Das Rotkehlchen warnte seine Artgenossen zuerst mit einem feinen Weckton, der wie ein »zie« klang, gefolgt von einem hektischeren Alarmruf – die Katze schlich näher –, ein kurzes, hartes »tik«, das in wiederholenden Serien ertönte. Ende der Geschichte.

Wältis Ohren machten große Augen. Doch, doch, *Birdman* trug seinen Spitznamen zu Recht.

In dem Moment durfte auch der Kunstpfeifer – als Zweitletzter in der Warteschlange – den Checkpoint passieren. Doch im Gegensatz zu seinen Kollegen, die sich bereits um die Marlboro-Eiche gruppiert hatten und rauchten, lief er weiter. Sehr zügig, beinahe schon hektisch, immer wieder auf seine Armbanduhr schauend, als sei er in großer Eile, als müsste er unbedingt exakt zu einer gewissen Uhrzeit irgendwo eintreffen. Oder jemanden treffen. Oder etwas tun. Zum Beispiel auf einen Knopf drücken, der etwas auslöste.

Wälti erstarrte. Und der Wältiwächter in ihm presslufthämmerte drei Wörter in die Hirnrinde: »Bombe« und »Politiker« und »Attentat«.

Birdman begann jetzt gar zu rennen. In Richtung Angestelltenwohnheim.

Und Wälti hinterher.

28

Der Häftling war kurz davor, das Bewusstsein zu verlieren.

Bei wirklich extremen Flashbacks, davor hatten die Therapeuten Evita mehrfach gewarnt, könnten ihr Hyperventilieren, der geschockte Kreislauf sowie die Überreizung der Nerven eine Ohnmacht verursachen. Notabschaltung quasi.

Die Kirschkerne schmerzten zu wenig, das Gummiband war irgendwann gerissen. Totale Dunkelheit, Enge und Beklemmung gaben Evita den Rest. Geist und Körper wollten kollabieren.

Dann plötzlich – ein greller Blitz. Das Licht im Keller ging an.

Vor lauter Schreck und optischem Weh kniff sie die Augen zusammen, und ihr ohnehin schon zusammengekrümmter Körper zog sich reflexartig noch mehr zusammen. Das Nächste, was sie wahrnahm, waren sich nähernde Schritte.

Er kam zurück.

Sie hielt die Augen weiterhin fest geschlossen. Wollte nichts sehen. Wenigstens dieser eine kleine Schutz vor der brutalen Welt da draußen – wegschauen. Die Ohren allerdings ließen sich nicht einfach so verschließen.

»Aha, da ist jemand aufgewacht.«

In der Tat: *Er*. Anders wollte Evita ihn nicht nennen. Sie hatte seinen richtigen Namen aus ihrem Kopf verbannt und ihn damit bewusst entmenschlicht. Monster trugen keine Engelsnamen wie Gabriel. Darum bloß *Er*. Machte es für sie irgendwie erträglicher.

»Es tut mir leid, dir wehtun zu müssen. Aber warum musstest du auch so neugierig sein? Halte noch etwas durch. In ein paar Stunden findet dich hier jemand, und du bist wieder frei.«

In ein paar Stunden … wäre sie längst wahnsinnig geworden. Nervenzusammenbruch, Kernschmelze im Kopf. Totaler Kontrollverlust. Evita, das Gemüse.

»Und falls du dich fragst, warum du hier …«

Er stoppte mitten im Satz. Gleichzeitig vernahm Evita ein hässliches Geräusch – dumpfknackig und metallen zugleich –, als würde jemand eine Wassermelone auf der Kante eines Eisentischs entzweischlagen, nahtlos gefolgt von einem schweren, nassen Kleidersack, der auf den Kellerboden pflatschte.

Dann laut und aufgeregt: »Evita, Gott sei Dank.«

Wälti.

Noch bevor sie ihre Augen öffnen konnte, fühlte sie seine Hände. Zwei zittrige Fingerkuppen an ihrer Halsschlagader.

»Ich … bin … nicht tot.« Evita brachte nicht mehr als ein scherbelndes Flüstern zustande und flackerte die Augen auf. Der Herr Wälti – bleich und schweißnass. Er kniete neben ihr am Boden. Mund und Augen weit aufgerissen. Ein Steckdosengesicht.

»Evita. Sie … Geht es Ihnen gut?«

Selbst dieses eine kleine Nicken bedeutete für Evita einen ungeheuren Kraftaufwand. Ihr Körper hatte noch immer sämtliche Systeme heruntergefahren, das Hirn vollgestopft mit in Honig getränkter Watte. Alles reiner Eigenschutz. Notabschaltung. Stand-by vor dem Goodbye.

Aus seiner Hosentasche zog Wälti ein Taschenmesser, klappte das Scherchen auf und schnitt die Kabelbinder an Evitas Händen und Füßen durch.

Sie entfaltete sich mit einem Stöhnen, streckte die eingeschlafenen Glieder, blinzelte und probierte, ihre Umgebung wieder wahrzunehmen. Die Welt scharf zu stellen. Hinter Wälti lag *Er* bäuchlings am Boden. Reglos, die Arme grotesk abgewinkelt. Aus einer Wunde am Kopf sickerte ziemlich viel Blut. Und neben seinem Oberkörper lag ein roter Handfeuerlöscher.

»Jesses, Sie sind ja völlig durch den Wind? Ich rufe einen Arzt.« Wälti holte aus der Innentasche seiner Wildlederjacke das Handy.

»Mir geht … es … gut.« Sie versuchte sich mit den Ellbogen vom Boden hochzustemmen, schaffte aber bloß wenige Zentimeter und sackte zurück.

»*Sternefoifi*, ich sehe doch, wie Sie aussehen und leiden.« Er tüpfelte auf dem Handydisplay herum, zischte aber mehrmals genervt, weil er sich wohl vertippt hatte. »Herrje, ich zittere ja wie ein alter Mann.«

»Wälti?«

Er bückte sich wieder zu ihr hinunter. »Was kann ich tun?«

»Atten… tat.«

Wieder sein Steckdosengesicht. Dann nickte er vehement. »Ja, ja. Genau das Gleiche ging mir vorhin auch durch den Kopf. Ein Anschlag auf diese Politiker aus Südamerika?«

Ihr Krächzen bedeutete wohl ein Ja.

Wälti zeigte auf den reglosen Körper hinter ihm am Boden. »Glauben Sie, dass das ein Terrorist ist? So ein richtiger? Wie damals Osama bin Laden?«

»Du musst … Hier … im … Keller. Be… weise.« Sie klang wie ein Papagei, der langsam erwürgt wurde.

»Jesses, Sie glauben, der Terrorist hat seine Bombe hier drin gebaut?«

Ohne ihre Antwort abzuwarten, stand Wälti auf und schaute sich im Raum um. Drei Leuchtstoffröhren an der Decke ergrellten den Keller. An der Wand gegenüber der Tür stapelten sich Dutzende sorgfältig verschnürte Bündel Altpapier bis unter die Decke. An der Wand rechts ragten zwei Metallregale hoch, die Stahldraht-Tablare voller Putzsachen, Kübel und Flaschen, Dosen, Scheuerschwämme, Fegbürsten, Lappen und farbige Putzfäden. Gleich daneben prangte an der Wand eine riesige rechteckige Platte aus grauem gelochten Metall mit einer Menge kleiner Haken, an denen allerlei Werkzeug hing, wie Hammer, Zange und Säge. Und dann stand da noch eine große Hobelbank, alt und altmodisch, aus schwerem dunklen Holz, massiv, abgeschrammt, mit einem fix montierten Schraubstock aus gebläutem Metall.

In der Mitte der Hobelbank lagen zwei Rollen Toilettenpapier. Mit Goldrand.

Der Wältiwächter flüsterte ihm zu, vor ihm befände sich die Lösung des Rätsels. *Trau dich näher, schau genau hin, aber pass auf!*

Vorsichtig, als befürchte er von der Hobelbank einen elektrischen Schlag zu bekommen, schlich Wälti näher. Einem ersten natürlichen Reflex folgend wollte er die Rollen in die Hand nehmen und begutachten, doch dann entdeckte er die giftgrünen Gummihandschuhe, die zusammengewurstet danebenlagen. Die Sorte kannte er. Die Farbe war Programm. Giftgrün schützte vor ebendiesem. Solche hatte er auch mal verwendet, als er daheim die Holzwände seiner Gartenhütte mit einem ätzenden Flüssigzeugs abgelaugt hatte.

Also fasste er die wc-Rollen nicht an.

War da etwa in jeder eine Minibombe drin versteckt? Möglicherweise schon scharf? Vielleicht mit Bewegungsauslöser? Oder Kreiselneigungskompass? Oder, noch perfider, mit einem Zeitzünder? Wie viele Minuten blieben ihm noch? Oder bloß Sekunden?

Und so, liebe Trauergemeinde, nehmen wir heute Abschied von unserem lieben Wälti, der von einer explodierenden Toilettenrolle direkt ins ewige Taxidepot spediert wurde.

Am linken hinteren Rand der Hobelbank lag eine graue Plastikschale, ähnlich dieser Ablagefächer in Wältis Büro, in die er stets Quittungen, Notizzettel, Einkaufslisten und Rechnungen hineinlegte, Dinge zum Demnächst-Erledigen halt. In der hier lagen eine hellgraue Atemschutzmaske mit Ausatemventil sowie eine Pipettenflasche aus braunem Glas mit orangem Gummisauger. So ähnlich sah daheim Annis Arznei bei Heuschnupfen aus; nur war diese hier viel größer, beinahe wie eine Drei-Dezi-Colaflasche. Sie war noch gut zu einem Drittel gefüllt. Mit einer klaren, farblosen Flüssigkeit.

Um das Etikett auf der Flasche studieren zu können, ging Wälti in die Hocke und hielt den Kopf leicht schief, wie ein Modelleisenbähnler, der seine Minilandschaft bewunderte. Das Ganzkleingedruckte vermochte er nicht zu entziffern, aber auch der in größeren Lettern aufgedruckte Name des Flascheninhalts sagte ihm überhaupt nichts.

Er drehte sich zu Evita um. »Kennen Sie *Topizin-3*?«

Sie schloss kurz die Augen, schüttelte schwach den Kopf und gab dann ein heiseres »Google« von sich.

»Aber natürlich, daran habe ich in der Aufregung gar nicht gedacht. Wie dumm von mir.« Er zückte sein Handy und trippelte mit dem Zeigefinger darauf herum.

Er starrte auf das Display – »schlechter Empfang hier unten, nur ein Strichli« –, wartete auf das Ergebnis und las dann endlich. Las und stockte, las nochmals und stutzte – ehe sein Gesicht einfror. Mit steifem Hals schaute er zu den zwei Toilettenpapierrollen auf der Hobelbank, dann wieder auf das Handydisplay, nochmals zum WC-Papier, schließlich zu Evita.

Er sagte ihr, was er jetzt wusste. Und was das bedeutete.

Sie krächzte, er solle sofort losrennen.

Was er tat.

»Und Sie – einfach liegen bleiben«, rief er ihr noch zu. »Hilfe kommt.«

»Wälti.«

Er stoppte an der Tür und schaute zurück.

»Wälti. Falls ich das hier nicht überleben sollte …«

»Sagen Sie nicht so etwas.«

»Erfüllst du mir einen letzten Wunsch?«

»Jetzt hören Sie aber auf. Und wir haben keine Zeit für …«

»Bitte.«

Seine Gesichtsmuskeln zuckten. Der Blick oszillierte zwischen besorgt und genervt.

»Bitteeee!«

»Aber schnell.«

»Verrätst du mir noch deinen Vornamen?«

29

Während Wälti im Laufschritt zum Hotel zurückstürmte, rief er Securitychef Zweifel an. Natürlich ging der nicht an sein Handy. Natürlich nicht. Schon klar.

Dann der Sicherheitsposten. Wälti musste sich zusammenreißen, nicht einfach an den Sonnenbrillensoldaten vorbeizurennen – »ist ein Notfall Leute« –, aber die hätten wohl sofort den Schäferhund auf ihn gehetzt. Oder ihn erschossen. Also stellte er sich brav an – obwohl er innerlich beinahe ausflippte. Am liebsten hätte er die Kerle angeschrien, schneller zu machen. Ob sie eigentlich wüssten, was hier gerade abgehe? Dass jede Sekunde zähle? Aber ihm war klar, dass er sich damit verdächtig gemacht, sie ihn nur noch eingehender durchleuchtet hätten und er noch mehr Zeit verloren hätte. Die Männer musterten ihn auch so schon mit skeptischen Mienen – diesen älteren, verschwitzten, tomatenrotköpfigen, weil wohl hypertonisch veranlagten, schwer atmenden Mann. Mit dem zerstörten Seitenscheitel. Sogar der Hund, fand Wälti, schaute misstrauisch.

Dann durfte er endlich passieren, lief zum Hintereingang und betrat die Hotelhalle. Die war vollgestopft mit Leuten, die meisten Hotelpersonal, die ihm den Rücken zudrehten. Alle mit Blick zum Haupteingang, wo eben die Konvois mit den Staatsgästen aus Los Rivalora Norte und Los Rivalora Sur vorgefahren waren.

Wälti stellte sich auf die Zehenspitzen. Er suchte Zweifel. Natürlich hätte er sich auch an irgendwen sonst vom Personal wenden können – »so hören Sie doch, Alarm, es geht um Leben und Tod« –, aber man hätte ihm entweder nicht geglaubt oder umständlich nach einem Vorgesetzten gesucht – was alles Zeit kosten würde. Und letztlich Menschenleben.

Die Menge applaudierte jetzt. Und eine Million Fotoblitze zuckten; die Medien waren nun also doch auch noch eingeladen worden. Das Fernsehen ziemlich sicher auch, die würden vielleicht etwas für die Mittagsnachrichten-Show planen, Sendeplatz drei oder vier, höchstens – welche Zuschauer daheim interessierten sich denn schon für Los Rivalwiewo bitte? Was sich in wenigen Minuten ändern würde. Ziemlich sicher ginge das TV nach dem Anschlag sofort live auf Sendung – *Breaking News* –, wenn aus der kleinen Politgeschichte eine Blutstory geworden war. *Meine Damen und Herren, wir berichten live aus dem Castello Cavallo, wo vor wenigen Augenblicken ein Attentat stattgefunden hat. Noch ist unklar, wie viele Tote es gibt …*

Wälti konnte Zweifel nirgendwo entdecken. Er zwängte sich vorwärts, setzte die Arme ein, pflügte sich mit Brustschwimmbewegungen einen Weg durch das Hotelangestelltenmeer in Richtung Haupttreppe. Dort angekommen, stieg er ein paar Stufen hoch, um einen besseren Überblick zu bekommen. Leuchtturmwächterwälti.

Endlich entdeckte er Zweifel. Der Securitychef stand beim Frontdesk auf einer kleinen Bockleiter, wohl um die totale Übersicht zu haben. Und somit die Kontrolle – wie er wohl glaubte.

In dem Moment betraten die ersten Staatsgäste die Lobby. Wieder brandete Applaus auf, »Bravo« wurde im Chor gerufen und »Welcome« und von einer einsamen Stimme »*Libertad*«, dazu fotoblitzte es wie während einer Gewitternacht im Berner Oberland.

Wälti stürzte sich wieder in die Personalflut und versuchte, zu Zweifel hinüberzuwaten. Als er nur noch drei oder vier Meter vom Securitychef entfernt war, hob er den Arm, winkte und rief, versuchte sich bemerkbar zu machen. Keine Chance in dem Rummelplatzgetöse.

Dann war er bei ihm. Packte ihn am Ärmel des Jacketts, zog ihn nicht gerade zimperlich zu sich runter, sah Zweifels Blick – verblüfft erst, dann verstört, schließlich verärgert – und schrie ihm ins Ohr.

»Attentat. Sie müssen das hier sofort stoppen. Oder es gibt Tote.«

Zweifel schaute ihn an, als gehöre er an jenen Ort, wo die Bewohner in weiße Segeltuchwesten eingemummt und festgezurrt sind, damit sie sich selbst und niemanden sonst gefährden. Er packte Wälti ziemlich grob am Hemdkragen. »Sie schon wieder. Was stimmt mit Ihnen eigentlich nicht?«

»Die Politiker sollen ermordet werden. Ein Attentat. Schnell. Bitte!«

»Aber sicher doch. Spinner.«

»So glauben Sie mir doch.« Wälti merkte, wie es ihm die Kehle zuschnürte. Wie alleweil, wenn ihm Unrecht geschah. »Bitte. Sie müssen helfen.«

»Ihnen ist wohl nicht zu helfen. Hauen Sie endlich ab.«

»Aber es ist …«

»Weg!« Zweifel stieß ihn grob mit beiden Händen von sich, zurück in die Menschenmenge. Wie etwas, das man wegwirft. Dazu machte er ein Gesicht, als ekle Wälti ihn an. Fehlte nur noch, dass er vor ihm zu Boden spuckte.

Wälti stand da, ließ Arme, Ohren und Gemüt hängen und starb gerade innerlich. Er hatte es versucht. Er wollte Leben retten. Aber man ließ ihn nicht. Half ihm nicht.

Leute würden jetzt sterben, grausam und elendiglich einen schmerzvollen Tod erleiden – nur weil er sich nicht hatte durchsetzen können. Versagerwälti. Weltuntergangswälti.

Derart in Apokalypse-Stimmung … kam ihm Anni in den Sinn. Und was sie jeweils zu sagen pflegte in solchen Momenten, wenn die Mitmenschen (oder früher ihre Schulkinder) partout nicht kapieren wollten. *Wer nicht hören will, muss fühlen.*

Und plötzlich wusste Wälti, was er zu tun hatte.

Dann lass es sie halt fühlen, flüsterte der Wältiwächter in ihm.

Er stürmte los, bahnte sich seine Gasse durch die Meute, nahm keine Rücksicht, boxte, schubste, trat, bekam selbst ein paar Ellbogen verpasst, machte tapfer weiter, kämpfte weiter, kam immer weiter – bis er wieder die Haupttreppe erreichte.

Er stieg so viele Stufen hoch, bis er alle sehen konnte. Und sie alle ihn. Auch die Politiker. Auch deren Bodyguards. Auch die Fernsehkameras. Und womöglich dann auch Anni … *Breaking News.*

Sei ein Held, flüsterte der Wältiwächter in ihm.

Und Wälti ballte die Fäuste, riss die Arme hoch, streckte sie himmelwärts und brüllte aus Leibeskräften los.

»Bombeeeee!«

30

Fabio Caprez hatte Blumen mitgebracht.

Passend zu Evitas Zustand, wie er hoffte. Keine, die falsche Signale aussendeten. Gute Besserung. Und nicht herzliches Beileid oder gar letzter Gruß. Sag's mit Blumen – wäre um ein Haar schiefgegangen.

Klar hatte er schon Patienten in Spitälern besucht – beim Skifahren verletzte Bündner Kumpels, beim Mountainbiken verletzte Bündner Kumpels und beim Motorradfahren verletzte Kumpels aus dem Flachland – aber keinem von denen hatte er Blumen ans Bett gestellt.

Auf dem Weg ins Krankenhaus hatte Fabio bei Flora Tina haltgemacht, sich ziemlich hilflos im Geschäft umgesehen und dann einfach einen Strauß mit irgendwas aus einer Vase gezupft.

Die nette ältere Frau an der Kasse – Geschäftsinhaberin Tina selbst, wie sich per Namensschild an ihrer grünen Schürze herausstellte – fragte ihn, ob sie die Blumen in wetterfestes Zellophan einwickeln solle.

»Wetterfest?«

»Ja, für den Friedhof?«

»Fried…«

»Eh ja, die von Ihnen ausgewählten Chrysanthemen sind ein typischer Strauß, den man auf ein Grab stellt. Friedhofsblumen eben.«

Er hatte sie entsetzt angeschaut, sich verlegen umgedreht, im Laden umgeschaut und einen anderen Strauß ausgewählt.

»Weiße Nelken«, sagte Tina von Flora Tina. »Gute Wahl. Ein schöner stiller Blumentrost für die Hinterbliebenen.«

»Nein, nein, du lieber Himmel. Niemand ist tot. Meine … Freundin lebt noch. Sie ist nur krank. Im Krankenhaus.« Und dann ziemlich verzweifelt: »Bitte, könnten Sie für mich …«

Mit einem Strauß Pfingstrosen hatte er schließlich das Geschäft verlassen. Im Blühverlauf würde sich deren Farbe verändern wie bei einem Sonnenuntergang, hatte Tina von Flora Tina ihm vorgeschwärmt. Von einem anfangs kräftigen Korall zu Lachsrosa und schließlich, kurz vor dem Verblühen, in einen zarten Cremeton.

Fand Fabio irgendwie noch passend für Evita. Diese Frau veränderte sich auch andauernd. Kaum glaubte er, ihr Wesen erfasst zu haben, tat oder sagte sie Dinge, die ihn total verunsicherten – entweder ins Bodenlose stürzen oder dann wieder glückselig über den Wolken tanzen ließen. Wusste er eigentlich, wer sie wirklich war?

Evita hatte ein Einzelzimmer im elften Stock mit Blick auf See und Alpenkranz und an den Ohrläppchen große, schwarze Vögel, die sich beim genaueren Hinsehen als Rabenkrähen entpuppten. Sie rangierten, fand Fabio, nur knapp eine Düsterstufe hinter den Aasgeiern und den Totenkopfschwalben. Das machte ihm Sorgen, und er fragte sich, ob der Ohrschmuck als ein Statement von ihr zu verstehen war. Wasserstandsmeldung. Wesensstandsmeldung.

Er gab sich Mühe, nicht allzu bedröppelt dreinzuschauen, als er näher an ihr Bett trat; wer wusste schon, wie die drauf war, nach allem, was geschehen war. Mit ihr. Und Wälti. *Breaking News.* Das war jetzt drei Tage her.

»Hallo. Hier, für dich.« Er streckte ihr die Blumen entgegen, den Strauß in beiden Fäusten haltend, mit maximal weit ausgefahrenen Armen. Wie ein Chemiker in einem Hochsicherheitslabor, der zum Arbeiten seine Extremitäten durch Gummischleusen in einen Vakuum-Giftglaskasten steckte.

»Oh, frisches Gemüse. Für mich?« Sie setzte sich im Bett auf, nahm den Strauß entgegen, schnupperte an den Blütenkelchen und winkte Fabio heran. »Ich beiße nicht. Nicht heute. Du kannst mich umarmen.«

»Ja, darf ich denn …«

»Eine posttraumatische Belastungsstörung ist nicht ansteckend.«

Rasch nahm er sie in den Arm, damit sie nicht mitbekam, wie er errötete. Als er sich von ihr löste, drückte sie ihm einen Kuss auf die Lippen. Weniger gehaucht, mehr so gestempelt.

»*Sodeli*, jetzt bist du kontaminiert. Evitaverseucht. Mosimannverpestet.«

Sie tätschelte mit der Hand in »Fifi mach brav Platz!«-Manier auf den Bettrand neben sich. Fabio setzte sich zu ihr.

»Evita, ich …«

»Nein, ich.«

»Äh du?«

»Meine Güte, was *dschunkst du Tschumpel* herum. Frag doch einfach! Frag: Evita, bist du nicht ganz dicht? Bist du ein Psycho? Ist deine Birne Matsch? Frag!«

»Evita, bist du nicht ganz … gesund?«

Sie stöhnte und kugelte sich fast die Augen heraus. »Nett von dir, mich schonen zu wollen, aber ich bin mehr so für knallharte Fakten geradeheraus. Wenn das mit uns was werden soll, muss alles auf den Tisch. Und das ist in meinem aktuellen Fall halt etwas zwischen Seziertisch und Metzgerhackblock.«

Fabio bekam ein riesiges *Oh* auf der Stirn. »Du sagtest eben ... mit uns könnte was ... werden?«

»Eins nach dem anderen, *guapo*. Zuerst sprechen wir jetzt über die Psycho-Evita, dann über den Helden-Wälti, und erst am Schluss über das Schmuse-Uns. Setz dich gerade hin, sei still und hör mir zu. Wenn etwas unklar sein sollte – am Ende meiner Erzählung mache ich eine Fragerunde.«

In der nächsten Dreiviertelstunde erzählte sie Fabio von ihrer Welt – und wer sie war. Wer sie vorher gewesen war, wer sie jetzt war, und wer sie werden wollte – falls das mit ihr hier wieder wurde.

Sie begann ganz von vorne. Erzählte ihm von ihrer farbigen und unbeschwerten Kindheit in Kolumbien, ihrer Jugend, dem Studium, von ihren Eltern – und schließlich von diesem Ausflug in den Dschungel, vor neun Monaten, zu den *Los Ángeles de Piedra*. Berichtete lückenlos schonungslos, was dort mit ihr geschehen war, schilderte die Geiselhaft, ihre Zelle, wie sie fast wahnsinnig wurde, wie erst die Mama starb und dann, als endlich die Befreier das Camp stürmten, auch noch ihr Papa. Schließlich kam sie in der Gegenwart an und erklärte Fabio, wie sie ein neues Leben gestartet hatte, hier, in der Heimat ihres Vaters. Und wie sie gegen ihre Dämonen kämpfte im Alltag, gegen die Flashbacks – einmal Geisel immer Geisel –, mit allerlei Tricks, Kirschkernen, Chili-Bonbons, Gummibändern & Co. Dass sie vor drei Tagen, eingesperrt im Keller des Castello Cavallo, einen gigantischen Rückfall erlitten hatte und deswegen hier im Spital behandelt wurde. Und dass sie wohl noch Jahre brauchte, bis sie es wieder schaffen würde, sich in engen, geschlossenen dunklen Räumen aufzuhalten, ohne einen Anfall zu kriegen.

»Falls wir also irgendwann zusammen in die Kiste steigen … Das Licht im Schlafzimmer bleibt an, verstanden?«

Jetzt war Fabio es, der einen Anfall kriegte. Ihre letzten Worte waren ihm in den falschen Hals geraten. Er bellte, japste, lief nicht nur wegen des Hustenreflexes rot an und drückte gerade eine Menge Tränen ab.

»Hey, ich verarsche dich doch nur.«

»Evita … ich …« Ein Hustenrückfall stoppte ihn.

Sie lächelte. »Wobei, *weisch* … Irgendwie gefällt mir die Vorstellung schon noch. Du und ich, wir zwei. Mal schauen. Wir haben alle Zeit der Welt. Vorausgesetzt natürlich, du erzählst mir dann auch von deinen Geheimnissen.«

Er klang noch immer kratzig. »Geheimnisse? Ich?«

»Musst nicht jetzt. Kannst mir deine Sünden ein andermal beichten, du Nirvana-Gauner, du. Nimmt mich dann aber schon wunder, wo du Kurt Cobains Gitarrenplektrum wirklich her hast.«

Er machte einen auf Pandabär mit Dackelblick und Lammschnütchen.

»Fabio, ich bin nicht blöd, und du bist verboten clever. Müssen wir dann mal darüber reden – aber eben, nicht heute. Und jetzt brauche ich ein Bier.«

»Bier? Hier?« Er war erstaunt, aber ebenso heilfroh um den abrupten Themenwechsel.

»Im Restaurant in der Eingangshalle verkaufen sie sicher welches. Ein Helles bitte, wenn du so nett wärst.«

»Aber Alkohol kann die Wirkung von Medikamenten beeinflussen.«

»Ist das jetzt eine Warnung oder eine Empfehlung von dir?«

»Das ist doch nicht klug, Evita. Denk doch an die Nebenwirkungen.«

»Meine Güte, du klingst wie meine Packungsbeilage. Das Tier in mir verlangt nach Bier. Jetzt geh schon. Dose geht übrigens gar nicht, ich will eine schöne Flasche. Und kühl, aber nicht direkt aus dem Kühlregal. Die ideale Trinktemperatur von schlanken hellen Bieren liegt bei sechs bis acht Grad. Ich warte.«

Er brachte dann gleich zwei Flaschen mit, indem er sie unter seiner Retro-Softshelljacke mit dem Bündner Skilehrerabzeichen auf dem Ärmel ins Zimmer schmuggelte.

Sie prosteten sich zu.

»Worauf trinken wir?«, fragte Evita.

»Auf dich natürlich.«

»Wenn schon, dann auf Wälti, tapferer Ritter. *Armer Siech.* Voll aufs Maul gekriegt.«

»Also, dann: auf Wälti.«

Sie tranken beide einen langen Schluck, warfen den Kopf in den Nacken und wohlächzten laut und synchron.

»Wie geht es Wälti denn?«, fragte Fabio.

»Ich habe heute Morgen mit ihm telefoniert. Er ist krankgeschrieben, sitzt daheim und muss Kamillentee trinken, den ihm seine Frau nonstop frisch aufbrüht.«

»Schlimm?«

»Und wie. In Kamillentee bade ich allerhöchstens wunde Füße.«

»Wälti meine ich.«

»Geht so. Zwei Rippen angeknackst, das Knie verrenkt und eine Menge blauer Flecken. Und dann natürlich die Schrammen im Gesicht und zwei veritable Veilchen. Verständlich, wenn eine Horde Gorillas über einen herfällt.«

Fabio atmete geräuschvoll aus. »Sah echt nicht schön aus im Fernsehen. Er brüllt ›Bombe!‹, und von allen Seiten stürzen sich Bodyguards auf ihn. Zum Glück hat der

TV-Sender sein Gesicht so verpixelt, dass man ihn nicht erkennt.« Dann schaute er Evita erwartungsvoll an.

»Du möchtest die ganze Geschichte hören? Die Wahrheit?« Sie schmunzelte und ließ wieder einmal ihre Mordsbrauen hüpfen.

»Ich bitte darum. Im Fernsehen, im Radio und in sämtlichen Tageszeitungen heißt es immer nur, ein tapferer älterer Herr habe das Attentat auf die beiden Regierungen von Los Dos Do Re Mi Fa So – ach du weißt schon – verhindert. Aber kein Wort über die genaue Art der Bombe.«

»Ich kann mir die Namen dieser Länder auch nie merken. Aber jetzt, wo die miteinander Frieden geschlossen haben, fusionieren sie ja vielleicht bald zu einem einzigen Staat – und geben diesem Neuland endlich einen anständigen Namen.«

Dann erzählte sie Fabio, was wirklich geschehen war.

Beim Drahtzieher des Attentats, diesem Barkeeper namens Gabriel, handelte es sich um einen Staatsbürger von Los Rivalora Norte. Er hieß mit vollem Namen Gabriel Noriega und war *Vice Comandante* einer Guerillatruppe, die sich *Lucha roja* nannte – Roter Kampf. Klang heroisch-rebellisch, war aber bloß kriminell. In Tat und Wahrheit waren das Banditen, die seit Jahren sowohl gegen den bösen Nachbarn im Süden, aber auch gegen die eigene Regierung kämpften – weil sie dabei gute Geschäfte machten: Drogenschmuggel, Waffenschieberei, solche Sachen halt. Hoch profitabel.

Lucha roja hatte deshalb absolut kein Interesse daran, dass die beiden Länder plötzlich Frieden miteinander schlössen – und dann zusammen die Aufständischen bekämpfen und deren illegale Geschäfte zunichtemachen würden. Also durfte es keinen Frieden geben. Die Konferenz in der Schweiz musste unbedingt scheitern.

Darum schickte man vor einem halben Jahr *Vice Comandante* Gabriel Noriega in die Schweiz. Er war früher im Tourismus tätig gewesen, sprach ziemlich gut Deutsch und heuerte daher im Castello Cavallo als Barkeeper an. Nun hatte er sechs Monate Zeit, ein Attentat auf die Präsidenten und Minister seiner Heimat vorzubereiten.

Von Anfang an hatte die Idee im Raum gestanden, möglichst viele Politiker beider Lager umzubringen. Die Länder hätten sich dann gegenseitig des Mordes bezichtigt und zerfleischt, die Friedensverhandlungen sofort abgebrochen und weiterhin in Feindschaft gelebt.

Man wollte es mit Sprengstoff versuchen. Die klassische Bombe mit einem Zeit- oder Fernzünder, entweder auf jedem Stockwerk eine oder sogar pro Hotelsuite. Die Beschaffung von so viel hochexplosivem Material innerhalb Europas stellte sich indes als riesiges Problem heraus. Also verwarf man diesen Plan und setzte stattdessen auf einen Anschlag mit Heckenschützen. Was so aber auch nicht funktionierte. Man hätte mindestens ein halbes Dutzend fähiger Sniper der *Lucha roja* von Südamerika in die Schweiz jetten müssen, unauffällig, samt Scharfschützengewehren – ein Ding der Unmöglichkeit.

Die Führung von *Lucha roja* war ratlos. Bis Gabriel Noriega auf die Idee mit dem goldenen Toilettenpapier kam.

Um nicht selbst in Verdacht zu geraten oder gar erwischt zu werden, bot Barkeeper Gabriel einem Zimmermädchen viel Geld. Maria-Dolores Gonzales war neu, scheu, ziemlich naiv, stammte ebenfalls aus Südamerika, hatte riesiges Heimweh, darum große Freude an einem

Beinahe-Landsmann – und war deshalb leicht zu manipulieren.

Sie besorgte neunzig Rollen Toilettenpapier.

Und *Vice Comandante* Gabriel Noriega bei einem Einbruch in eine City-Apotheke eine Flasche *Topizin-3*.

Die geruchs- und farblose Flüssigkeit besaß die höchste Giftkategorie und wurde in der Industrie bei der Herstellung von Kunststoffen und Farben benötigt. Für den Menschen war *Topizin-3* nur bedingt ein Risiko. Ein Hautkontakt mit dem Stoff beispielsweise war (abgesehen von leichter Reizung und Rötung) absolut ungefährlich. Lediglich auf oralem Weg war eine Vergiftung möglich. Oder – und genau hier setzte der Mordplan von *Vice Comandante* Gabriel Noriega an – via Schleimhäute.

»Du willst mir damit aber nicht sagen, die Politiker wären auf der Toilette …«, Fabio verbiss sich ein Grinsen. Er wollte nicht pietätlos wirken.

»Doch.« Evita schmunzelte ebenso. »Tod durch vergiftetes Toilettenpapier. Beim Abwischen mit demselben, egal ob vorne oder hinten, ob nach dem Pinkeln oder Kacken, wären die Schleimhäute im Intimbereich mit dem kontaminierten Papier in Kontakt gekommen.«

»Oh, Scheiße.«

»Ja, genau deswegen. Der Tod wäre nach etwa zwanzig Minuten eingetreten.«

»Wenn Wälti sich nicht heldenhaft geopfert hätte … Eine Seele von einem Mann.«

Evita verzog den Mund. »Na ja, geht so. Er kann auch anders. Zum Beispiel einer Sterbenden ihren letzten Wunsch verwehren. *Sturgrind*, elendiger.«

»Ich verstehe nicht …«

»Ist egal. Trink dein Bier aus!«

Er tat wie geheißen, sie rülpsten nahezu geräuschlos, und Fabio stellte die leeren Flaschen auf den kleinen Tisch an der Wand. Da standen bereits drei Glasvasen mit Blumen.

»Aha, noch andere Verehrer«, sagte er und versuchte es wie einen Scherz klingen zu lassen, obwohl ihm gerade bitteres Metall die Kehle hochkroch.

»Der riesige Feldblumenstrauß ist von Kaiser Reisen, und die gelben Tulpen, jeder Stängel auf den Millimeter genau perfekt gleich lang geschnitten … natürlich von Wälti. Hat er selbst im Garten gepflückt und mir per Bote geschickt.«

»Und der dritte Strauß, die roten Rosen …«

»Von meinem Lover.«

»Hm.«

»Fabio, ist etwas?«

Er biss sich auf die Lippen und schüttelte den Kopf. Doch dann brach es mit unerwarteter Vehemenz aus ihm heraus. »Ja, *Ja.* Es ist etwas. Du machst mich wahnsinnig. Und du verarschst mich. Eben vorhin sprachst du davon, dass aus uns etwas werden könnte, und wie wir zusammen in die Kiste springen. Und jetzt …« Seine Stimme kippte, er schien kurz davor loszuheulen.

»Hey, das mit dem Lover war ein Witz. Die Rosen habe ich mir selbst gekauft. Komm zu mir.« Sie streckte die Hände nach ihm aus.

Er blieb trotzig stehen. »Aha, kein Lover. Und wer bitte ist dann … Pablo?«

Evita starrte ihn an. Ihr Mund klappte langsam auf, während ihre Augenbrauenbüsche zu schrumpfen schienen. Zu traurigem Gestrüpp. Sie hob mehrmals zu sprechen an, ließ es dann aber sein. Schien nachzudenken, abzuwägen.

»Es sind die Lügen, Evita. Das macht mich so fertig. Ich kann die Wahrheit vertragen, auch wenn sie wehtut, aber hör auf, mich anzulügen. Ich weiß – *ich weiß* –, dass du mit diesem Pablo zusammenlebst. Ich habe nämlich zufällig gehört, wie du mit ihm telefoniert hast, damals im Gartenrestaurant vom Röstigraben.«

Sie starrte ihn noch immer an. Doch jetzt umspielte ein Lächeln ihre Lippen.

»Ja, klar. Verspotte mich nur. Ich gutgläubiger Trottel hab's wohl nicht besser verdient.«

»Fabio. Mein lieber Fabio. Es ist nicht so, wie du denkst.«

»Wow, was Besseres fällt dir nicht ein? Du klingst wie aus einem billigen Film, weißt du das?«

Anstelle einer Antwort beugte sie sich zum Nachttisch und angelte nach ihrem grässlichen Pinktarnfleckrucksack. Sie hievte ihn neben sich auf die Bettdecke und zog den Reißverschluss auf.

»Weißt du, Fabio. Damals im Dschungel, in meiner Zelle aus Brettern, als ich glaubte, wahnsinnig zu werden vor lauter Enge und Angst und Einsamkeit, da … hab ich jemanden kennengelernt.«

»Jetzt sag nicht, *er* ist einer deiner Kidnapper? Verdammt, du leidest am Stockholm-Syndrom, ist dir das klar? Liebelei mit dem ehemaligen Peiniger. Ich glaub's einfach nicht.«

»Du dummer, eifersüchtiger, wunderbarer Fabio du.« Evita langte in den Rucksack hinein. »Ich zeige dir etwas.«

Fabio schnaubte genervt und rang die Hände. »Oh, nein. Ich will keine Fotos von ihm sehen.«

Sie zog ein Einmachglas heraus, das früher vielleicht mal mit Konfitüre gefüllt gewesen war. Oder sauren

Gurken. Oder Silberzwiebeln. Der rote Deckel auf dem Drehverschluss war voller kleiner Löcher. Luftlöcher.

»Darf ich vorstellen. Mein allerbester Freund, den ich immer bei mir habe: Pablo, die Kakerlake.«

31

W älti hier. Wer am Telefon?«

»Hallo, wie schön, deine Stimme zu hören. Ich bin es, Eliza aus Amerika.«

»Oh, wie mich das freut. Ich grüße Sie, Frau Roth-Schild.«

»Ä-äh. Wir haben am Flughafen doch Duzis gemacht.«

»Stimmt, Entschuldigung. Die Macht der Gewohnheit. Also nochmals richtig: Hallo Eliza, schön von dir zu hören.«

»Ebenso, mein lieber Wälti. Es stört dich doch nicht, wenn ich weiterhin Wälti zu dir sage, oder? Weil das mit deinem Vornamen … geht einfach nicht. Bring es nicht übers Herz.«

»Geht sogar meiner Anni so. Alles gut so.«

»Ich wollte mich nur noch bedanken für die Briefpost, die du mir hinterhergeschickt hast.«

»Sehr gern geschehen. Wie geht es dir in New York?«

»Wunderbar. Diese Stadt und ich … sind wie füreinander gemacht. Und Pierre ist sowieso ein Schatz.«

»Du bleibst also dort?«

»Denke schon. Aber sag, wie geht es dir? Was läuft an der Heimatfront?«

»Alles wie gehabt. Aber du fehlst mir.«

»Oh, bring mich nicht zum Weinen, Wälti. Lieb von dir. Und ja, gell, wir waren halt wirklich ein gutes Team. Mir fehlen die spannenden Aufträge ja auch. Du langweilst dich bestimmt ein wenig?«

»Um die Wahrheit zu sagen: Ich habe jetzt selbst etwas angefangen mit der Schnüffelei. Eine Art Detektei, viel kleiner und bescheidener natürlich, nicht der Rede wert. Kein Vergleich zur Größe und Glorie von Roth-Schild Business Research.«

»Alter Schmeichler, du. Aber großartig zu hören, dass du dein Talent weiterhin pflegst. Kunden?«

»Einen bisher.«

»Besser als gar nichts, gell? Jeder fängt mal klein an. Ich hoffe, die Kundschaft hat dank deiner Hilfe ein gutes Geschäft gemacht.«

»Ja, aber andersrum. Ich konnte erfolgreich verhindern, dass sie ihr Geschäft *nicht* machten.«